아무래도 제 몸은
완전무적인 것 같아요

Story by Chartsufusa

챠츠후사

illustration by Fuumi

일러스트 후미

박춘상 옮김

튜테

메어리 레가리야

사피나 카르샤나

자하 에렉실

레이포스 루크아 달포드

마기루카 후툴리카

Characters

"미안, 튜테. ……미안해…
무섭게 해서, 미안해…."

정신을 차리니 나는 문을 열고서
눈앞에 서 있는 소녀에게 울먹이며
사과하고 있었다.
고개를 숙인 채 공포의 감정을
필사적으로 참고 있던 소녀는
내 한심한 모습을 보고 당황했다.

그날 밤 나는 방 앞에서 '미안해'라는 말을
되풀이했다. 내 흐느끼는 목소리가 저택 안에
되울려 어른들을 곤혹스럽게 했다.

아무래도 제 몸은
완전무적인 것 같아요

1

Contents

제1장 유소년기 편

01 전생했습니다

태어날 때부터 심장이 약하고 면역력이 낮았던 나는 무균실에서 단 한 발자국도 나오지 못하고 생애를 마치려 하고 있었다.

아버지와 어머니는 그런 내 모습을 쳐다보면서도 울고 싶은 마음을 애써 억누르고 웃으면서 보내주려는데……. 난 행복했어. 고마워. 아아, 내 인생이 이렇게 간단히 끝나는구나. 결국 걷거나 뛰어보지도 못하고, 남의 신세만 지다가…… 결국 효도도 못 하겠네. 신이시여…… 만약에 다시 태어날 수 있다면…… 그때는…….

'그 무엇에도 절대로 지지 않는 강건한 몸'으로 태어날 수 있기를.

나는 눈을 살며시 감고서…… 임종을 맞이…… 한다…….

'그 소원을 들어주마.'

"엥?!"

뇌리에 큰 목소리가 울리자 나는 감았던 눈을 떴다. 그 순간 눈부신 빛이 쏟아져 눈앞이 잘 보이지 않았다.

(뭐야? 이게 무슨 일이야! 잘 안 보여, 잘 안 들려, 몸을 잘 못 움직이겠어! 뭐야! 싫어, 이런 거 싫어어어어어.)

"으에에에에엥! 으에에에에엥!"

"태어났습니다! 목소리가 우렁차네요. 따님이에요, 주인님!"

그날 나는 '메어리 레가리야'로서 새로운 삶을 얻었다.

그로부터 며칠 뒤.

시간이 지나고 냉정을 되찾았다. 나는 현재 자신이 어떤 상황에 처해있는지 생각하기 시작했다.

(으~음 다시 말해서…… 이렇게 된 건가?)

(진정해. 진정하자. 이런 전개는 병실에서 읽었던 책에도 있었 잖아. 으~음, 뭐였더라? 그 뭐라고 하더라…… 아, 맞아! 환생!)

그 단어가 떠오르자 머릿속이 급속도로 진정되었다. 마음이 진정되자 나는 몸을 바라봤다.

작은 손, 갓난아기의 손이다. 예전 기억을 간직한 채 새로이 인생을 시작하게 된 것이 분명하다.

(그렇구나. 이번에는 몸이 조금 더 튼튼했으면 좋겠는데)

안심이 되자 스르르 잠에 들었다. 앞으로 살아갈 새로운 인생을 기대하면서.

(오오오, 움직여져! 몸이 움직여져!)

나는 느릿느릿 바닥을 기고 있었다.

안녕하세요. 메아리 레가리야, 현재 한 살입니다.

나는 의료기구가 즐비한 의료실에서 벗어나 호화로운 저택의 한 방에서 부모님의 보살핌을 받으며 무럭무럭 자라나고 있습니다. 새롭게 얻은 몸에는 아무런 문제가 없는 듯합니다. 이리저리 돌아다니려고 하면 자꾸 메이드복을 입은 사람이 꼬옥 안으며 제지합니다.

(우우우…… 더 움직이고 싶은데.)

방의 분위기와 부모님의 차림새, 그리고 시중을 드는 메이드와 집사를 보니 전생 때 병실에서 봤던 영화, 애니메이션, 만화, 소설, 게임 등에 등장하는 중세 유럽의 귀족 집안 같았다.

(뭐, 귀족이 맞겠지.)

아버님이 막 태어난 나를 기쁘게 안으며 '이 아이가 바로 우리 레가리야 공작가의 장녀구나!' 하고 말했으니까.

(공작가의 영애라……. 전생 전에는 현대 일본에 태어나고 자랐던 터라 잘 와닿지 않는데.)

예전 기억을 간직한 채 새로운 삶을 시작하게 됐으니 나는 전생에서 못 해봤던 것들을 만끽할 작정이다.

(신이시여 감사합니다. 빨리 자라서 여러 가지를 해보고 싶어.)

나는 그때 머릿속에 울렸던 목소리의 주인공이 바로 신이라는 걸 깨닫고서 감사를 올렸다.

세월이 순식간에 지나고 나는 순조롭게 쑥쑥 자랐다. 지금은 스스로 걸을 수 있을 뿐만 아니라 대화도 가능했다.

안녕하세요. 메아리 레가리야, 현재 세 살입니다.

나는 어머님에게서 물려받은 은색, 아니 그보다는 하얀색에 가까운 긴 머리와, 머리카락과 피부에 뒤지지 않을 만큼 새하얀 프릴이 달린 원피스를 하늘거리며 저택 안을 거닐고 있었다. 실은 진즉에 걸을 수 있었지만(구체적으로 말하자면 생후 며칠 만에) 그건 이상하니까. 나는 남들이 이상하게 여기지 않도록 최대한 아기인 척 행동해왔다.

(다행히도 신체가 아기라서 어차피 마음먹은 대로 할 수 없는 일들이 많았으니 남들이 이상한 눈으로 보지는…… 않았겠지?)

나는 성장하면서 이 세계가 어떤지도 알게 되었다.

이곳은 내가 알던 현대 사회가 아니라 '알디아 왕국'이라는 곳이었다. 검과 마법, 몬스터와 정령들이 사는, 이른바 판타지 세계다.

(RPG다, RPG! 게임으로밖에 체험하지 못했던 세계가 지금 바로 내 눈앞에!)

하지만 이곳이 어떤 세계이든 간에 남들처럼 평범하게 살아갈 수만 있으면 족하다. 모험이나 무언가를 딱히 하겠다는 생각은 하지 않았다.

(왜냐면 위험하니까. 이번 생에서는 부모님께 최대한 폐를 끼치지 않고, 효도하면서 오래오래 살고 싶어. 그러니 무모한 짓을 할 생각은 없고, 하지도 않을 거야.)

그래서 부모님이 뭐 원하는 게 없느냐고 물을 때마다 아무것도 필요 없다고 대답하고 있다.

그러고 보니 일본어가 아닌 이 세계의 말과 문자를 위화감 없이 이해할 수 있는 것도 그 신님 덕분인가?

(신이시여, 정말로 감사합니다! 전 오늘도 건강하게 살고 있어요.)

나는 하늘에 계실 신께 감사 인사를 보냈다.

"아아…… 평화롭다. 앞으로 아무 일도 없었으면 좋겠는데. 아차, 이러면 안 되지! 자칫 이상한 플래그라도 서면 곤란해. 에이, 아하하하, 그럴 리가 없겠지. 미신이야 미신!"

그런데 나는 저질러버렸다.

부주의하여 벌어진 돌발 사고였다.

내 눈앞에 몸을 뒤덮고도 남을 만큼 커다란 나무 상자들이 산사태가 난 것처럼 우르르 쏟아졌다.

저런 걸 정통으로 맞는다면 나는 으깨질 것이다.

(위험해! 막아야 해!)

상황 파악까지는 좋았지만 나는 도망이 아니라 막는다는 엉뚱한 판단을 내리고 말았다. 그래서 쏟아지는 상자 앞으로 한 손을 뻗었고, 나머지 한 손으로는 자기 얼굴을 가렸다.

눈을 질끈 감고서 다가올 충격에 굳어버린 내 몸에 무언가가 부딪쳤는데…….

와자작!

　무거운 나무 상자들이 딱딱한 벽에 부딪힌 것처럼 커다란 소리를 내며 박살이 났다.
　무슨 일인가 싶어서 눈을 뜨니 떨어지는 나무 상자들이 아무 깃도 하지 않은 내 눈앞에서 잇달아 부서지는 광경이 펼쳐지고 있었다.

　엥, 대체 이게 무슨???

❦ 02 ❦ 저질렀습니다

　사건의 발단은 지금으로부터 한나절 전으로 거슬러 올라간다.

　"오오오오! 나의 귀여운 천사가 여기에 있었구나아아아."

　저택 복도를 걷고 있으니 저 멀리서 호화로운 귀족옷을 차려입은, 멋진 콧수염이 난 중년 남성이 달려(?)왔다.

　"어머, 아버님. 기분이 좋아 보이시네요."

　나는 달려온 남성에게 치맛자락을 살짝 들어 올리며 몸을 가볍게 숙인 뒤 인사했다. 활짝 웃으면서. 가정교사에게서 공작가 영애로서 어울리는 품행과 말투 등을 배우기 시작했지만 아직 서툴렀다. 하지만 정신연령은 전생과 현생을 합쳐서 열다섯 살이 넘기에 이해는 빨랐다.

　"오홋!"

　묘한 콧김을 내쉬며 아버님이 하늘을 올려다봤다.

　그의 이름은 '페르디드 레가리야.'

　레가리야 가문의 당주이자, 나 메어리의 아버지이자, 알디아 왕국의 원수(元帥)를 맡은 사람이다.

　"아버님?"

　나는 머리 위로 물음표를 띄우며 고개를 갸웃거렸다.

　"아아웃!"

　이번에는 영문을 알 수 없는 기괴한 목소리를 내며 아버지가 자신의 가슴을 눌렀다.

(매번 저런 반응을 보여주시는데 왜 저러시는 걸까?)

"어험……. 주인님, 이러시면 이야기를 진행할 수가 없습니다만."

뒤에 서 있던 집사가 나직이 말하자 아버님은 알겠다며 히죽거리던 얼굴을 고쳤다.

"메어리, 따라오너라. 네게 소개해주고 싶은 아이가 있다."

"저한테요?"

앞서 말했다시피 나는 부모님에게 많은 걸 바라지 않았다. 그래서 부모님이 억지로 나에게 무언가를 주려고 하지 않았는데 오늘은 다른 듯했다.

(저기, 아버님. 따라오라고 했으면서 왜 절 안고 가시는 거죠? 제 발로 걸어갈 수 있는데.)

아버님은 나를 탄탄한 팔에 앉힌 채 저택 안에 있는 정원으로 데리고 갔다. 거기에는 이미 손님이 기다리고 있었다.

이곳은 아름다운 정원을 한눈에 둘러볼 수 있는 장소로, 만듦새가 호화로운 책상과 여러 의자가 놓여 있었다.

그 의자에 앉아 홍차를 마시는 한 여성이 있었다. 아버님은 그녀의 앞으로 간 뒤에 나를 팔에서 내려주었다.

"어머님!"

"어머머, 메어리는 어리광쟁이구나."

몸이 자유로워진 나는 한달음에 어머님에게로 달려가 다리에 매달렸다.

화를 내지도, 당황하지도 않고 상냥하게 웃으며 나를 바라보고 있는 어머니의 이름은 '아리에스 레가리야.'

어디선가 살랑바람이 불어와 어머님의 아름다운 은발을 나부끼게 했다. 나는 그 아름다운 광경에 넋을 잃고 말았다.

나는 동그랗고 커다란 금색 눈동자로 어머님을 쳐다보았다. 그녀는 내 새하얀 머리카락을 부드럽게 쓰다듬어주었다.

참고로 나는 어머님에게서 은발(어머니보다 하얗다)을, 아버님에게는 금색 눈동자를 물려받았다. 햇볕에 한 번도 그을리지 않은 새하얀 피부는 얼핏 병약해 보일 정도였다. 뭐, 주관적인 관점이긴 하지만.

어머님과 나누는 가벼운 커뮤니케이션. 전생 전에는 무균실 커튼을 사이에 두고 간접적으로밖에 느낄 수 없었던 어머님의 포근함이 무척이나 기분 좋았다. 이대로 영원히 있어도 질리지 않을 것이다.

"에헴……. 아~ 그나저나 아리에스. 오늘은 메어리한테 그 아이를 소개해주려고 하는데."

"그럼 부르도록 하죠."

아버님이 헛기침과 함께 말하자 내 행복한 한때는 끝나고 말았다.

(내게 소개해주고 싶은 아이?)

어머님에게서 떨어져 아버님을 올려다보았다. 어머님이 옆에 대기하고 있던 메이드장에게 무언가 지시를 내렸다. 무슨 일인가 궁금해하며 아버님 옆에서 멀뚱히 서 있으니 이윽고 밖으로 나갔던 메이드장과 함께 메이드복을 입은 소녀가 다가왔다.

(우와! 자그마한 메이드네. 검은 머리카락과 눈동자를 보니 친근감이 솟아.)

메이드장이 재촉하자 하얀색과 검은색을 기조로 한 하늘하늘한 메이드복을 입은 소녀가 내 앞으로 걸어 나왔다. 그러고는 두 손을 공손히 모아 아름다운 각도로 인사를 했다.

"처, 처음 뵙겠습니다. 메어리 아가씨. 저, 저저, 전 튜테라고 합니다."

(부끄러워하는 모습도 귀엽네♪)

"오늘부터 네 전속 메이드로서 늘 옆에서 시중을 들어줄 아이다."

그녀의 자기소개만으로는 정보가 부족하다고 여겼는지 아버님이 말을 덧붙였다.

"내 전속 메이드?"

(뭐야, 그야말로 아가씨 같잖아? 아니, 뭐, 진짜 아가씨 맞긴 하지만.)

나는 다시금 어린 메이드를 봤다. 나보다 연상이긴 하지만 나이 차가 그리 나지는 않은 것 같다. 뭐, 정신연령은 내가 더 위겠지만…….

내가 호기심 왕성한 금색 눈동자로 물끄러미 쳐다보며 다가가자 그녀는 몸을 곧추세우고서 이쪽을 봤다.

"난 메어리. 잘 부탁해, 튜테♪"

나는 아가씨 말투가 아니라 친구처럼 말을 걸었다.

두근거린다. 왜냐면 또래 아이와 대화를 나누는 것은 처음이니까.

"아, 예! 아가씨!"

튜테가 긴장하며 인사를 하자 나는 당장 그녀를 데리고서 정원을 산책하기로 했다.

"아버님, 어머님. 저, 튜테랑 정원을 산책하고 올게요."

마음만은 이미 튜테와 친구가 되었다.

부모님과 메이드들이 아무 말도 하지 않아서 나는 그대로 튜테를 데리고 그곳을 떠났다.

"아, 아가씨! 달리시면 위험해요."

(아니, 아니. 너야말로 위험하게 달리는데.)

나는 속도를 늦춰 그녀의 앞을 걸으며 고개만 뒤로 홱 돌렸다.

"튜테는 몇 살이야?"

"어, 아, 예. 올해 여덟 살입니다."

갑자기 질문을 던져서 당황했는지 그녀는 심호흡을 하고서 대답했다.

(여덟 살이니 나와 다섯 살 차이? 나이치고는 무척 어리게 생겼네.)

내가 호기심 왕성한 눈으로 쳐다보자 튜테는 귀엽고 검은 눈동자를 이리저리 굴렸고, 햇볕에 살짝 그을린 얼굴을 복숭아색으로 물들였다.

(재밌어♪)

지금까지 냉정한 어른들하고만 지내온 터라 이 어리숙한 반응이 몹시도 즐거웠다.

더욱이 어딜 가든 꼭 내 옆에 있다. 그녀의 존재가 전생에서부터 맛보았던 고독을 없애 주리라 생각하니 더욱 기뻤다.

"후훗, 잘 따라와야 해. 튜테♪"

"아가씨~, 기다려주세요~."

나는 다시 달려나갔다. 뒤에서 기다려달라는 말이 들리지만 어쩐지 술래잡기를 하는 것 같아 재밌다.

나는 성큼성큼 창고 쪽으로 달려가 그 안에 몸을 숨겼다.

이른바 숨바꼭질이다.

전생 전에는 절대로 할 수 없었던 것도 지금은 평범하게 할 수 있고, 어른들도 말리지 않았다. 그것이 기뻐서 유치한 행동을 멈추지 못했던 거겠지.

"아가씨, 어디 계세요? 여긴 위험해요."

숨을 헐떡이며 튜테가 창고로 들어왔다. 나는 가까이 다가오면 놀라게 할 작정으로 호시탐탐 그때만을 기다렸다.

그때 나는 놀이에 정신이 팔린 상태였었다.

그래서 주변에 나무 상자들이 엉성하게 쌓여 있다는 것을 알아차리지 못했다.

그리고 나는 튜테가 다가오자 깜짝 놀라게 하려고 큰 목소리를 내며 뛰쳐나가려다가 그만 나무 상자의 모퉁이를 건드리고 말았다.

와자작!

나는 아무런 느낌도 없이 앞으로 뛰쳐나왔다. 그런데 나무가 부서지는 소리가 울렸다.

"위험해요! 아가씨――!"

"어?"

튜테의 창백한 얼굴이 느린 영상처럼 보였다. 나는 그대로 그녀가 보고 있는 뒤쪽을 돌아봤다.

내 눈앞에 몸을 덮고도 남을 만큼 커다란 나무 상자들이 산사태가 난 것처럼 우르르 쏟아지고 있었다.

저런 걸 정통으로 맞는다면 나는 으깨질 것이다.

(위험해! 막아야 해!)

상황 파악까지는 좋았지만 나는 도망이 아니라 막는다는 엉뚱한 판단을 내리고 말았다. 그래서 쏟아지는 상자 앞으로 한 손을 뻗었고, 나머지 한 손으로는 자기 얼굴을 가렸다.

눈을 질끈 감고서 다가올 충격에 굳어버린 내 몸에 무언가가 부딪쳤는데…….

와자작!

무거운 나무 상자들이 딱딱한 벽에 부딪힌 것처럼 커다란 소리를 내며 박살이 났다.

무슨 일인가 싶어서 눈을 뜨니 떨어지는 나무 상자들이 아무것도 하지 않은 내 눈앞에서 잇달아 부서지는 광경이 펼쳐지고 있었다.

(엥, 대체 이게 무슨???)

나는 어리둥절하여 상황을 확인하고자 주변을 둘러봤다. 떨어진 나무 상자들이 내 손에 닿자마자 마치 벽에라도 부딪친 것처럼 산산이 부서지고 있었다.

상자 속에 든 내용물들도 역시 내 몸에 닿자마자 부드러운 물체는 부서졌으며, 딱딱한 금속류는 찌그러져 튕겨 나갔다.

(뭐야? 어떻게 된 거야?)

나는 황당한 표정으로 그 광경을 그저 바라볼 수밖에 없었다. 왜냐면 하나도 아프지 않으니까…….

그토록 수많은 물건이 내 몸에 부딪혀 부서졌는데도 나는 조금도 아프지 않았다.

마치 솜털이 몸을 훑고 지나가는 듯한 감각이었다.

정신을 차려보니 내 눈앞에 산산이 부서진 나무 상자와 내용물들이 널브러져 있었다. 내 뒤에는 아무것도 떨어져 있지 않았다. 그야말로 내 몸이 벽이 되어 그 모든 것들을 다 튕겨낸 것 같은 상황이었다.

그리고 기세를 잃고 서서히 떨어지는 마지막 나무 상자가 내가 뻗은 손에 멋지게 착지했다. 나는 무심코 그 상자를 들어 올렸다. 한 손으로…….

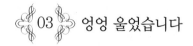# 03 엉엉 울었습니다

그 광경은 아무리 봐도 이상했다.

우르르 쏟아지는 나무 상자들과 내용물들을 튕겨낸 뒤 커다란 상자를 한 손으로 가볍게 든 채 서 있는 소녀.

(이게 대체 뭐야? 누가 설명 좀 해줄래?)

"아, 아가씨……."

머리가 무슨 일이 벌어졌는지 파악하지 못했다. 나무 상자를 든 채 사고가 정지되었던 나는 튜테의 목소리에 제정신을 차렸다.

"앗, 이건, 저기……."

나는 들고 있던 나무 상자를 황급히 내던지고는 초조한 마음으로 튜테를 돌아봤다. 그리고 말문이 막혔다.

내가 뒤를 돌아본 순간 그녀가 한 발자국 뒤로 물러났다. 겁에 질린 표정으로……

공포.

타인이 나를 거부한다.

전생 때 내 처지를 동정하여 불쌍해하거나 슬퍼하는 표정으로 나를 바라보는 사람들이 종종 있었다. 하지만 그 사람들은 결코 나를 거부한 적은 없었다. 애당초 그런 사람이 병실에까지 찾아오지는 않겠지. 지금도 그랬다. 지금껏 내가 접했던 사람들, 가족들과 사용인들은 하나같이 나를 소중하게 대해주었다.

그래서 지금까지 본 적이 없었던 튜테의 굳어버린 표정이 내 심장을 아프게 옥죄었다.

"저기, 그게……."

(뭐라도 말을 해야 해. 하다못해 변명이라도……! 나조차 내가 그토록 무거운 상자를 들어 올릴 수 있을 줄은 상상도 못 했는걸!)

머릿속이 엉망진창이라서 생각이 정리되지 않았다.

그러는 사이에 요란한 소리를 듣고 사용인들이 창고로 몰려들었다. 그들은 이내 상황을 파악하고는 내가 다치지 않았는지 확인하고서 방으로 데리고 가려고 했다.

나는 어른들에게 둘러싸여 아무런 저항도 하지 못하고 방으로 끌려갔다. 나는 생각하는 것을 포기해버렸다.

그로부터 몇 시간이 지나고 모두가 잠이 든 심야가 찾아왔다.

나는 방 안에서 침대에 앉아 홀로 멍하니 있었다. 그 사건 이후 한 발자국도 밖으로 나가지 않고 방에 틀어박혀 있었다.

지금은 누구와도 만나고 싶지 않았다. 특히 튜테와는…….

그녀가 나에게 또 그런 표정을 보이면 어쩌지, 하는 공포가 나를 겁쟁이로 만들었다.

(날 괴물이라고 생각할 거야. 혐오하겠지……. 남이 내 존재를 거부하는 것이 이토록 무서운 줄은 몰랐어.)

천장을 올려다보며 자학적으로 웃었다.

바로 그때 문을 노크하는 소리가 들렸다.

"저기…… 아가씨……."

문 건너편에서 튜테의 목소리가 들렸다. 누군가 꽉 쥔 것처럼 가슴이 괴로워졌다.

"드, 들어오지 마! 혼자 있게 해줘!"

나는 황급히 침대에서 나와 문을 잠가버렸다.

내가 무슨 짓을 했는지 머리로는 이해가 되었다. 하지만 멈출 수가 없었다. 이런 행동 말고 어떻게 해야 좋을지 모를 만큼 나는 유치했다.

"……아가씨께서…… 화를 내시는 건, 당연해요……."

(어? 내가 화를 내?)

예상치 못했던 튜테의 말을 듣고 나는 문 앞에서 귀를 기울였다.

"그때 제 몸을 던져서라도 아가씨를 지켜드려야 했는데……. 그런데 전 무서워서, 한 발자국도 움직일 수 없었어요."

(무슨 소리야? 그 상황에서 나를 감쌌다면 튜테가 크게 다쳤을 텐데?)

아직도 일반인의 생각을 지우지 못한 나는 귀족과 평민이자 피고용인인 튜테의 신분 차이가 얼마나 절대적인지 알아차리지 못했다.

"전!"

튜테의 목소리가 한층 커졌다.

"……전 아가씨가 태어나시고, 그리고 주인님께서 제게 아가씨를 돌보라는 역할을 맡겨주셨을 때 처음으로 살아가는 의미를 깨달았습니다. 그 뒤로 3년 동안…… 아가씨께 도움이 되고 싶어서 열심히 공부했는데……."

목소리가 점점 작아졌다.

"그런데…… 가장 중요한 순간에 발이 얼어붙어서…… 아뇨, 저는 다치고 싶지 않았기에 한 발자국도 앞으로 나갈 수가 없었던 거겠죠……."

정적이 한순간 두 사람을 지배했다.

"아가씨…… 이런 말씀을 드리면 건방지다고 여기실지도 모르겠지만 제발, 제발 한 번 더 기회를 주세요! 부디…… 아가씨 곁에 있게 해주세요. ……부탁드립……니다."

마지막에 말끝을 흐렸다. 울음을 참고 있는지도 모른다.

(난 바보야. 내 생각만 했어. 전생 전에도 그랬지. 나는 살아남는 것에만 정신이 팔려서 다른 사람은 생각하지 않았어.)

그녀도 불안했던 것이다.

위급한 상황에서 아무것도 하지 못했던 자신이 한심하기도 하고, 한편으로는 나에게 환멸을 사서 자칫 역할을 빼앗길까 두려웠으리라.

"아가씨…… 부디…… 곁에…….'

공포와 여러 생각이 한군데 뒤섞이다가 결국 터져버렸는지 튜테가 울먹이기 시작했다.

3년이다.

3년 동안 그녀는 '오로지 나'만을 위하여 공부해왔다.

(그녀는 정말 나를 무서워했을까? 그렇다면 왜 내 방에 왔지? 지금 그녀를 거부하는 사람은 바로 나잖아! 거부당하기를 두려웠던 내가 그녀를 거부했던 거야!)

그렇게 생각하니 지금까지 해왔던 행동이 후회되었다. 정말로 나는 소심한 인간이다. 무심코 눈물이 솟았다.

"미안, 튜테. ……미안해…… 무섭게 해서, 미안해……."

정신을 차리니 나는 문을 열고서 눈앞에 서 있는 소녀에게 울먹이며 사과하고 있었다.

고개를 숙인 채 공포의 감정을 필사적으로 참고 있던 소녀는 내 한심한 모습을 보고 당황했다.

그날 밤 나는 방 앞에서 '미안해'라는 말을 되풀이했다. 내 흐느끼는 목소리가 저택 안에 되울려 어른들을 곤혹스럽게 했다.

여담이지만 내가 저질렀던 나무 상자 사건을 튜테가 어떻게 받아들였느냐면…….

"아아, 그거 말인가요? 주인님께서 다섯 살 때 제 몸보다 큰 바위를 들어 올렸다는 일화를 들었던 터라 역시 그 아버님의 그 따님이구나, 하고 놀랐지만 그게 다인데요?"

튜테가 웃으며 그렇게 말했다. 아무래도 튜테는 상황을 처음부터 지켜보지는 않았던 모양이다. 마지막에 내가 나무 상자를 들어 올린 장면만 인상에 남은 듯했다. 쏟아진 상자들이 내 바로 앞에 떨어져 부서졌다고 생각하는 모양이다. 뭐, 부서진 파편들이 내 앞에만 널브러져 있었으니까. 게다가 나는 다섯 살이고……. 대단해, 마이 파더.

(음, 유전인가? 아니, 글쎄? ……난 전혀 몸을 단련한 적이 없는데?)

내 힘의 정체는 시간이 더 지나야 밝혀질 것 같습니다.

04 곤혹스럽습니다

그 사건을 겪으면서 나와 튜테의 인연은 더욱 깊어졌다.

안녕하세요. 메어리 레가리야, 현재 여섯 살입니다.

시간이 참 빠릅니다. 그로부터 3년이 지났습니다. 나는 순조롭게 자라고 있습니다. 아자, 아자, 장수! 노이벤트! 굿~ 라이프!

하지만 나이를 점점 먹어가니 어떤 고민이 생겼습니다.

빠직!

평온한 오후, 정원 한편에서 나는 홍차를 마시고 있었다. 그런데 내가 들고 있던 잔 밑바닥이 가벼운 소리를 내며 갑자기 깨져버렸다.

"아가씨, 괜찮으십니까!"

옆에 대기하고 있던 튜테가 내 몸을 살폈다.

"괜찮아, 튜테. 잔을 내려놓을 때 힘을 너무 준 모양이야. 방심했네."

그녀를 안심시키고자 들고 있던 손을 흔들었다. 가늘고 새하얀 손가락이 상처 하나 없이 여전히 아름답다는 것을 확인하고서 튜테는 가슴을 쓸어내렸다.

"휴우~ 걱정했습니다. 그나저나 역시 아가씨군요. 손가락에 살짝 힘을 줬을 뿐인데 컵이 깨지다니. 이것도 아가씨께서 말씀하신 그 '전생의 기억'이 빚어낸 기술인가요?"

"그런 기술은 없어."

튜테는 대화를 하면서 깨진 컵 파편들을 능숙하게 치우고는 새로운 컵을 가지고 왔다. 그녀에게는 이미 익숙한 일이었다. 사실 나는 이미 앞으로도 쭉 함께 지낼 그녀에게 모든 것을 다 털어놓았다.

힘, 그리고 전생의 기억까지…….

그녀에게 숨기고 싶지 않았다. 믿어줄지 의심스럽긴 했지만 감추지 않고 다 털어놓자 튜테는…….

'예? 전생의 기억이라고요? 대단해요! 역시 아가씨세요!'

(으음, 뭐가 역시인지는 잘 모르겠지만, 일단은 믿어주는 모양이니 상관없으려나.)

이야기를 되돌려 그 사건 이후로 나는 자신이 뜻밖의 힘을 갖고 있음을 깨달았다. 그리고 그 힘을 의식하면 큰 말썽이 벌어진다는 사실도 알았다. 힘을 조금이라도 주면 물건을 부숴버리기 일쑤였다.

여태까지는 당연하다는 듯이 힘 조절을 잘 해왔는데 최근 들어 어쩐지 서툴러졌다고 해야 할까?

예를 들어 이 문손잡이를 어느 정도의 힘으로 잡아야 할지 일일이 생각해야만 했다. 결국 나는 무슨 행동을 하든 주변 사람들보다 한 박자 늦기 시작했다. 굼뜬 사람이 되어버린 것이다.

꾸준한 단련을 통해 얻은 힘이라면 문제없이 조절할 수 있었을 것이다. 하지만 어느 날 갑자기 생긴 엄청난 힘은 자각도 없었고, 실감도 나지 않았다.

이런 흉기가 또 있을까? 언제 폭발할지 알 수 없는 권총으로 상대를 계속 겨누고 있는 것 같은 심정이었다.

결국 내 힘이 어느 정도인지 스스로 파악하지 않으면 이 문제를 해결하지 못할 것 같아서 예전에 호신술을 배우고 싶다고 아버님에게 부탁한 적이 있었다.

"귀여운 네게 무술은 어울리지 않아. 더욱이 널 다치게 하려는 자가 있다면 사전에 찾아내서 내가 그 일당과 일족을 모조리 죽여주마♪"

위험천만한 아버님이 호쾌하게 웃으며 그렇게 대답하자 나는 입을 다물 수밖에 없었다.

그렇다면 몰래 몸을 힘껏 놀려보면 되지 않을까 생각도 해봤지만, 그것도 어설픈 생각이었다.

역시 공작가 영애답게 나는 늘 누군가의 주목을 받고 있었다. 가족이나 사용인들, 저택을 방문하는 손님 등 여러 사람을 말이다.

튜테가 일찍이 이런 말을 한 적이 있었다. '아가씨의 존재감은 장난이 아니라서 금세 남의 이목이 쏠려요. 그만큼 아가씨의 천진난만함은 신비로워요. 부디 자각해주세요.'

그때 튜테가 왜 얼굴을 붉히며 황홀함에 빠졌는지는 굳이 생각하지 않기로 했다.

결국 나는 대책을 마련하지 못한 채 무언가 망가뜨리지는 않을지 늘 전전긍긍해왔다. 그리고 매사 튜테의 손을 빌리는 나약한 존재가 되어버렸다.

너욱이 오랜 시간 병실에서 지냈던 나는 누군가에게 일상생활을 맡기는 것에 아무런 거부감이 없었다. 이 역시 나약한 기질을 형성하는 데 일조했다.

무인 기질이 있는 아버지는 그런 나를 연약하다고 나무라지 않았다. 그러긴커녕 단련시키려는 생각이 눈곱만큼도 없었다. 앞서 말했다시피 위험천만한 발언을 서슴없이 내뱉었다.

"휴우…… 곤란하네. 힘 조절이 이토록 어려울 줄이야."

"모든 물건을 아가씨 기준으로 만들 수는 없는 노릇이니까요. 그보다 저는 내년에 있을 신탁의 의식이 걱정이에요. 다른 자제분들 앞에서 대참사가 벌어지면 큰일이니까요. 아가씨라면 또래 아이들쯤은 꿀밤 한 대로 분쇄할 수 있을 테고……."

"사람을 괴물 취급하지 말아줘. 나도 그 정도는 아니야…… 아마도……."

신탁의 의식.

일곱 살이 된 아이가 신전에서 신의 신탁을 받고 자신의 가능성을 깨닫는 일대 이벤트다. 신탁에서는 무력·지력·마력 등 여러 가능성이 나오는데 아이들은 미래를 위해 무엇을 배워야 할지 그때 비로소 정하게 된다.

(그럼 나는 무력인가? 그렇다면 아버님께 무술을 가르쳐달라고 할 좋은 기회가 되겠네.)

나는 내년에 있을 일대 이벤트를 낙관적으로 기대했다.

하지만 이때까지도 나는 상상을 초월하는 신탁을 받고서 경악하게 될 줄은 그때는 미처 알지 못했다.

✤ 05 ✤ 신전에 갑니다

힘 조절과 악전고투하다 보니 또 일 년이 지났습니다.

안녕하세요. 메아리 레가리야, 현재 일곱 살입니다.

저도 어엿한 아가씨(?)가 되었고, 생활에 필요한 마법도 조금은 쓸 줄 알게 되었습니다. 에헴♪

이 대목에서 이 세계의 마법을 설명해드리도록 하죠.

이 세계의 모든 사람은 많든 적든 다들 마력을 갖고 있습니다.

그렇다고 해서 모두가 게임에 나오는 마법사라는 의미는 아닙니다.

마력과 마법은 별개라서 마력이 있더라도 마법을 배우지 않으면 쓸 수가 없지요.

하지만 마법을 배우려면 돈이 들어서 서민들보다는 귀족들이 주로 마법을 사용합니다.

참고로 제가 최근에 익힌 '생활 마법'은 불을 밝히는 마도구를 켜고 끄거나, 요리에 필요한 화로에 불을 붙이는 등의 마법입니다.

이렇듯 단순해서 누구든지 배우기만 해도 쓸 수 있는 마법을 뭉뚱그려 '1계급 마법'이라고 부릅니다.

이 세계의 마법은 1부터 8까지 8개의 계급이 있습니다. 2계급 마법부터는 게임 등에서 볼 수 있는 공격 마법도 배울 수 있습니다.

단순하게 '불 마법'으로 예를 들어보자면 그저 '불'을 피우는 마법이 1계급, '불'을 공격수단으로 쓸 수 있는 마법이 2계급, 그 '불' 공격을 강화한 마법이 3계급, '불'을 '화염'으로 진화시킨 마법이 4계급, 그것을 강화한 마법이 5계급, '화염'을 '폭발'로 진화시킨 마법이 6계급, 그것을 강화한 마법이 7계급입니다.

가정교사가 알려준 내용을 게임 지식으로 해석한 것이라 대략 적이긴 하지만……. 이해가 빠르다고 가정교사가 칭찬해주었습니다.

네? 8계급 마법은 뭐냐고요?

아무래도 전인미답의 경지인 모양이에요. 그 존재를 아는 자도, 구사할 수 있는 자도 없는 전설의 마법이라서 설명할 수 없다고 해요.

참고로 1계급은 누구나 구사할 수 있고, 2~3계급은 모험가나 마법사 같은 빼어난 사람이나 몬스터 등이 구사할 수 있습니다. 4~5계급은 용사나 영웅, 대마법사 등 이야기 속에 등장하는 주인공급 인간이나 마족, 정령, 천사 등이 사용할 수 있는 영역이고요. 그보다 더 높은 마법을 구사할 수 있는 인간은 없는 모양이에요. 더욱이 6~7계급은 드래곤이나 대천사, 마왕 등 초월적인 존재가 쓴다고 하는데…….

(으~음, 판타지구나♪ 두근두근거리는 걸♪)

자, 현재 이야기로 되돌아와서.

지금 나는 튜테의 손을 빌려 드레스를 입고 있다. 늘 입던 생활용 드레스가 아니라 외출용 호화 드레스다.

(으~음, 비싸 보이는 드레스네. 지금 내가 잘못 만지면 찢어질 것 같은데……. 아~아, 이대로 가다가는 튜테 없이는 아무것도 못 하는 한심한 아이가 되고 말 거야…….)

튜테가 야무진 손으로 드레스를 척척 입히는 광경을 바라보며 나는 무능한 자신을 한탄했다.

(아니지, 이제부터 신탁의 의식을 치르러 가니 나도 앞으로 반듯하게 살아갈 수…… 있겠……지?)

자신감이 점점 사라져서 마지막에는 물음표를 붙이고 말았지만 개의치 말자, 개의치 말자.

"실례합니다. 아가씨, 마차를 대령했습니다."

드레스를 다 입힌 뒤 튜테가 장식품을 달고 있으니 집사가 문을 노크하고 안으로 들어왔다.

"알았어요."

튜테가 머리를 빗겨주고 있어서 그를 보지 않고 대답을 했다. 집사는 그게 당연하다는 얼굴로 고개를 숙인 뒤 방을 나갔다.

"드디어……."

나는 심호흡을 하고서 거울에 비친 자기 모습을 봤다.

새하얗게 반짝이는 머리카락을 두 갈래로 가른 뒤, 각 갈래를 세 번 땋고서 뒤에서 한데 묶었다. 앞을 가리지 않도록 장신구로 앞머리를 고정했다. 새하얀 피부만큼이나 새하얀 실크 드레스에는 레이스와 프릴 등 예쁜 자수가 수놓아져 있었다.

(드디어. 오늘 나는 동갑내기 아이들과 만날 수 있어! 우와 긴장돼!)

전생에서도 만나지 못했던 동갑내기 아이들. 오늘 신탁의 의식을 받으러 아이들이 모인다. 오늘은 귀족들만 모이기에 전부 다 만나볼 수는 없겠지만, 그래도 상당한 숫자겠지. 나는 신탁보다도 그쪽이 더 흥미진진했고, 또 걱정되었다.

(별일 없이 끝나기를.)

나는 불온한 플래그를 세우면서 튜테의 손을 잡고 마차가 대기하는 저택 현관으로 향했다.

신전은 왕도 북쪽 언덕 위에 있다. 신전의 모양새는 현실적이라기보다 예술적이었다. 나는 마차 차창에서 그 광경을 지켜보고 있었다. 내 심장이 점점 빠르게 뛰기 시작했다.

(어쩐지 처음으로 학교에 가는 심정이야. 가본 적은 없지만!)

긴장감과 불안감이 뒤섞인, 뭐라 형언할 수 없는 감정에 짓눌리고 있을 때 마차가 멈췄다.

(드디어! 데뷔~!)

"도착했습니다, 아가씨."

튜테가 마차 밖으로 나가 나를 위해 발판을 설치했다.

준비를 끝마친 튜테가 옆으로 물러나자 나는 다급해지는 마음을 다잡으며 천천히 문으로 향했다.

　밖으로 나간 순간, 약간의 수런거림과 함께 나와 같은 또래로 보이는 아이들과 그 시종들의 시선이 이쪽으로 쏠리는…… 것 같았다. 추측 표현을 쓴 이유는 그 시선들을 차마 확인하지 못하고 고개를 숙였기 때문이다.

　(우와 난 바보, 바보야! 난 어엿한 공작가 영애야! 책이나 애니메이션에서 본 것처럼 더 당당하게 굴어야 한다고!)

　하지만 어쩐지 부끄러워서 새삼스레 고개를 들 수가 없었다. 나는 그 상태로 마차에서 내리다가 마치 예정이나 된 것처럼 발판 마지막 단에서 발을 헛디뎠다.

　(안~돼! 이대로 발을 내디디면 땅에 구멍이 뚫린다고오오오! 힘을 빼, 아, 하지만 너무 힘을 빼면 넘어질 텐데. 대체 어쩜 좋아아아아!)

　내가 당황하며 팔을 붕붕 휘젓자 튜테가 곧바로 내 손을 붙잡아주었다.

　"고……, 고마워……."

　튜테에게 작은 목소리로 고마움을 표하자 그녀는 안도한 표정으로 나를 부축한 채 걷기 시작했다.

　(휴우……. 다들 한심한 여자애라고 여기면 어쩌지……. 우우…….)

　실망하여 의기소침해진 나를 먼발치에서 보던 사람들이 '어쩜

저리 천진난만할까. 지켜주고 싶은 아이야.' 하고 잇달아 말했지
만, 의기소침해진 내 귀에는 전혀 들리지 않았다. 나는 튜테에
게 이끌려 신전 안으로 조심스레 들어갔다.

06 신탁의 의식

신전에 들어가 안쪽에 있는 큰 문을 지나자 높은 돔 천장이 달린 정숙한 공간이 나왔다.

나는 뷰테에게 이끌리며 으슥한 곳을 찾았다.

왜냐고? 눈에 띄니까.

난생처음으로 다른 아이들을 보고 나는 놀라움을 감추지 못했다.

우선 이 은색 머리가 신경이 쓰였다.

옅고 짙은 차이는 있지만, 사람들의 머리는 대부분 검은색, 금색, 갈색이었다. 은색, 하물며 백은색인 사람은 아무도 없었다.

눈동자 색깔은 천차만별이었다. 나와 똑같은 눈동자를 가진 사람도 있었다. 어쩌면 어머니는 이국 사람일지도 모르겠다는 생각이 들었다.

그리고 다들 햇볕에 피부가 그을려 건강해 보였다. 이곳 알디아 왕국은 일 년 내내 기후가 온난해서 햇볕이 강한 편이다.

나도 곧잘 외출해서 햇볕을 쬐곤 하는데, 뷰테만 피부가 그을릴 뿐 나는 멀쩡하다……. 이유가 뭘까?

여하튼 나는 자신의 외모가 타인과 상당히 다르다는 걸 처음으로 깨달았다. 그래서 부끄러워서 눈에 띄지 않는 곳에 조용히 서 있었다.

내가 공작가 영애라서 그런지 호기심 어린 눈으로 힐끔힐끔 쳐다보는 사람들은 있었지만, 근처에 다가오려는 사람은 없었다.

"그럼 신탁의 의식을 거행하도록 하겠습니다. 호명된 자는 앞으로 나와 여기 있는 보구에 손을 대주십시오."

널찍한 신전 안쪽에 여러 단의 계단이 있었다. 가장 위에 옅은 빛을 발하는 수정이 호화로운 대좌에 놓여 있었다.

"튜테, 난 몇 번째야?"

실은 의식을 치르는 순서도 이른바 귀족들의 권력 관계와 영향이 있다.

가장 눈에 띄고 싶은 가문, 그다지 눈에 띄고 싶지 않은 가문, 어디 가문보다는 먼저…… 등등 각 가문의 사정이 얽혀 있다.

그 요청이 수락되느냐 각하되느냐는 그 가문의 영향력에 달려 있다고 한다.

"주인님께서 가장 마지막에 오르도록 힘을 쓰셨다고 들었습니다. 대미를 장식해야 한다면서."

(오, 젠장! 쓸데없는 짓을…… 눈에 띄고 싶지 않았건만……!)

나는 눈을 감고 한숨을 깊이 내뱉었다.

그러는 사이에 신탁의 의식이 시작되었다. 호명된 자가 대좌로 올라갔다.

아이가 긴장한 표정으로 손을 대자 수정이 빨간색, 녹색, 파란색 등이 뒤섞인 빛을 발했다. 눈을 감고 잠시 그 자세를 유지하던 아이가 눈을 확 뜬 뒤 무언가를 생각하며 내려왔다.

"저 빛은 뭘까?"

"저건 수정에 손을 댄 자의 무력, 지력, 마력을 알려주는 빛이에요. 색으로 어느 쪽 힘이 더 강한지 알 수 있고요, 빛의 세기로는 그 힘의 총량을 알 수 있죠."

(다시 말해 새빨갛게 빛나면 그 사람 안에서 그 힘이 우세하다는 거고, 눈부실 만큼 빛이 찬란하다면 그 힘이 강하다는 뜻이구나?)

"오호…… 잘 아네?"

"저도 이미 신탁의 의식을 치렀는걸요."

그러고 보니 튜테는 나보다 다섯 살 위이니 당연히 먼저 의식을 치렀겠지. 까먹고 있었다.

"어머, 그래?"

어땠어? 하고 묻고 싶었지만 남의 사생활을 파헤치는 짓은 품위가 없는 것 같아서 참았다.

"그럼 왜 다들 저런 자세를 하는 거야?"

"신께서 말씀을 내려주시거든요."

"뭐?! 신님의 목소리를 들을 수 있어?"

현대에서 온 나로서는 믿기지 않는 말이라서 무심코 큰 소리가 나오고 말았다.

왜 그러시지? 라는 표정으로 고개를 갸웃거리는 튜테를 보니 이 세계에서는 신이 실체화되어 있는 게 아닌가, 하는 생각이 들었다. 설마 강림하는 거 아냐?

역시 판타지!

아이들이 번갈아 대좌에 오를 때마다 빛이 뿜어져 나오는 걸 보고 있었더니 점점 눈이 아프기 시작했다.

그와 동시에 심장이 점점 빨라졌다.

(슬슬 내 차례 아닌가? 어쩌지?)

주변을 두리번거렸다. 얼마나 남았는지 왜 정확하게 모르냐면 줄을 서지 않았기 때문이다. 다들 원하는 곳에서 대기하다가 호명을 받으면 앞으로 나가기에 사람이 얼마나 남았는지 알 수가 없었다.

더욱이 의식을 끝낸 사람도 퇴장하지 않아서 더더욱 알 수가 없었다.

하지만 그것도 초반이었다. 역시 시작한 지 한 시간 넘게 지나자 의식을 치른 사람과 그렇지 않은 사람을 태도로 구분할 수 있었다.

그리고 의식을 치르지 않은 사람이 몇 명밖에 남지 않았다는 걸 알자 심장이 더욱 빨라졌다.

(이번에는 실수하지도 않도록……. 혹여 보구를 망가뜨리기라도 했다가는…… 끝장이야.)

자신의 차례가 시시각각 다가오자 긴장뿐만 아니라 걱정까지 들기 시작했다. 이 지경이 되자 이제 모든 것이 의심스러워졌다.

그리고 그중에서 가장 의심스러운 것이 바로 자신이었다.

(아아아…… 이럴 줄 알았다면 수정 구슬을 마련해 예행연습

이라도 할 걸 그랬어……. 단지 내가 손을 댔다고 보구가 망가질 것 같지는 않지만, 그래도 금이라도 가면 곤란한데……. 아아, 어쩌지? 어쩌지……. 너무 긴장해서 손이 덜덜 떨려…….)

그리고 아직 의식을 치르지 않은 마지막 아이가 불려 나갔다가 몇 분 뒤에 되돌아왔다.

(드. 드드드드드. 드디어.)

나는 손바닥에 인(人)자를 그린 뒤 그것을 삼키는 동작을 했다.

이것이 바로 현대 문명이 자랑하는 주술의 위력이다!

"다음 레가리야 공작가, 메어리 레가리야 양."

그 목소리에 심장이 폭발했다.

(현대 문명이 자랑하는 주술이 통하지 않아아아아!)

내가 굳어 있으니 튜테가 걱정스러운 얼굴로 쳐다봤다.

(걱정을 끼치면 어떡해. 난 공작가 영애야! 정신 똑바로 차려!)

나는 결심을 굳힌 뒤 고개를 들고 앞으로 나갔다.

끼이이이익!

바로 그때 닫혀 있던 육중한 문이 열리더니 기사로 보이는 남자들과 시종들이 안으로 들어왔다.

"알디아 왕국 제1왕자이신 레이포스 전하께서 납시셨습니다!"

그 말에 신전 분위기가 순간 얼어붙었다. 문 근처에 있던 자들부터 차례대로 구석으로 물러났다.

나로 말할 것 같으면 너무 긴장한 나머지 무슨 사태가 벌어졌는지 파악하지 못한 채 대좌로 가려다가 그대로 얼어붙었다.

그리고 기사들을 따라 그 사람이 안으로 들어왔다.

알디아 왕국, 제1왕자인 '레이포스 루크아 달포드.'

그 모습에 모두 얼이 나갔다. 정확하게 말하자면 여자애들만.

하얀색과 푸른색이 어우러진 의복을 갖춰 입고서 늘씬하게 뻗은 팔과 다리를 놀리며 걷는 그 모습은 우아함 그 자체였다.

아름다운 금발은 살랑거렸고, 그 사이로 보이는 반짝이는 푸른 눈동자는 빨려들듯이 깊고 아름다웠다.

이목구비도 남자애치고 예쁘장하다. 하지만 늠름한 표정이 기품을 자아냈다.

그야말로 왕자! 이런 표현밖에 할 수가 없었다.

이 나라의 왕자도 나와 동갑이었다. 그래서 오늘 신탁의 의식에 참여한 것이다. 그런데 저 왕자는 아주 바쁜지 뒤늦게 들어와서는 다짜고짜 새치기를 했다.

하지만 아무도 불평을 하지 못했다. 그것이 바로 왕족이다.

그 왕자가 일행을 이끌고서 이쪽으로 다가오는 것이 아닌가?

(이런, 나도 어서 비켜야 하는데.)

긴장 때문에 허둥대던 내 머리가 주변 움직임에 반응하여 판단을 내렸는데…….

뚜둑!

망했습니다아아아아!

나는 물러서려다가 익숙지 않은 구두를 신은 탓에 발이 섭질려 넘어질 뻔했다.
"이런……."
내 귓가에 상냥한 목소리가 들렸다.
누군가가 나를 안아서 받쳐주었다.
(어, 누구지? 설마아아아아!)
조심스럽게 시선을 옮기자 그 왕자의 얼굴이 큼지막하게 보였다.
(저질렀다아아아아아아!)
나는 마음속으로 절규했다.

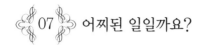

07 어찌된 일일까요?

금실 같은 머리를 휘날리는 미소년이 백은색 머리를 지닌 소녀의 몸을 안는 순간, 주변 사람들은 마치 예술 작품을 바라보는 것처럼 황홀함에 빠졌다.

하지만 당사자인 나는……

(히이이익! 어쩌지, 어쩌지! 손으로 밀치면 왕자님이 날아갈지도 몰라! 지금 난 절대로 힘 조절을 할 수가 없다고오오오!)

완전히 공황 상태였다.

"떨고 있구나……. 그렇게 무서워할 거 없어, 귀여운 새하얀 공주님."

(응???)

"자, 내 손을 잡아봐……. 그 긴장감을 달콤한 두근거림으로 바꿔줄 테니."

(대체 무슨 소리를 하는 거야아아, 이 일곱 살짜리가아아! 이런 낯부끄러운 대사를 상쾌하게 웃으며 서슴없이 내뱉다니이이이!)

너무나도 낯간지러운 대사를 들어 부끄럽기도 하고, 또 우스워서 어느새 공황이 사라져버렸다. 그 대신에 웃음이 터져 나올 것 같았다. 나는 황급히 고개를 돌려 웃음을 참았다.

"부끄러워하는 거니? 귀엽구나."

(그~만~해~! 이러면 나 웃을 거야! 웃을 거라고오오! 그럼

불경죄잖아아아아! 이 일곱 살짜리는 뭐야? 진짜? 진짜 날 웃기고 싶은 거야?)

웃음을 필사적으로 참고자 나는 고개를 숙인 채 몸을 부들부들 떨었다. 아마 얼굴도 붉어졌을 것이다.

"왕자님…… 시간이……."

뒤에 대기하고 있던 기사 중 하나가 왕자에게 말을 걸었다.

"아, 그렇지. 아쉽긴 하지만."

왕자는 아쉬운지 나에게서 떨어지며 내 머리카락을 사라락, 하고 쓸어 올렸다. 떨어지는 순간까지 아쉬워하며……. 그런 연출은 필요 없어!

뭐, 보기에는 멋있을지도 모르겠지만, (정신연령이) 스무 살이 넘은 어른인 내 눈에는 아이가 어른인 척 구는 것 같았다. 왕자님에게 실례되는 표정을 보이지 않도록 고개를 푹 숙이는 게 고작이었다.

다들 분명 나와 마찬가지로 황당해하고 있겠지. 그런데 이게 웬일. 왕자와 떨어지면서 곁눈으로 주변을 둘러보니 여자애들이 황홀한 표정으로 왕자를 쳐다보고 있는 게 아닌가?

(이게 뭐야! 내가 이상한가?!)

조금 충격을 받은 내가 비틀거리며 물러나자 튜테가 부축해주었다.

"괜찮으십니까? 아가씨."

"어, 어어…… 괜찮아. 그것보다 나, 왕자님께 실례를 범하고 말았어. 어쩌지? 불쾌해하지 않았으면 좋겠는데."

"그런가요? 제 눈에는 몹시 반짝이는 두 분이 달콤한 순간을 보낸 것처럼 보였는데요! 무심코 넋을 놓고 봤다니까요!"

주변에 있는 여자애들과 마찬가지로 튜테는 황홀한 표정을 짓고 있었다.

(이럴 수가! 튜테만은 나와 같은 마음일 거라고 생각했는데!)

"오오오오오!"

더블 쇼크를 받은 나를 아랑곳하지 않고 주변에서 환호성이 터졌다.

무슨 일인가 싶어 대좌 쪽으로 시선을 돌리니 왕자가 찬란하게 빛나고 있었다.

정확하게 말하자면 왕자 앞에 놓인 수정이 빛을 뿜어낸 것인데, 너무 밝아서 마치 그가 빛나는 것처럼 보였다.

역시 왕자. 지금껏 봐왔던 아이들과 확연히 달랐다. 비교도 되지 않을 만큼 강렬한 빛이었다.

그 광경을 보니 왕자가 그야말로 신에게 선택받은 자 같았다. 완벽한 겉모습과 그 광경이 어우러져 무심코 넋을 놓고 쳐다봤다.

잠시 뒤에 왕자는 발걸음을 돌려 대좌에서 내려왔다.

이번에는 방해가 되지 않도록 튜테에게 이끌려 구석으로 물러났다.

왕자가 무언가를 찾으려고 주변을 두리번거리자 나는 황급히 튜테 뒤에 숨어버렸다.

아까 그 추태를 들먹이며 꾸짖을까 걱정되어서였다.

그러나 몇 초 뒤에 왕자는 아무것도 하지 않고 시종들을 데리고 퇴장했다. 실내를 지배했던 긴장감이 풀어졌다.

"그럼 뒤이어 메어리 양, 앞으로."

"아, 예에엣."

마음을 놓은 순간 이름이 불리자 나는 목소리가 뒤집혔다. 키득거리는 소리가 들렸지만 나는 신경 쓸 겨를도 없이 황급히 대좌로 향했다.

(왕자님 다음인데……. 그런 엄청난 광경을 본 다음이라니, 어쩐지 싫다. 빛이 보잘것없으면 울어버릴 거야.)

나는 고개를 숙이며 수정에 손을 올렸다.

직후, 아무것도 보이지 않을 만큼 실내가 새하얀 빛에 휩싸였다.

"오랜만이야. 이세계의 소녀."

새하얀 세계에 울리는 목소리.

(이 목소리는 그때의! 역시 신님이었어!)

"맞아. 어때? 새로운 세계는?"

목소리를 내지 않는데도 대화가 이루어져서 깜짝 놀랐다. 하지만 신이니까 당연하겠지. 나는 그냥 납득했다.

다시금 주변을 둘러봤지만 새하얀 세계 속에서 내 앞에 누가 있다는 존재감만이 느껴졌다.

"예! 제가 좋아했던 게임 속 세계 같아서 재밌어요."

"그래, 그렇구나. 그대의 소원이 이루어져서 다행이로구나."

"제 소원이요? 검과 마법의 세계로 보내달라고 부탁했었나요?"

내가 그런 소원을 빌었다고? 전생의 기억을 돌이켜봤지만, 게임 속 세상은 재밌겠다고 생각한 적은 있어도 보내달라는 소원을 빈 적은 없었다.

"아니, 내 판단으로 보낸 거야. 네가 이런 세계를 좋아했던 것 같아서."

"고맙습니다. 그럼 제 소원은 뭐였죠?"

자기가 빈 소원이 무엇인지 묻는 건 실례였지만, 정말 아무것도 기억나질 않아서 솔직히 물어보기로 했다.

"그 무엇에도 절대로 지지 않는 강건한 몸으로 태어날 수 있기를."

그 말을 듣고 나는 숨을 거두기 직전의 상황을 떠올렸다.

분명 그런 소원을 빈 것 같았다.

"허나 이 세계는 검과 마법의 세계. 몬스터가 득실거리고 사람들이 영웅담을 노래하는 위험한 세계라서 그 무엇에도 절대로 지지 않는다는 조건에 맞추는 게 꽤 힘들었어."

"어……."

내 몸에서 핏기가 싹 가시고 등에서 식은땀이 뚝뚝 떨어졌다.

"그대의 신변에 무슨 일이 벌어질지 알 수가 없어서 일단 그 무엇에도 지지 않도록 그대의 능력을 세계 최고로 올려뒀지. 이 세계에서 공격력, 방어력, 순발력 등 신체에 관련된 수치가 그대보다 더 높은 사람은 없을 거야."

"어, 아…… 예……. 고맙습니다."

"허나 이 세계에는 마법이 있지. 그래서 혹시 몰라 마력도 최고로 올려뒀어. 이 세계의 마법은 마력의 총량에 따라 계급이 결정되지. 이제 그대는 모든 계급의 마법을 구사할 수 있을 터."

"어, 아…… 예……. 고맙습니다."

"아니, 아직이야. 그래도 조금 걱정이 돼서 수치를 올리는 김에 그대한테 위해를 가하는 물리 공격과 마법 공격 등 모든 공격을 무효화시키는 상시 발동 스킬도 주었다네. 즉 그대는 드래곤이든 마왕이든 천재지변이든 그 무엇에도 지지 않는 '완전무적'의 몸인 거지."

"어, 아…… 예……. 고맙습니다."

너무나도 충격적인 정보를 머릿속에 집어넣기가 바빠서 연이어 건성으로 대답했다.

"으음, 으음, 그래, 그래. 그럼 전생보다 더 나은 삶을 살아다오. 그대가 장차 나아가는 길을 축복하마."

그리고는 목소리가 멀어져갔다.

나는 망연자실한 채 멍하니 서 있을 수밖에 없었다.

그리고 나는 새하얀 세계에서 현실로 급속도로 되돌아왔다. 그리고 충격적인 정보량을 정신이 미처 다 담아내지 못해서 그만 기절하고 말았다.

이게 대체 무슨 일이야. 아무래도 내 몸은 그 어떤 상대에게도 절대로 지지 않는 완전무적이 된 모양이다.

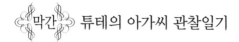

막간 튜테의 아가씨 관찰일기

제 이름은 '튜테.'

레가리야 공작가에서 일하는 메이드입니다. 저는 '메어리' 아가씨의 전속 메이드로서 언제나 곁에서 봉사하고 있습니다.

아가씨는 새하얗고 아주 귀여운 천사 같은 분입니다. 저나 다른 사용인들을 마치 가족처럼 대해주시는 아주 멋진 아가씨입니다.

그리고 아가씨는 저에게 몹시 의존하시는데 그 모습이 미칠 만큼 귀엽습니다.

무슨 일이 생길 때마다 '튜테~' 하고 울먹이며 올려다보시는데 저는 그때마다 뭐든지 해드립니다. 예, 식사, 옷 입기, 문 여닫기부터 의자 당기기, 책장 넘기기, 무언가를 집거나 들기, 칫솔질, 세수 등 뭐든지요! 그리고 다 도와드린 뒤에는 새하얀 꽃봉오리가 웃음이라는 꽃을 피우는데 그때 무척 보람을 느낍니다. 그건 최고의 포상입니다! 아니, 단순한 꽃이 아닙니다. 굳이 말하자면 신들의 땅에만 피는 아름다운 백화(白花). 아니, 그런 진부한 말로는 표현할 수 없습니다. 아가씨는 좀 더~! 아아, 표현력이 부족한 제 자신이 원망스럽습니다.

에구, 이야기가 벗어나버렸습니다.

더욱이 아가씨는 모든 일을 다른 사람에게 부탁하는데 아무런 거부감이 없습니다. 역시 공작가 영애. 타고난 귀족이네요.

아가씨가 저에게 너무 의존해서 언젠가 메이드장이 '너도 참 힘들겠구나' 하고 위로해준 적이 있습니다. 하지만 저는 아가씨를 전력을 다해 모시기로 맹세했기에 전혀 고생스럽지 않습니다. 오히려 24시간이 아니라 48시간 의존해주셔도 괜찮을 정도라고요!

그래서 저는 아가씨를 관찰하며 아가씨께서 무언가를 해달라고 하시기 전에 움직일 수 있도록 노력해왔습니다.

그런데 아가씨께서는 종종 제 앞에서 이해할 수 없는 행동을 하시곤 합니다.

지난번이었습니다.

"튜테. 나, 내일 아침부터 라디오 체조를 할 거야! 이른 아침에 라디오 체조를 하는 게 꿈이었어."

잠자리에 들기 전에 아가씨께서 들뜬 표정으로 뜬금없이 이해할 수 없는 말씀을 하셨습니다.

"라디오 체조요? 아침이라고 하시니 몇 시에 깨워드리면 될까요?"

"으~음, 6시 정도? 잘 부탁해♪"

아가씨는 그렇게 말씀하시고는 주무셨습니다.

그래서 이튿날 아침에 깨워드렸더니.

"5분만…… 5분만 더 있다가……."

아가씨께서는 그렇게 미루시다가 30분이 더 지나서야 겨우 침대에서 일어나셨습니다. 예상했던 바입니다. 잠에서 덜 깬 아가씨는 귀여웠습니다.

"뭐, 라디오 체조는 6시 반부터 시작하니까 오케이, 오케이!"

아가씨께서 잘 모를 말씀을 하시더니 웃으면서 정원으로 달려가셨습니다. 물론 옷은 이미 갈아입으셨죠. 씩씩한 모습도 멋있어요!

하지만 정원에 나간 아가씨께서 우두커니 서서 주변을 둘러보셨습니다. 그러고는 갑자기 두 손과 무릎을 땅바닥에 대시고서 고개를 푹 숙이셨습니다.

"아, 아가씨?"

"맞아……. 이 세계에는 라디오가 없지."

제가 황급히 달려가자 아가씨께서 경악한 표정으로 중얼거리셨습니다. 무얼 하고 싶으셨는지 전혀 모르겠지만

"모처럼 나왔으니 라디오 없이 체조라도 하자!"

아가씨께서는 일어나서 등을 쭉 펴며 심호흡을 하셨습니다.

"짜~안, 짜~안, 짜라라란♪ 짜~안, 짜~안, 짜라라란♪ 짜라라라, 짜라라라, 짜란짜란짜란♪"

갑자기 아가씨께서 이해할 수 없는 노래를 크게 부르기 시작하셨습니다.

"라디오 체조~ 시~작! ……으~음……."

뒤꿈치를 가볍게 들며 리듬을 타던 아가씨께서 그 대목까지

큰소리로 외치고서 그 뒤로는 리듬만 탈뿐 입을 다무셨습니다.

그러고는 또다시 두 손과 무릎을 땅바닥에 댄 채 고개를 푹 숙이셨습니다.

"해본 적이 없어서 막상 하려고 하니 자세한 순서를 전혀 모르겠어……. 있잖아, 튜테. 혹시 라디오 체조 알아?"

"전혀 모릅니다."

"……그렇겠지~."

그리하여 아가씨의 라디오 체조 첫날은 아무것도 하지 않고 끝을 고했습니다.

나중에 들은 것인데, 라디오 체조는 아가씨께서 환생한 뒤에 하고 싶었던 일 중 하나였다고 합니다. 라디오 체조를 끝낸 뒤에 도장을 받고 싶으셨다는데 무슨 말씀인지 저는 절반도 알 수가 없었습니다. 안타깝습니다.

또 어느 날이었습니다.

"튜테. 나, 주먹밥 만들고 싶어!"

오후에 방에서 멍하니 창밖을 쳐다보던 아가씨께서 머릿속에서 무언가가 번뜩인 것처럼 말씀하셨습니다.

"주먹밥이요? 그게 뭔가요?"

"밥 안에 식재료를 넣고 뭉친 뒤에 먹는 거야!"

"음식이라면 요리장한테 부탁하는 게……."

"싫어. 내가 만들고 싶어. 내가 만들 거야아아!"

아가씨께서 고개를 붕붕 저으며 살짝 삐친 표정을 지으셨습니다. 아아, 삐친 얼굴도 귀엽습니다.

저는 아가씨와 함께 요리장에게 가서 뜻을 전했습니다. 그랬더니 요리장은 흔쾌히 수락하고는 뭐가 필요한지 아가씨께 물었습니다.

"우선 갓 지은 밥이 필요해. 그리고 소금이랑~, 김이랑~, 연어 플레이크랑~, 명란젓. 앗, 맛가루도 좋을 것 같아~."

손가락을 꼽아가며 말씀하시는 아가씨, 너무 귀여워요. 하지만 소금 이후에 나온 재료들은 무엇인지 전혀 모르겠습니다. 요리장도 마찬가지인지 '소금은 준비해드릴 수 있는데…….' 하고 난감한 표정을 지었습니다.

"그럼 일단 소금 주먹밥이면 돼."

아가씨께서 웃으며 말씀하셨지만, 요리장은 아가씨의 바람을 온전히 이루어드리지 못해 송구스럽다는 표정으로 준비를 시작했습니다. 그 마음 잘 압니다. 아가씨가 원하는 것이라면 뭐든 완벽하게 이루어드리고 싶으니까요.

밥이 다 될 때까지 아가씨와 저는 잠시 식당에서 기다리기로 했습니다.

그렇게 기다리기를 수십 분.

요리장이 밥을 접시에 퍼서 가져다주었습니다. 밥 위에 소금을 쳐서 먹는 건 줄 알고 소금을 접시 쪽으로 가져가려고 하자…….

"아냐, 튜테. 소금은 내 손에."

아가씨께서 깨끗하게 씻은 귀여운 두 손을 이쪽으로 내미셨습니다. 저는 영문을 모르겠다는 표정으로 아가씨의 손에 소금을 뿌려드렸습니다.

저와 요리장은 만족스러워하는 아가씨를 지켜봤습니다. 그런데 아가씨께서 믿을 수 없는 행동을 하셨습니다.

꾸욱!

쥐셨습니다. 저기, 갓 지어진 뜨거운 밥을 맨손으로.

"앗, 아가씨이이이!"

저는 황급히 제지하려고 했습니다.

"어? 왜? 튜테."

아가씨께서 의아한 표정으로 이쪽을 쳐다보셨습니다. 아가씨께서는 여전히 뜨거운 밥을 쥐고 계셨습니다.

"뜨, 뜨겁지 않으세요?"

저는 어리둥절한 얼굴로 아가씨의 말씀을 들었습니다.

"전혀. 그것보다 원하는 대로 잘 안 뭉쳐져. 더 꽉꽉 뭉쳐야 하나?"

저는 태연한 얼굴을 보고 안도했습니다. 하지만 아가씨께서 당연하다는 듯이 밥을 쥐고 계셔서 먹을 거로 장난치면 안 된다는 말을 할 수가 없었습니다. 아가씨께서 앙증맞은 손으로 밥을 열심히 뭉치고 계십니다. 아아, 너무 귀여워서 현기증이 날 것 같아요.

아가씨의 말씀에 따르면 밥을 뭉쳐서 먹는 음식이라서 주먹밥이라 부르는 모양입니다. 원래는 밥 안에 식재료를 넣고서 뭉친다고 하네요. 요리장도 재미있을 것 같다며 흥미진진했습니다.

"좋아, 다 됐다! 이러면 되겠지?"

아가씨께서 다 뭉친 밥을 접시에 옮기셨습니다. 도기 접시 위에 둥근 물체가……. 밥알들이 흐트러짐 없이 완벽한 구체를 이루고 있었습니다.

아가씨께서는 기쁜 표정으로 접시 위에 굴러다니는 아주 둥근 주먹밥? 같은 물체를 보고 계셨습니다.

"그럼 잘 먹겠습니다."

아가씨께서 그것을 다짜고짜 입안에 넣으셨습니다.

""………….""

걱정스러운 표정으로 지켜보는 저와 요리장 앞에서 아가씨의 얼굴이 점점 어두워집니다.

"……딱딱~해. 어쩐지 내가 생각했던 주먹밥이랑 달라."

아가씨께서 뭉치신 밥알들은 엄청난 압력을 받아 다른 물체로 진화한 상태였습니다.

결국 요리장이 대신하여 주먹밥을 만들었고, 한동안 그 음식이 아가씨의 식탁에 올랐습니다. 여담입니다만 이 주먹밥이라는 요리가 사용인들 사이에서 꽤 호평을 얻었다고 합니다. 끼니를 간단히 때울 수 있어서 꽤 인기가 많습니다. 역시 아가씨이십니다.

뭐, 아가씨께서는 이렇듯 가끔 어수룩한 행동을 하시곤 합니다. 그런데 그 모습이 귀엽고 사랑스럽습니다. 얼마나 귀엽냐면 글쎄요~, 팔다리가 짧고 새하얀 털이 복슬복슬한 아기 고양이가 이쪽으로 아장아장 달려오는 듯한, 그만큼 보호욕구가 샘솟는 그런 귀여움이라고 해야 할까요……. 아니, 아가씨께서는 아기 고양이보다도 훨씬 귀엽죠. 그렇다면 좀 더……. 아아, 어휘력이 떨어지는 제 자신이 몹시도 한심하네요. 환멸이 듭니다. 튜테 뭘 하는 거야? 3년 동안 노력한 게 고작 이거야? 더 있잖아? 머릿속 서랍을 모조리 열어서 지식을 쥐어짜내라고오오오.
콜록……. 흐트러진 모습을 보여드렸습니다. 죄송합니다.

어이쿠, 벌써 시간이 이렇게 됐네요. 아가씨를 깨우러 갈 시간입니다.
그럼 여러분 건강하시길. 또 기회가 있으면 말씀드리겠습니다.

✣ 08 ✣ 어떻게든 해야 하는데

눈을 뜨니 나는 침실에 누워있었다.

아무래도 나는 신탁의 의식을 한창 치르던 도중에 쓰러졌던 모양이다.

눈을 뜬 채 멍하니 천장을 올려다보고 있으니 튜테가 문을 노크하고서 들어왔다.

"아, 아가씨. 정신 차리셨어요?"

"튜테……. 내가 왜 여기에?"

몸을 일으켜서 다가오는 그녀를 봤다.

"의식이 끝나자마자 아가씨께서 쓰러지셔서 황급히 대기실로 모셨습니다. 그 뒤에 저택에 연락했고, 한 시간쯤 뒤에 주인님께서 무시무시한 얼굴로 소부대를 이끌고 오셨는데……. 주인님, 대단하셨어요. 그야말로 도깨비 같은 얼굴이셨습니다. 신전으로 쳐들어가는 줄 알고 어찌나 걱정했는지."

튜테가 그 당시를 떠올리며 고개를 끄덕이자 나는 더는 묻지 않기로 했다. 그 뒤에 어떤 사태가 전개되었는지 빤해 보였기 때문이다. 나는 한숨을 휴우, 하고 내뱉었다.

침울해하는 나에게 튜테가 향기 좋은 홍차를 내밀었다.

"고마워……."

나는 잔을 받아 한 모금 마셨다. 어쩐지 마음이 차분해졌다.

나는 신탁의 의식을 돌이켜봤다.

(설마 이렇게 될 줄이야. 전혀 자각은 없지만 내가 세계최강이라는 건가? 뭐, 신체능력만 그렇지만. 이럴 바에야 정신도 최강으로 해줬으면 좋았을 텐데. 내가 중요한 순간에 정신줄을 놓는 그런 약한 사람이었다니……)

나는 다시금 홍차를 마셨다.

"아가씨, 그 의식 대단했어요. 신전 안이 순간 새하얀 빛에 휩싸이더니 수정구가 퍼엉, 하고 터져버렸거든요."

"크흡!"

충격적인 고백을 듣고 나는 마시던 홍차를 뿜을 뻔했다. 하지만 영애로서의 프라이드가 가까스로 막았다.

"부부부, 부쉈다고? 내가? 보구를?"

"글쎄요? 왕자님께서 신탁의 의식을 치른 시점에 수정은 이미 한계에 달해 있었는데 공교롭게도 아가씨께서 손을 댄 순간 터진 것 같다고 신전 사람들이 말하던데요? 아가씨의 빛은 한순간이었거든요."

"망가진 보구를 변상할 수…… 있나?"

식은땀을 뚝뚝 흘리며 몸을 덜덜 떨 때마다 들고 있던 잔에 금이 하나둘씩 생겼다.

"아아, 역시 보구는 보구인가봐요. 금세 원상태로 돌아왔어요."

튜테가 금이 간 컵을 회수하며 그렇게 말하자 나는 진심으로 안도했다.

"그, 그래. 다행이네……."

"신전 분들이 그러시던데, 만약에 신탁을 받지 않았다면 날을 다시 잡아서 의식을 치르자고 하던데요. 어떠셨어요?"

"아냐, 신님과 확실히 만났으니 문제없어."

(아니, 신님과 만나서 더 문제였지만……. 진짜 어쩐담.)

내가 생각에 잠기자 컵을 정리한 튜테가 다가왔다.

"왜 그러세요? 신탁에 뭔가 문제가 있었나요?"

역시 내 메이드. 내 모습만 보고도 금세 알아차렸다.

나는 결심을 굳히고서 신님이 내려준 능력을 그녀에게 말하기로 했다.

"나…… 아무래도 치트 능력을 갖고 있는 것 같아."

"치트 능력? 그게 뭔가요? 저는 들어본 적이 없는데요?"

"그렇겠지. 말하자면 상식에서 벗어난 반칙 같은 힘이라고 해야 할까."

"우와~ 대단하네요. 앗, 혹시 전생의 기억이 치트 능력인가요?"

"그것뿐이라면 얼마나 다행이겠어……."

나는 한숨을 내뱉고서 신이 부여해준 능력이 무엇인지 튜테에게 그대로 알려주었다.

처음에는 흥분하며 듣던 그녀의 얼굴이 점점 창백해졌다.

"아가씨께서는 전설의 용사라도 될 생각이신가요?! 전 역시 용사님의 시종은 할 수가 없어요! 발목만 붙잡을 테니까요!"

마지막까지 다 들은 그녀가 그렇게 감상평을 말했다.

"안 할 거야! 난 평범한 인생을 너랑 함께 만끽할 거라고! 위험과 어깨를 나란히 하며 살아가는 격동의 인생 따윈 사절이야!"

"아가씨……!"

튜테가 안도하는 표정으로 나를 쳐다봤다. 잠깐, 왜 뺨을 붉히는 거야?

"그것보다 문제는 이제부터야. 이 힘을 어떻게 억누르고 숨기지? 만약에 발각된다면……."

나는 제 몸을 끌어안고서 몸을 부르르 떨었다.

내가 이토록 평범한 삶을 고집하고, 이 힘을 숨기려고 애쓰는 이유는 그 사건 때문이다.

그래, 처음으로 이 힘을 발휘했을 때 나는 튜테가 두려워하는 표정을 보았었다.

그 사건이 내 마음속에서 트라우마처럼 뿌리를 박고 있었다. 그때는 오해로 끝났지만 다른 사람도 그럴 거라는 보증은 없다. 게다가 나는 책이나 영화를 보아서 잘 안다. 사람은 자신의 상식에서 벗어난 미지의 존재를 두려워하고, 배제하려는 경향이 있다는 것을…….

튜테에게 내 마음을 털어놓자 그녀는 떨고 있는 나를 안아주었다.

"괜찮아요. 아가씨께는 저희가 있잖아요. 모든 사용인, 주인님, 그리고 사모님께서도 아가씨를 사랑하시니까요."

그 말이 적잖은 위로가 되었지만, 한편으로는 가슴이 옥죄듯 아팠다.

나는 또 다른 사실을 알고 있다. 미지의 존재를 옹호하는 사람 역시 배제의 대상이 된다는 사실을…….

"고마워……. 어떻게든 해야 하니 날 도와줘."

나는 제 몸을 안고 있던 손을 풀어 튜테를 놔주었다.

"튜테, 부모님과 만나야겠어."

여하튼 우선은 하루빨리 이 힘을 제어해야만 한다. 그러기 위해서 나는 여러 가지를 배워야만 한다. 지금 나는 신관이 드러난 핵폭탄이니 마찬가지니까.

그로부터 며칠 뒤에 예절이나 교양을 가르치는 가정교사 외에도 무술을 지도해줄 선생님도 초빙했다.

2계급 이상의 마법도 공부하고 싶었지만, 그건 어느 정도 나이가 되어야만 배울 수 있도록 법으로 정해져 있는 모양이다.

다행히도 마력은 마법을 구사해야만 비로소 그 힘을 발휘할 수가 있다. 마법을 구사하는 법을 모른다면 거대한 마력도 빛 좋은 개살구에 불과하다. 하지만 자그마한 마법을 어설프게 구사했다가 폭주한 사람도 있으니 낙관적으로 볼 수만은 없다.

(뭐, 기왕 얻은 마력이니 빨리 마법을 써보고 싶었는데. 왜냐면 마법이잖아, 마법! 엄청 두근거리잖아!)

조금 실망스러웠지만 나는 재봉사가 제작해준, 활동하기 편한 웃옷과 바지를 입고, 머리를 포니테일 스타일로 묶고서 저택 정원에서 대기했다. 오늘은 무술 선생님이 올 예정이다.

(으~음, 운동복을 입고 싶었는데 역시 이 세계에는 없네. 다음에 전속 재봉사한테 만들어달라고 부탁해볼까.)

나는 기다리는 동안에 옷에 대해 생각했다.

(그리고 보니 오늘 온다는 사람이 아버님이 젊었을 직에 함께 전쟁터에서 싸웠던 친구라고 했었지?)

아버님에게 무술을 배우고 싶다고 하자 반응이 엄청났다.

여전히 '너한테는 필요 없다. 생채기라도 나면 어쩌려고 그러느냐?' 고 과보호를 하셨다. 결국 내가 '딸의 바람을 들어주지 않는 아버지는 딱 질색이야!'라고 말하자 몇 분 뒤에 결국 그 말을 정정했다.

그때 아버님은 무척이나 절망한 표정을 지었다. 하지만 용기내어 말한 보람이 있었는지 아버님은 떨떠름한 느낌으로 내 바람을 들어주었다.

"아가씨, 에렉실 백작님께서 오셨습니다."

튜테의 뒤에서 기사의 갑옷을 두른 근육질 갈색 머리 아저씨가 다가왔다.

한쪽 눈에 칼자국이 그어져 있었다. 그리고 무엇보다 얼굴이 무서웠다.

나는 반사적으로 몸을 똑바로 고쳤다.

"오, 이런, 늦어서 미안합니다, 메어리 님. 이 녀석이 투덜거리며 따라오려고 하질 않아서 넘어뜨려 거적에 감아 데려왔습니다."

"예?"

내 앞에 거적에 감긴 무언가가 떨어졌다.

머리와 발끝만이 겨우 튀어나와 있는 걸 보니 사람이라는 걸 알 수 있었다.

(어? 이게 무슨 전개야? 어떻게 해야하지? 신님, 알려줘요.)

나는 갑작스러운 전개에 머릿속이 새하얘진 채 굳어버렸다. 떨어지면서 거적을 고정시켰던 밧줄이 풀렸는지 내용물이 밖으로 드러났다.

나와 같은 또래로 보이는 소년이 뾰로통한 얼굴로 일어섰다. 짧은 적갈색 머리 소년은 피부가 햇볕에 그을려 건강하게 보였다.

소년이 보라색 눈동자로 이쪽을 쳐다보자 내 가슴이 콩닥 뛰었다.

저번에 만났던 왕자보다 아주 약간 못생기긴 했지만, 그래도 이목구비가 단정하다. 저 소년도 미소년이라고 할만하다.

"소개하지요. 제 아들인 자하입니다."

(또 미소년…… 불길한 예감만 드네.)

나는 마음속으로 한숨을 내쉬었다.

09 아아, 재밌어!

"처음 뵙겠습니다. 자하 님. 전 메어리라고 해요."

나는 옷차림이 옷차림인지라 가볍게 인사를 하고서 사기소개를 간략하게 끝냈다. 그러고는 활짝 웃어주었다.

"흐, 홍…….."

그러자 그는 뺨을 살짝 물들이고는 고개를 홱 돌렸다.

부끄러워하면서도 고집을 부리는 남자애의 얼굴을 보니 미소가 절로 지어졌다.

그때 촙이라는 이름의 철권이 자하의 머리에 떨어졌다.

(방금 퍽, 하고 엄청난 소리가 났는데 진짜 때린 거야……? 아저씨, 지금 수갑(手匣)을 차고 있잖아요. 무, 무서워라…….)

"뭘 부끄러워하냐. 이 빌어먹을 꼬맹이! 메어리 님도 이런 녀석한테 '님'자를 붙일 필요가 없습니다. 그냥 막 부르십시오."

자하가 제자리에서 머리를 부여잡은 채 웅크리고 있었다. 진짜 아프겠다……

"저, 저기…… 백작님. 전 무술을 배우려고 모셨는데요? 어째서 자하…… 씨를 소개하시는 건가요?"

느닷없이 대놓고 반말을 할 수가 없어서 '씨'를 붙였다.

"크라우스라고 불러주시죠. 백작이라 불릴 만한 자격이 없거든요."

"아, 예……."

"저 녀석은 오늘부터 아가씨의 대련 상대로 삼으려고 데리고 왔습니다. 체격이 비슷해서 딱 좋을 것 같아서요."

"앗! 아버지! 날 보고 저런 약한 여자애를 상대하라는 거예요?!"

(에구, 드디어 입을 열었구나 싶었는데 나를 '저런'이라고 하네? 배짱 한 번 좋구나.)

일어서서 불평을 털어놓는 자하에게 또다시 철권이 내려졌다.

"착각하지 마. 넌 연습용 인형이야. 아가씨가 때리면 그냥 일방적으로 얻어맞아라."

"뭐라고?!"

"넌 자기 힘에 너무 도취해 있다. 모처럼 좋은 기회이니 상대방의 아픔을 깨닫도록 해라."

(잠깐요, 크라우스 님. 아드님 교육에 절 끌어들이지 말아주세요.)

아무래도 자하는 그 나이에 어울리지 않는 무술 재능을 갖고 있는 듯하다. 같은 또래, 혹은 조금 더 나이가 많은 사람조차 당해낼 수 없는 실력을 소유하고 있다고 크라우스 경이 나에게 덧붙였다. 다시 말하자면 적수가 없어서 자만하고 있는 상태겠지.

불합리한 요구였으나 자하는 아버지의 뜻에 거역할 수 없었는지 한 걸음 물러났다. 다른 가족을 보니 내가 얼마나 달콤한 환경 속에서 살고 있는지 깨달았다.

(달콤한 생활 고마워요. 아버님, 어머님! 다음에 아버님께 사

랑한다고 말해야지.)

"자, 시간이 없으니 당장 기초부터 시작할까요?"

그로부터 몇 시간 동안 크라우스 경은 나에게 체술의 기본자세, 힘을 넣는 방법, 호흡법 등을 부드럽고도 정성껏 가르쳐주었다. 얼굴은 여전히 무섭긴 하지만.

교육법이 아주 훌륭해서 나는 금세 자세를 잡을 수 있게 되었다. 발을 내디디며 주먹을 연이어 내지르는데도 자세가 무너지지 않았다. 그는 체술 교사로 밥을 벌어먹을 수 있을 만큼 잘 지도했다. 뭐, 얼굴은 여전히 무섭긴 하지만.

"아가씨께서는 이해가 꽤 빠르시군요. 자하 녀석도 이걸 배우기까지 사흘이나 걸렸거든요."

"오호~, 그래요?"

"아, 그건 다섯 살 때 얘기잖아요. 지금이라면 몇 분 만에 배울 수 있어요."

나를 보고 감탄하는 크라우스 경이 마뜩잖은지 자하가 나에게 투쟁심을 드러내며 정정했다. 이러쿵저러쿵 투덜거리긴 하지만 자하는 역시 아버지를 존경하는 모양이다.

(그나저나 다섯 살 때 상대를 때리는 체술을 습득했다고? 완전 싸움광이잖아. 내 아버님 같아. 설마 바위 같은 걸 들어 올리지는 않겠지?)

"그럼 실제 사람을 상대로 연습해볼까요? 자하, 상대를 해드려라."

"예⋯⋯."

체념했는지 자하는 순순히 내 앞에 섰다.

아니, 아버지의 뜻을 순순히 따를 생각이 없는 듯했다. 들끓
는 기백에 몸이 떨릴 정도였다.

(사하 씨, 눈으로 위협하지 말아요. 무서워, 무서우니 그만.)

두 사람 사이에서 어떤 눈빛이 오갔는지를 아는지 모르는지
크라우스 경은 지도하기 시작했다.

"적이 달려들면 우선 몸을 옆으로 비키면서 그 팔을 쥡니다."

나는 크라우스가 조종하는 꼭두각시 인형처럼 그의 지도에 따
라 몸을 움직였다.

"그대로 안쪽으로 잡아당기면서 몸을 굽혀 다리를 왼쪽에서
오른쪽으로 후립니다."

무방비한 자하의 다리에 내 다리가 닿았지만, 그는 넘어지고
싶은 생각이 없는지 꼼짝도 하지 않았다.

뭐, 느린 동작으로 살짝 후렸으니 넘어지는 게 오히려 이상
한가?

"좋습니다. 그럼 연속 동작으로 익혀볼까요?"

"예!"

나는 알려준 내용을 입으로 되뇌며 연속 동작으로 연습했다.
그러나 여전히 자하는 쓰러질 생각이 없는 듯했다.

그로부터 몇 분 동안 같은 동작을 반복해서 연습했다. 동작이
점점 빨라지는 것이 느껴지자 어쩐지 재밌어졌다.

생각해보니 이렇게 몸을 마음껏 움직여본 적은 거의 처음인 듯했다. 너무 즐거워서 주체할 수가 없었다.

　"음음. 동작이 제법 물 흐르듯 자연스럽군요. 아가씨, 재능이 있으신 거 아닙니까?"

　옆에서 크라우스 경이 칭찬을 하자 나는 점점 우쭐해졌다. 그런데 아버지의 그 말이 마음에 들지 않았는지 나를 붙잡으려고 달려드는 자하의 속도가 점점 빨라지는 것 같았다.

　하지만 반응하지 못할 속도는 아니었다.

　(저 녀석, 나를 당황하게 하려고 살짝 진심으로 덤비기 시작했네.)

　나도 어쩐지 투쟁심이 타올라 그의 속도에 맞춰서 몸을 움직였다.

　"슬슬 진심으로 움직여볼까요?"

　크라우스 경이 말하자 나와 자하가 눈을 마주쳤다. 두 사람의 눈에서 빛이 번뜩였다.

　자하가 먼저 움직였다. 그는 지금까지와는 비교조차 할 수 없는 속도로 나에게 달려들었다.

　나는 손으로 그를 밀쳤다. 그러고는 몸을 뒤로 빼며 굽힌 뒤 무방비 상태인 그의 하체를 향해 다리를 후렸다. 물론 자하는 쓰러지지 않으려 다리에 힘을 꽉 주었다.

　쿠웅!

경쾌한 소리와 함께 자하가 땅바닥에 엎어졌다.

그는 영문을 모르겠는지 멍한 표정을 짓고 있었다.

내가 의기양양하게 몸을 일으키자 그는 뺨을 붉히며 벌떡 일어섰다.

"아까는 내가 방심했어. 한 번 더!"

"어머, 좋아요."

그로부터 몇 분 동안 그는 허공에 붕 떴다가 땅바닥에 처박히기를 거듭했다.

(아아, 재밌어! 너무 재밌어! 몸을 움직이는 게 너무 재밌어어어!)

"흐음……, 오늘은 여기까지 하도록 하죠, 아가씨. 자하가 못 버틸 것 같으니."

"오, 앗, 그러네요."

크라우스 경이 말하자 나는 제정신을 차렸다. 미소년이 가엾을 만큼 진흙투성이가 되어 엎어져 있었다.

"자하한테 공격을 받는 쪽의 심정을 알려주려고 데리고 왔는데……. 설마 저 녀석의 큰 코를 꺾어놓을 줄이야. 역시 페르디드의 따님답군요, 하하하핫."

자하는 거친 숨을 몰아쉬고 있지만, 나는 전혀 숨이 차지 않았다. 땀도 한 방울 흘리지 않았다.

(이게…… 레벨차라는 건가?)

제정신을 차리고 보니 내가 조금 지나쳤던 것 같다. 황급히 손을 내밀어 자하를 일으키려고 했는데, 그는 내 손을 빌리지 않고 일어섰다.

"오, 오늘은 몸 상태가 좋지 않았을 뿐이야……. 그렇지 않으면 내가 이런 빈약한 아가씨한테 당할 리가 없지."

(대단한 고집이네. 그래도 날 이상한 사람으로 여기지 않아서 다행이야.)

솔직히 나도 전력을 다한 것은 아니었다. 하지만 만약에 여기서 힘을 조금 더 썼다면 분명 나를 수상하게 여겼을지도 모르겠다. 그렇다면 힘을 이 정도로 조절하는 게 딱 좋을 것 같다. 이번에 큰 성과를 거두었다.

"메어리! 다음에는 절대로 안 질 테니 각오해……."

"메어리 님이라고 불러야지, 이 바보 자식아."

호기로운 말조차 마지막까지 다 하지 못한 채 자하는 크라우스 경의 철권을 맞고 침묵했다.

그리하여 나는 또래 남자 친구를 손에 넣었……, 아니, 건방진 연습상대를 손에 넣었다.

(그래도 몸을 움직이는 건 역시 좋아♪ 고마워요, 신님! 절 이토록 멋진 세계에 데리고 와줘서! 저, 아주 행복해요!)

나는 마음속으로 신께 편지를 보냈다.

그리고 며칠 뒤 나는 불행의 밑바닥 속에 떨어져 있었다.

내 손에는 호화로운 편지 한 통이 쥐어져 있었다.

그 편지에는 왕자가 나를 만나고 싶어 하니 왕궁에 오라는 내용이 적혀 있었다.

🎔 10 🎔 자, 왕궁으로

"어? 왕자님이 불렀다고?"

"예…….."

평온한 오후, 정원에서 무술 단련을 마친 나는 우아하게 차를 마시고 있었다. 내 맞은편에서는 자하가 마찬가지로 차를 마시고 있었다.

(만난 지 얼마나 됐다고 벌써 친하게 구네, 저 남자애…….)

그 뒤로 자하는 단련 시간에 나타나 여러 차례 나에게 덤볐다가 날아갔다. 처음에는 적의를 드러냈지만 며칠 만에 나를 인정했고, 지금은 좋은 라이벌이라고 선언까지 했다.

(여자애한테 라이벌이라고 선언하다니 넌 그래도 괜찮니?)

요 며칠 동안 대화를 하면서 나는 그의 성격을 어쩐지 이해하게 되었다. 뭐, 좋게 말하자면 앙금을 품지 않고, 깊게 생각하지 않는 타입이다. 나쁘게 말하자면 그냥 바보다. 싸움에만 흥미가 있고 그 이외에는 둔감하다.

"이틀 뒤이니 드레스를 준비해둬야겠네요."

옆에서 대기하던 튜테가 빈 잔에 홍차를 따르며 대화에 참가했다.

"메어리 님, 왕자님한테 무슨 짓 했어?"

"자하 씨……. 거듭 말하지만 경어를 쓸 건지 반말을 할 건지 확실히 해주지 않겠어요? 어쩐지 어색해서."

"반말이 뭐야?"

"그런 말투로 상대에게 말하는 것을 뜻해요. 반말을 쓰면서도 절 '메어리 님'이라고 부르고⋯⋯."

"아버지가 너한테 님 자를 붙이라고 해서 메어리 님이라고 부르는 거뿐인데?"

자하는 그게 뭐가 이상하냐는 표정으로 고개를 갸웃거렸다.

"됐어요⋯⋯. 마음대로 해요."

나는 한숨을 깊이 내쉬고서 이마에 손을 댔다.

같은 또래 남자애가 대화를 할 때 경칭을 쓰면 어쩐지 벽을 만드는 것 같아 싫다. 그런데 저 아이는 나를 메어리 님이라고 부르면서도 반말로 말한다. 나는 그를 어떻게 대해야 좋을지 몰라서 곤혹스러운데, 정작 본인은 아무 생각도 없는 모양이다.

(이제 깊이 생각하지 말자. 저 바보는 그냥 놔두는 게 낫겠어.)

"그래서? 왜 부르는지 짐작 가는 데가 없어? 별일이 없는데 왕궁에서 사람을 부를 리가 없잖아?"

그가 이야기를 되돌리자 나는 침울해졌다.

그렇다. 이 나라에서는 왕궁에서 아랫사람을 지명하여 부르는 일이 거의 없다. 만약에 누군가를 콕 집어서 불렀다면 무슨 짓을 저질렀다는 뜻이다. 경찰서에서 느닷없이 출두하라는 통보를 받은 것 같은 기분이라서 무척 침울했다.

"역시 신탁의 의식 때 그건가?"

왕자와 접촉한 건 그때뿐이라 상상하기가 어렵지 않았다.

"흐~음, 그때 난 의식을 끝내고 밖에 나가서 잤는데, 그 뒤에 왕자님이랑 무슨 일이 있었나?"

(너도 있었니? 뭐, 동갑이니 당연한가?)

"그때 뭔가 실례를 범한 거 아냐?"

"실례, 난 아무것……도…….."

그때 나는 섬뜩한 사실을 깨달았다.

그래, 아무 말도 하지 않았다. 사죄든 감사든 한마디도 하지 않았다.

(망~했~다~! 무례한 짓을 저질렀어! 왕족의 앞길을 막았는데 사죄를 하지도 않았고, 도와줬는데도 답례를 하지 않았다니~ 아아아앗, 난 바보, 바보야아아아아!)

나는 머리를 감싸고서 몸부림쳤다.

"아, 아가씨, 괜찮으세요?"

"오, 뭔가 짐작 가는 데가 있는가보네 ♪"

내가 고뇌하는 모습을 보고 걱정하는 사람과 비웃는 사람이 있다. 후자는 다음 단련 시간 때 날려주겠어.

"여하튼 사죄해야 해……. 바짝 엎드려서 절을 하면 되나? 미리 연습해둘까……."

"절이 뭡니까?"

튜테의 말을 들으니 이 나라에는 절이라는 문화가 없는 모양이다. 가장 성의가 담겨 있는 사죄 행위라고 생각했는데.

"그렇다면 사과 상자 같은 걸 들고 갈 수밖에 없나?"

"사과를 들고 간다고요? 차담회는 예정되어 있지 않으니 별 의미가 없지 않을까요?"

"사과는 어디까지나 겉치레야. 가장 중요한 건 그 아래 깔린 돈이야. 얼마나 넣으면 될까? 내 용돈 정도면 만족해 줄지도."

"아…… 이가씨……."

"……넌……."

내가 진지하게 고민하자 주변에 있는 두 사람은 어이없어하며 굳어버렸다.

(어라? 이 나라에는 이 개념도 없나? 있을 줄 알았는데.)

나는 에헴, 하고 헛기침을 하고서 자세를 바르게 했다.

"어머, 농담이야."

새침한 얼굴로 홍차를 홀짝이자 두 사람은 가슴을 쓸어내리며 굳어버린 몸을 풀었다.

(여하튼 왕궁에 가서 사과해야 해……. 그리고 뭐라 나무라기 전에 줄행랑을 치자. 그 방법뿐이야.)

나는 홍차를 마시며 대비책을 마련하기로 했다.

그리고 출두…… 아니, 왕궁으로 가야 할 시간이 왔다.

오늘은 시종들이 바빠 보였다. 튜테를 비롯한 메이드 군단은 나를 에워싸고는 이런저런 옷들을 입혀보고 있었다. 왕족 앞에서 무슨 옷을 입어야 좋은지 알지 못해서 그들에게 다 맡겨버렸다.

결국 나는 하얀색을 기조로 한, 군데군데에 금실이 수놓아져 있는, 치맛자락이 풍성한 원피스 드레스를 입었다. 그리고 현관에 대기하고 있는 마차에 올라탔다.

마차 안에는 나와 튜테밖에 없었다. 마차가 출발하자 나는 갖고 있던 종이를 꺼내 적힌 내용을 입으로 되뇌었다.

"아가씨, 그게 뭔가요?"

"왕자님께 올리는 사죄의 말씀을 종이에 적어뒀어. 왕자님 앞에서 또박또박 말할 수 있도록 연습하고 있는 중……. 나, 왕자님 앞에 서면 긴장해서 머리가 돌아가질 않을 것 같아서."

"사죄하라고 부르는 게 아닌 것 같습니다만……."

튜테의 말은 내 귀에 들어오지 않았다.

그만큼 나는 무척이나 긴장되고 불안했다.

견고한 성벽에 둘러싸인 왕성은 왕도 중심에 있다.

나를 태운 마차가 해자 위에 걸려 있는 커다란 다리를 건너 드디어 왕성 안으로 들어갔다. 문지기와 마부가 무언가 말을 주고받았다. 그 뒤에 마차는 왕성 안을 쭉쭉 나아가다가 이윽고 정차했다.

"도착한 모양이에요. 여기서부터는 걸어가야 해요."

여느 때처럼 튜테가 먼저 밖으로 나와 준비를 끝마쳤다. 나는 때를 보아 밖으로 나갔다.

밖에는 언제부터 서 있었는지 왕궁 시종들이 나란히 서서 대기하고 있었다. 왕국 메이드의 안내를 받으며 나는 어느 방 앞에 도착했다.

"여기서 기다려주십시오."

메이드는 그렇게 말하고서 문을 열어주었다. 나는 그 안으로 머뭇머뭇 들어갔다.

쏴아아아아아아아아!

아무것도 없는 입구 부근 천장에서 뜬금없이 대야 하나 분량의 물이 쏟아졌다. 나는 방 안으로 들어가자마자 물을 뒤집어쓰고 말았다.

(이게 뭐야……. 교실에 들어갔더니 칠판지우개가 머리 위로 떨어지는 전개랑 비슷하잖아…….)

그리고 나는 흠뻑 젖은 채 혼자 서 있었다. 대야 하나 분량이지만 몸집이 작은 나를 흠뻑 적시기에는 충분한 양이었다.

너무나도 황당해서 나도, 그리고 주변에 있는 사람들도 굳어버렸다.

(어라? 혹시 이 상황을 잘만 이용하면 왕자님과 만나지 않고 돌아갈 수 있지 않을까?)

상황을 파악하기 전에 그런 생각부터 먼저 하다니 나는 정말로 불손한 사람인가보다.

(메어리, 진정해……. 주변 사람들이 굳어 있는 걸 보니 다들 왜 이런 일이 벌어졌는지 전혀 모르는 눈치야. 그렇다면 단독범? 왕자님 혼자서? 아니, 아무것도 없는 곳에서 물이 출현했으니까 누가 마법을 썼겠네. 우리 나이에는 별 대단한 마법은 쓰지 못할 테니……. 그렇다면 어른? 근데 너무 유치한 장난이잖아.)

말 그대로 찬물을 뒤집어쓰고 냉정해진 나는 그 자세 그대로 한동안 생각했다.

(앗, 그리고 보니 난 '공격' 마법을 무효로 할 수 있다고 했잖아? 그럼 이건 '생활' 마법이겠구나. 그렇다면 나도 구사할 수 있을 가능성이……. 그런데 물의 양을 보니 꽤 숙련된 솜씨인데…….)

생각하면 생각할수록 모르겠다.

"아, 아가씨! 괜찮으세요!"

가장 먼저 제정신을 차린 사람은 튜테였다. 나에게 다가온 뒤 주변에 있는 시종에게 어서 수건을 가져오라고 호통을 쳤다.

(날 위해 자기 일처럼 화를 내줘서 고마워, 튜테.)

나는 그녀에게 감사하면서도 이 기회를 살려 도망칠 궁리를 했다.

"튜테…… 그만 돌아가자. 이런 꼴로는 왕자님과 만날 수가 없어……."

나는 고개를 숙인 채 나직이, 하지만 주변 사람들의 귀에도 들릴 만한 소리로 말하고는 발걸음을 돌렸다.

(왕자님한테는 실례일지도 모르겠지만, 여벌 옷도 갖고 있지

않으니 정당한 판단이겠지.)

이연실색한 왕궁 시종들이 제정신을 차리고서 나를 붙잡기 전에 나는 그곳을 총총걸음으로 떠났다.

(뭐, 어쨌든…… 누군지는 모르겠지만, 발길을 돌릴 핑곗거리를 줘서 고마워!)

나는 마음속으로 주먹을 불끈 쥐며, 하지만 겉으로는 우울한 감정을 연출하며 왕궁을 뒤로했다.

그날 밤 자초지종을 들은 아버님이 분노하여 왕성으로 달려가는 모습은 차마 못 본 것으로 하기로 했다.

왕궁으로 쳐들어가서 범인을 찾으러 돌아다니지는…… 않겠지요? 마이 파더.

11 건너뛰었습니다

"오호~, 그런 일이 있었어? 화가 날 만하겠네."

단련을 끝낸 뒤에 평소처럼 자하가 약삭빠르게 티타임에 끼었다. 최근에 셋이서 모이는 것이 일상이 되었다. 단련 시간이 끝나고 그가 어땠냐고 물어서 왕궁에서 벌어졌던 일을 들려주었다. 그랬더니 그런 감상평을 말했다.

"맞아요! 저, 주변 사람들한테 화를 냈어요!"

(흥분하며 얘기하는 튜테가 어쩐지 귀여워.)

"뭐, 덕분에 왕궁에서 도망칠 수 있었으니 고마운 일이긴 한데……. 그건 그거, 이건 이거. 범인한테는 확실히 답례를 해줘야겠지 ♪"

나는 빙긋 웃었다. 사악한 아우라를 뿜어내며.

내 속내를 눈치챘는지 두 사람이 몸을 조금 뒤로 뺐다.

"그런데 이상하네……."

자하가 골똘히 생각했다.

(오오, 없는 지혜를 짜내고 있나? 별일이네?)

"뭐가 이상한데요?"

"왕궁 안에는 결계가 쳐져 있어서 누군가가 공격 마법을 쓰면 그 지점이 어딘지 기사 대기소로 통보가 돼. 그래서 곧바로 기사들이 달려온다고 예전에 아버지가 그랬는데…….

"범인이 붙잡혔다는 보고는 그 시점에 듣지 못했어요."

"아뇨, 그건 공격 마법이 아니라 생활 마법이에요. 그래서 결계에 걸리지 않았을 거예요."

"어! 그게 생활 마법이었나요? 그런데 1계급 마법으로는 그만한 물을……."

"그러니 평소에 쓰는 생활 마법을 2계급 마법까지 강화한 게 아닐까?"

"으~음……. 생활에 꼭 필요한 생활 마법은 왕궁 안에서도 일상적으로 쓰니 결계가 반응하지 않을 테지만……. 그만한 실력자가 고작 장난이나 치려고 그런 마법을 썼다는 거잖아. 다 큰 어른이 할 만한 짓이 아닌데."

"그래요. 우리와 같은 또래이면서 마법에 정통한 가문이나, 마법을 배울 만한 환경에 있다면……. 뭐, 그런 애가 있을 리가 없겠네요."

나는 한숨을 내쉬고서 홍차를 마셨다.

내 말을 듣고 무슨 생각이 떠올랐는지 자하가 손뼉을 짝, 하고 쳤다.

"앗, 내가 아는 녀석 중에 하나 있어. 그 조건에 해당하는 녀석 말이야."

"어! 거짓말, 진짜?"

"있다니까. 마기루카 후툴리카라고 우리와 동갑인 여자애가 있어."

정보가 부족해서 내가 머리 위로 물음표를 띄우자 옆에서 튜테가 귓속말을 해주었다.

"후툴리카 후작가는 증조부대에 현자라 불린 마법사를 배출한 엘리트 가문이에요. 현재는 궁정마술사로서 왕가를 모시고 있습니다."

"우리 가문은 무술의 에렉실, 저쪽은 마법의 후툴리카라고 불리는데 두 가문 모두 왕가를 모시고 있어서 오래전부터 우호 관계를 쌓아왔지. 그래서 요전에 얼굴을 봤어."

"당신답지 않게 잘도 여자애의 얼굴을 기억하고 있네요. 혹시 당신…… 므흣♪"

(뇌까지 근육으로 찬 저 남자가 여자애를 기억하다니 혹시…….)

"응, 어쩐지 강할 것 같아서 기억해뒀어."

(아, 그래요?)

"뭐, 그 가문의 영애라면 왕궁 안에 있어도 이상하지 않고, 우리보다 마법을 더 잘 다루는 것도 부자연스럽지 않지."

"하지만 후툴리카가의 영애께서 왜 아가씨한테 그런 짓을?"

"범인이 아직 밝혀진 건 아냐, 튜테."

"그러네요……. 죄송합니다."

"자자, 이제 그 건은 잊어버려! 그 건 때문에 저쪽도 날 쉽사리 또 부르지는 못할 테니까."

"그러네요……. 응?"

튜테가 안도한 표정으로 나에게서 멀어졌다. 그리고 황급히 다가온 메이드장이 부르자 나에게 인사를 하고서 그쪽으로 갔다.

대체 무슨 이야기를 하는 거지? 이야기를 듣는 튜테의 얼굴이 새파래지는 것이 보였다.

(뭘까? 불길한 예감이 드는데.)

나는 내심 초조해하며 애써 냉정함을 유지했다.

이야기가 다 끝났는지 메이드장이 허겁지겁 그 자리를 떠났다. 튜테도 황급히 이쪽으로 달려왔다.

"저기……, 아가씨……."

"아니, 말하지 마. 보아하니 또 초대장이 온 거지? 다음에 언제 오래?"

나는 각오를 다진 뒤 인정하고 싶지 않은 현실을 입에 담았다.

"아뇨. 저기…… 오신답니다."

"어? 뭐가?"

"그러니까 왕자님께서 이쪽으로 납신대요. 그것도 오늘……."

상상을 아득히 초월한 전개에 나와 자하는 아연실색했다. 컵을 든 채로 잠시 굳어버렸다.

그로부터 몇 분이 지났다.

"그럼 난 이만 물러갈게. 차, 잘 마셨……."

먼저 움직인 사람은 자하였다. 평소에는 말하지도 않는 감사 인사를 하고서 일어나려고 하자 나는 그의 어깨를 꽉 붙잡았다. 꽤 힘을 담아서.

"기다려요. 왜 혼자 도망치려고 하죠? 당신도 여기서 왕자님을 맞이하세요."

"으아아아아앗. 아니, 난 아무 관계도 없잖아. 아파파파, 뭐야 이 힘은?!"

(이런 긴급사태에 함께 할 길동무를 만들려면 실력 행사쯤은 불사해야지.)

"메어리 님, 알았어, 알았으니까 그 손 좀 놔줘어어!"

결국 자하는 포기했다. 나는 안도하며 손을 놓고서 튜테를 쳐다봤다.

"바로 옷 갈아입을게. 왕자님이 언제쯤 도착할 것 같아?"

"저기…… 이미…… 근처까지 오셨다고."

튜테가 울먹이며 말하자 나와 자하는 믿기지 않는 얼굴로 서로를 쳐다봤다.

(젠자아아아앙! 보통은 사전에 편지를 보내고, 답장을 받은 뒤에 오는 게 예의잖아! 그 왕자님, 죄다 건너뛰었잖아!)

그래도 나는 조금이라도 몸단장을 하고자 방으로 돌아가겠다고 했다. 다른 메이드에게 자하도 말끔한 옷으로 갈아입히라고 지시했다. 이건 자하가 도망치지 못하도록 막기 위한 목적도 있다.

우리는 물론, 저택 사용인들도 엄청나게 바빠졌다. 왕족이 방문하는데 최고의 대접을 하지 못한다면 웃음거리가 될 것이다.

그리고 분주했던 저택 앞에 호화로운 마차가 정차했다.

(진짜 와버렸네. 그 왕자님…….)

나는 최대한 화려하게 차려입었다. 별문제가 없는지 메이드들에게 확인해달라고 부탁하면서 현관으로 향했다.

도중에 옷깃이 걸리적거리는지 손가락으로 당기며 내 뒤를 걷고 있는 자하를 돌아봤다. 의외로 도망가지 않고 의리를 지켜서 놀랐다. 친구를 잘 뒀구나 싶어서 감격했다. 나는 그를 보고 고개를 끄덕이고는 사용인들을 대동하며 밖으로 나갔다.

12 🎀 저질렀습니다, 리턴

시종들을 대동하고 밖으로 나가자 호화로운 마차가 현관에 세워져 있었다. 그리고 그 안에서 시종이 아닌 소녀가 먼저 나왔다. 나는 그녀를 무심코 응시하고 말았다.

(로, 롤머리! 금발 롤머리라니이이이!)

그렇다. 마차 밖으로 나온 소녀는 얼굴을 감싸고 있는 금발 롤머리를 찰랑거리고 있었다.

"……어험……."

공상 속에서만 존재하는 줄 알았던 존재를 실제로 보고 나는 굳어버렸다. 뒤에서 튜테가 가볍게 헛기침을 했다.

덕분에 제정신을 차린 나는 마차에서 내려 이쪽을 보고 있는 롤머리 아가씨를 향해 치맛자락을 올리며 가볍게 인사했다.

"쟤가 마기루카야."

가까이에 있던 자하가 작은 목소리로 알려주었다.

(소문의 그 영애가 금발 롤머리였다니!)

뒤이어 마차 안에서 한 소년이 금발을 우아하게 쓸어올리며 나타났다.

지금 내 머리를 지끈거리게 하는 원인인 알디아 왕국의 제1왕자인 레이포스 전하다. 내가 최대한 정중하게 예를 올리자 뒤이어 뒤에 있는 사람들도 예를 올렸다.

(나도 많이 성장했어! 이제 긴장 같은 거 안 한다고. 레가리야 가의 영애로서 똑 부러지게 말도 할 줄 알고…….)

"어, 어서 오십시오. 레가리야가에 오신 걸 환영합니다, 전하. 힘들게 납시지 마시고 부, 불러주셨으면…… 제, 제가 갔을 텐데."

(안 돼애애애! 너무 긴장해서 혀가 자꾸 꼬여어어! 난 참 실전 에 약하구나.)

내가 겸연쩍어서 고개를 숙이자 왕자님은 무슨 귀여운 동물을 바라보는 것처럼 눈을 가늘게 뜨고서 웃음을 지었다.

"아니, 내가 너무 무리해서 왔나 보군. 민폐였어?"

"다……, 당치도 않습니다. 다만 너무 갑작스러워서 대접이 소홀해질까 염려가 됩니다. 더 일찍 연락을 해주셨으면 좋았을 텐데."

"신경 쓰지 마."

은근히 타박을 해봤지만, 왕자님은 시원스럽게 웃으며 흘려넘 겼다.

(혹시 왕자님은 눈치가 없나? 눈치 없는 왕자님인가!)

"이대로 서서 얘기를 나눌 수는 없으니 어서 안으로 드시죠."

나는 이 긴장감을 견디지 못하고 메이드들에게 뒷일을 맡긴 뒤 왕자님을 안내했다.

저택에서 가장 호화로운 손님방으로 왕자님을 안내했다. 그가 소파에 앉기를 기다렸다가 맞은편 소파에 앉았다.

문득 정신을 차리니 자하가 소파 뒤에 서 있었다.

(어라? 왜 나만 앉았지?! 같이 앉아!)

나는 결정적인 순간에 배신을 당한 것 같은 심정으로 무심코 뒤를 쳐다봤다. 나를 보고 왕자님도 자하를 쳐다봤다.

"그러고 보니 네가 이 저택에 있다니 놀랐어. 자하."

"황공합니다, 전하. 우연히 이 저택에 있었는데 왕자님이 왕림 하신다는 소리를 듣고 인사를 드릴까 해서 함께하게 됐습니다."

자하가 평소답지 않게 신사처럼 행동했다. 나는 놀라워하며 왕자님 쪽으로 고개를 돌렸다.

"두 분이 아시는 사이였나요?"

"그래, 나도 크라우스 경한테서 검술을 배웠거든. 게다가 나를 위해 힘써줄 미래의 궁정기사단장이니 미리 사귀어둬야지……. 요즘에 모습이 통 보이질 않는다 했더니 여기에 있었구나."

"황공합니다. 아버님 명령으로 여기 있는 메어리 님의 대련 상대를 해드리고 있습니다."

"오호~ 대련 상대라……."

두 사람의 대화를 듣고 있으니 무슨 영문인지 가슴이 졸였다. 나는 왕자님과 자하의 얼굴을 번갈아 봤다.

"저, 저기……, 으음……. 그나저나 전하께서는 무슨 용건으로 납시셨습니까? 사전에 자세한 연락을 받질 못해서……."

나는 화제를 돌리고자 왕자님이 방문한 이유를 묻기로 했다.

"아, 그래. 후훗, 별일은 아냐. 내가 널 만나고 싶었다……. 단지 그뿐이야."

"절…… 말인가요……."

"맞아, 레가리야 경이 귀여운 딸의 자랑을 매일 들려줘서 말이야. 전부터 궁금했어."

(아버님, 대체 무슨 소리를 하신 거예요!)

"신탁의 의식에서 만났을 때는 가슴이 뛰었어. 상상했던 것보다 더 귀엽고, 가련한 공주님이었지."

"큽!"

왕자님이 금발을 쓸어올리며 나에게 시원한 웃음을 보내자 나는 무심코 뿜을 뻔했다. 가까스로 참아내고서 고개를 숙였다.

(안 돼애애애애! 왕자님의 저 젠체하는 언동이 웃음 포인트가 되버렸나봐…….)

"더군다나 왕궁에서 겪었던 일도 들었어. 귀여운 공주님께서 슬픔에 젖어있지 않을까 몹시 걱정했어. 내가 그 물기를 닦아주고 싶었거든……."

왕자님은 그렇게 말한 뒤 고개를 숙이고 있는 내 머리카락을 쓸어올렸다. 그러고는 마치 물기를 닦아내듯 부드럽게 만지작거렸다.

"황…… 황공합, 니다……."

나는 고개를 숙이고 겨우 말을 꺼냈다. 왜냐면 너무 웃겨서…….

그리고 나는 속마음을 숨기고자 앞에 있는 홍차 컵을 들고서 한 모금 마시려고 했다. 그러나 그 순간 홍차가 이상하리만치 뜨겁다는 걸 깨달았다.

"아뜨!"

(에구, 아무렇지도 않은데 무심코 조건반사로 피해버렸네.)

내 몸에는 물리 공격이 통하지 않는다. 예를 들어 마그마에 손을 집어넣어도 뜨끈하다고 느낄 뿐 아무렇지도 않다. 그러니 홍차가 데일 정도로 뜨겁더라도 당황할 필요가 없다. 그런데 그동안의 상식 때문에 무심코 반사적으로 움직이고 말았다.

내 행동에 놀란 주변 사람들이 일제히 나를 걱정하는 와중에 나는 보고야 말았다. 왕자님 뒤에서 내 컵을 향해 손을 뻗었던 한 사람이 그 손을 등 뒤로 슬쩍 숨기는 모습을, 그리고 그 손에 마력의 잔재가 남아 있다는 사실을······.

(마기루카 후툴리카······. 역시 당신이 범인이었군.)

다시 만져보니 홍차는 전혀 뜨겁지 않았다.

(내가 차를 마시려는 순간을 노려서 열을 가한 건가? 왜 그만한 실력으로 그런 짓을.)

나에게서 컵을 넘겨받은 튜테가 내 손에 별일이 없는지 확인하는 동안에 나는 왕자님의 뒤에서 시치미를 떼고 있는 롤머리 소녀를 쳐다봤다. 아마도 그녀는 내가 컵을 떨어뜨려 드레스를 망가뜨리는 상황까지 염두에 두고 있었나?

"황공합니다만, 잠시 자리를 비우도록 하겠습니다. 자하 씨, 잠시만 전하의 말벗이 되어주세요."

나는 튜테를 데리고 자리를 비웠다. 마기루카도 왕자님에게 귓속말하고서 밖으로 나가려고 했다. 걱정하는 왕자님을 대신해서 별일이 없는지 확인하겠다는 핑계를 댄 뒤 다른 목적을 이루려는 속셈이겠지. 내가 방을 나와 다른 방으로 들어가자 예상대로 그녀도 따라왔다.

"마기루카 씨……. 장난이 너무 지나친 거 아닌가요? 생활 마법으로 홍차를 뜨겁게 데웠죠?"

마기루카가 방으로 들어오고 튜테가 문을 닫은 뒤에 나는 단도직입으로 따졌다.

"역시 알아차렸군요……. 메어리 님을 얕봐서는 안 되겠네요."

"저번 사건도 당신의 짓이겠네요……."

"예, 그래요. 전부 전하를 위한 일이었어요."

"……말은 거창하지만 하는 짓은 치졸한데요?"

"치, 치졸하다니요! 지금껏 저는 수많은 영애가 전하 앞에서 추태를 보이도록 꾸며 그분한테서 떼어놓았어요. 실로 무시무시한 짓이건만, 당신이란 사람은……!"

(응? 왕자님을 위해서 나를 그분에게서 떼어놓고 싶었다……? 이 전개는 혹시?)

"왕자님한테서 날 떼어놓으려고 해코지를 했다면 설마 당신 왕자님을……? 후후 ♪"

내가 입가에 손을 대고서 실실 웃자 내 속내를 짐작한 그녀가 하! 하고 어이없다는 표정을 지었다.

"그게 뭔가요? 혹시 내가 전하께 연심을 품었다고 생각하는 건가요?"

"어머, 아닌가요?"

"하아…… 그 언동만 없었다면 상황이 원하는 대로 잘 흘러갔을 텐데……."

"응? 그 언동?"

한숨을 내쉬며 먼 곳을 쳐다보는 마기루카를 보니 어쩐지 친근감이 느껴졌다.

"그만 좀 해줬으면 좋겠어요. 그거…… 참느라 내가 어찌나 고생하는지……."

"동지다아아아아아아아!"

나는 눈을 반짝이며 순간이동을 한 것 같은 속도로 그녀에게 다가가 두 손을 맞잡고서 가슴까지 끌어올렸다.

"어, 어라? 방금 당신, 저쪽에 있지 않았나요? 어라?"

"그런 건 아무래도 좋아요! 나와 같은 생각을 하는 사람이 있었다니! 나만 이상한 게 아니었군요!"

"남을 이상한 사람의 부류에 멋대로 넣지 말아요! 이거 놔요. 가까워, 너무 가깝다고요!"

마기루카는 내가 달라붙자 무슨 영문인지 뺨을 붉히며 당황했다. 나는 그녀의 손을 놓고서 떨어졌다.

"휴……. 터무니없이 귀여워서 나까지 무심코 당할 뻔했네……."

마기루카가 뭐라고 투덜거렸지만, 들리지 않아서 추궁하지 않았다.

(왜냐면 지금 난 기분이 엄청 좋거든~! 그리고 튜테가 무슨

영문인지 문 쪽으로 움직이고 있지만, 개의치 않아. 왜냐면 기분이 좋으니까~!)

"주변 사람들이 왕자님의 그걸 보고 황홀함에 젖어있기에 내가 이상한 사람인 줄 알고 걱정했는데, 동료가 있어서 기뻐요! 역시 그 나이에 그건 좀 창피하죠?"

"맞아, 맞아. 그렇고말고요! 나이가 더 먹은 뒤에 그러면 모를까, 나이와 어울리지 않아서 웃음밖에 나오질 않는다고요."

지금까지 쌓아둔 것이 많았는지 내 독백을 계기로 마기루카가 말을 쏟아냈다.

그때 누군가가 문을 안쪽에서 두드리는 소리가 들렸다. 우리는 화들짝 놀라 그쪽으로 고개를 끼이익 돌렸다.

"아~, 즐겁게 대화를 나누는 도중에 방해해서 미안한데 말이야. 당사자 앞에서 그런 말은 좀……."

그곳에는 안 좋은 타이밍에 문을 열어 얼굴이 창백해진 튜테와, 문 앞에서 얼굴을 찡그린 자하, 그리고 그 뒤에 완전히 굳어버린 왕자님이 있었다.

나…… 또 저질러버렸습니다!

13 우선은 친구부터

"죄송합니다, 전하!"

나는 체면 따윈 던져버린 채 그가 방에 들어오자마자 두 무릎을 꿇고서 이마를 바닥에 댔다.

이른바 '넙 · 죽 · 절'를 감행한 것이다.

곁눈으로 슬쩍 보니 마기루카도 똑같은 포즈를 취하고 있었다.

내가 망설이지 않고 바닥에 넙죽 엎드리자 그녀도 의미를 모른 채 따라 한 모양이다.

두 소녀가 소년 앞에서 바닥에 넙죽 엎드려 있는 기이한 구도 속에서 왕자님은 쓴웃음을 흘리며 우리에게 다가왔다.

"전하! 정말로 죄송했습니다. 방금 한 말은 얼빠진 여자들이 나눈 헛소리이니 부디 흘려 들어주시길!"

"예, 정신 나간 사람들의 미친 소리이니 마음에 담아두지 마십시오!"

지금 무슨 말을 하는지조차 모를 정도로 지금 나는 공황 상태에 빠져 있었다.

자세히 보니 이마를 댄 바닥에 금이 살짝 나 있었다. 하지만 그런 걸 신경 쓰고 있을 여유는 없었다.

"아니, 아니, 그렇게 송구스러워할 필요 없어. 그게 뭔지는 모르겠지만, 그 포즈는 너희들과는 어울리지 않아."

왕자님이 하하핫, 하고 메마른 웃음을 흘렸다.

(야단났네에에! 화났어, 화났다고오오오!)

"게다가 너희들이 그렇게 말한다면…… 그래, 이제부터 고쳐 보도록 해볼까."

"예? 고친다고요?"

"……전하의 저 언동은 아버님을 보고 배운 거예요. 결코 왕 자님의 개성이 아니에요."

왕자님의 말에 놀란 내가 바닥에 엎드린 채 말을 흘리자 마기 루카가 마찬가지로 바닥에 엎드린 채 나에게 알려주었다.

"아버님이라면…… 설마 국왕 폐하? 어, 폐하께서도 저러시 나요?"

"예…… 아버님의 이야기에 따르면 폐하께서는 젊은 시절에 저런 언동으로 주변 여성들한테 치근덕거리셨다고 해요. 지금 도 가끔 언동에서 그 시절의 버릇이 묻어나오죠……. 그걸 보고 자라신 전하께서는 남자란 여자를 대할 때 저렇게 해야 한다고 배우셨고요."

(진짜? ……아직 뵙지 못한 국왕 폐하의 이미지가 내 머릿속 에서 엄청나게 경박한 난봉꾼으로 추락해버렸어.)

"전 곁에 있으면서 그걸 부정하지 못했어요. 그걸 부정하는 건 폐하를 부정하는 것이나 마찬가지니까……."

"그렇겠네요……."

"그래서 적어도 전하의 그 버릇이 자리 잡지 않도록 접근하는 여자들을 물리쳐왔는데…… 당신 때문에 모든 게 허사가 됐네요."

"면목 없어요……."

"두 사람 모두 슬슬 고개를 들어줬으면 좋겠는데. 이러고 있으면 오히려 내가 불편해."

"하, 히지만 불경을 저지른 저희를 나무라지 않고 이대로 넘기면 다른 사람 앞에서 체면이 서질 않습니다."

"잠깐. 당신, 대체 무슨 소릴 하는 거예요? 용서해준다고 했으니 어서 고개나 들어요."

마기루카가 묘하게 진지하게 굴자 나는 조금 놀라서 작은 목소리로 비난했다. 나도 참 최악이구나.

"흐음, 벌이라……."

왕자님이 그렇게 말하고서 무언가 골똘히 생각하기 시작했다.

"그럼 이제부터 나를 친구처럼 스스럼없이 대하도록."

""예?""

영문을 몰라 우리는 동시에 고개를 들었다.

"아, 물론 공적인 자리에서는 그래선 안 되겠지만."

왕자님은 한쪽 무릎을 꿇고서 우리의 손을 잡아 일으켜주었다.

"그렇게 해줄 거지?"

"아…… 예. 전하께서 원하신다면……."

왕자님은 멍한 얼굴로 대답하는 마기루카를 보고 만족스러워한 뒤 내 쪽으로 시선을 돌렸다. 나는 고개를 빠르게 연신 끄덕여댔다.

"후훗, 앗, 자하도 같은 죄를 저질렀으니 잘 부탁해."

"어? 왜 저까지……. 으~음, 뭐 상관없긴 하지만. 예의를 차리는 건 젬병이니 오히려 잘 됐어. 딱딱한 소리를 계속 내뱉다 보니 입이 굳어버릴 것 같았던 차였는데."

"느닷없이 말 놓지 마! 이 멍청아아아아!"

"커헉!"

자하가 단숨에 허물없이 굴자 마기루카가 그의 옆구리에 발차기를 날렸다.

(아니, 저기, 왕자님 앞에서 그렇게 행동하는 당신도 실례예요.)

안도의 한숨을 내쉬고 긴장이 풀린 나는 두 사람을 바라보며 키득 웃었다. 그러자 왕자님은 평소처럼 상쾌한 웃음을 선사해 주었다.

"후훗, 역시 네 웃음은 보석처럼 멋져. 그 미소로 영원히 내 마음을 치유해줬으면 좋겠군. 그 미소를 지키기 위해서라면 난 뭐든지 할 수 있어. 공주님."

왕자님은 그렇게 말하면서 내 뺨에 손을 댔다.

"푸핫!"

이제 안 할 거라고 방심하고 있다가 기습을 당한 나는 웃음을 뿜어냈다.

"앗……."

왕자님이 겸연쩍은지 뺨을 긁적였다. 그 몸짓은 같은 또래 남자애 같았다. 단숨에 친근감이 솟았다.

"전하, 정말로 괜찮으시겠어요?"

"전하라고 부르지 말아줬으면 좋겠는데, 메어리 양. 그냥 레이포스라고 불러."

"그럼……, 저기, 레이포스…… 님."

차마 이름 뒤에 씨를 붙이거나 그냥 이름으로만 부를 수가 없었고, 또 부끄럽기도 해서 이름 뒤에 님을 붙이기로 했다.

"이봐, 왕자님. 이 흉폭녀 좀 어떻게 해봐."

"당신은 너무 무례해!"

마기루카에게서 도망쳐온 자하가 왕자님에게 폭언을 내뱉자 나도 팔꿈치로 그의 몸을 때려주었다.

(결코 부끄러운 감정을 숨기려고 이러는 게 아냐. 응…….)

그리하여 우리는 튜테를 데리고 차를 마시기 위해 안뜰로 장소를 옮기기로 했다.

"그나저나 왕자님, 왜 이 녀석들을 친구로 삼았어? 아윽!"

둥근 탁자에 둘러앉아 튜테가 내온 차를 한 모금 마신 뒤 자하가 말했다. 나와 마기루카는 동시에 탁자 아래에서 그의 발을 밟았다. 참고로 탁자 위에서는 웃으면서 차를 우아하게 마시는 모습밖에 보이지 않지만.

"으~음……. 너희들과는 대화하기가 편하다고 해야 할까, 재믾다고…… 해야 할까. 난 왕족이라 모두 예의만 차려서 재미가 하나도 없었어."

탁자 아래에서 벌어지는 공방전을 눈치채지 못한 채 왕자님이 이야기를 시작했다.

"게다가 내 곁에는 종일 어른들만 붙어 있어서 같은 또래와 얘기를 나눌 수가 없고, 왕궁 밖으로도 나가지도 못하고, 뭘 하려고 해도 맨날 이건 안 된다, 저건 안 된다, 하고 제지만 하니……."

쓴웃음을 지으며 독백하는 왕자님에게 나는, 아니, 전생의 나는 공감하고 말았다. 신분과 처지는 전혀 다르지만 종일 어른들에게 둘러싸여 병실 밖으로 나가지도 못하고, 친구도 만들 수 없었던 닫힌 세계. 그것이 내 전생의 기억이었다. 그 심정에 어쩐지 동감이 되었다.

지금 나는 이렇게 새로운 삶을 받아 그런 세계에서 벗어날 수 있었다.

그렇다면 이건 인연일 것이다. 왕자님이 이 세상이 즐겁다고 느낄 수 있도록 돕도록 하자. 나는 그렇게 마음속으로 다짐하며 홍차를 마셨다.

신이시여, 우여곡절은 있었지만 전 오늘 멋진 친구들이 생겼습니다. 감사합니다.

나는 신께 마음의 편지를 보냈다.

14 마법이에요, 마법

이세계에서 환생한 지 8년. 안녕하세요. 메아리 레가리야, 현재 여덟 살입니다. 나에게도 친구라고 부를 수 있는 사람들이 늘었습니다. 왕자님과도 친구로 지내게 됐고요.

뭐, '같이 노~올~자~ ♪' 하고 외치며 왕자님이 사는 궁전으로 놀러 갈 수는 없어서 오로지 다른 두 사람하고만 교우하고 있습니다.

오늘은 그중 한 사람, 나와 성별이 같은 아이의 집으로 놀러 갔습니다.

"마~기~짱! 노~올~자~ ♪"

그녀의 저택 앞에 마차가 멈추자 나는 밖으로 나가며 그렇게 외쳤다. 그러자 마기루카가 얼굴을 잔뜩 찡그렸다.

"그게 무슨 말이에요······. 엄청 바보 같으니까 그만두세요."

"응, 한번 말해보고 싶었을 뿐이야······. 이제 안 할게."

스스로 말해놓고도 창피해져서 그 제안에 찬성했다.

나는 그녀를 따라 어느 장소로 향했다. 평소에 그녀에게 부탁했던 것이 드디어 오늘 결실을 보게 되었다.

"여기가 서재예요. 너무 어지럽히면 안 돼요."

"물론이야. 역시 친구를 잘 두어야 한다니까 ♪"

나는 앞에 펼쳐진 책·책·책 무더기를 보고 눈을 반짝였다.

나는 독서광을 넘어선 독서마(魔)다. 뭐, 병실에 누워서 책만 읽었으니까. 그런데 환생한 뒤에 레가리야가에 책이 거의 없다는 사실을 알고 살짝 충격을 받았다.

요란한 나날 속에서 책을 읽을 틈이 없어서 굳이 신경 쓰지는 않았지만, 요즘에 여유가 생기자 책이 몹시 읽고 싶어졌다. 그래서 아버지의 서재에 있는 책을 읽으려고 했더니 검술 지도서, 정치, 법률, 몬스터의 생태 등등 가슴 뛰는 로맨스와는 거리가 먼 책들뿐이어서 낙담했다. 그러던 차에 마기루카가 자기 집에 그런 책들이 많다고 해서 당장 달려가게 된 것이다.

"오호~……. 영웅담, 전승, 전기, 동화……. 종류가 참 다양하네."

"후툴리카가는 궁정마술사로서 왕가를 모시는 틈틈이 이 세계의 전설·전승, 옛날에 벌어졌던 신비로운 사건들을 조사해왔어요. 그래서 그런 요소가 담긴 서적 등을 모조리 구하여 연구하고 있죠. 필요가 없어진 책들은 여기에 보관하고 있고요."

"흐~음, 힘들겠구나~."

나는 건성으로 대답하며 적당한 두께의 책을 들고 책장을 홀홀 넘겨보았다.

(이 세계의 이야기……. 어떤 내용인지 가슴이 두근거리는걸.)

그리하여 나는 책에 몰두했다.

몇 시간 뒤.

"저기⋯⋯. 책 좀 그만 읽죠? 당신, 친구네 집에 와서 책에만 빠지다니 그거 좀 실례 아닌가요?"

"응, 맞아. 앗, 마기루카, 이 책 하권은 어디에 있어?"

나는 다 읽고 덮은 책을 책으로 가득한 책장에 다시 집어넣은 뒤에 다음 권을 찾기 시작했다.

"으음, 그 책이라면 저쪽 책장에⋯⋯. 아니, 내 얘길 듣고 있는 거예요!?"

(쳇, 눈치가 빠르네. 오늘은 그만 읽어야겠다.)

"어머, 농담이야♪"

내가 입에 손을 대고서 오호호호, 하고 웃자 마기루카는 도끼눈을 뜨고 쳐다봤다.

"글쎄⋯⋯. 뭐, 좋아요. 정원으로 나가서 차라도 마시죠."

마기루카가 한숨을 깊이 내뱉고서 자리를 옮기자 나도 뒤를 따랐다.

깔끔하게 정돈된 장미 화원을 한눈에 둘러볼 수 있는 곳에 자리가 마련되었다. 시녀들이 미리 준비해둔 다과와 홍차를 튜테가 내 앞에 내려뒀다.

"어머, 이 홍차 맛있네. 풍미가 그윽해."

"그래요? 잘됐네요."

홍차를 한 모금 마신 뒤 감상을 말하자 이번에는 마기루카가 건성으로 대답했다. 자세히 보니 책을 읽고 있는 게 아닌가?

"잠깐, 차를 즐기는 친구 앞에서 책을 읽다니 실례잖아."

"어머, 누가 책을 열심히 읽길래 따라 해본 건데요?"

"……죄송했습니다. 앞으로는 주의하겠습니다."

아까 내 행동이 얼마나 큰 실례였는지 깨우쳐주기 위한 행동을 보고 나는 맹렬하게 반성했다.

(이 세계의 이야기는 공상이 아니라 사실에 근거한 것이 많아서 재미있단 말이야! 진짜 판타지 스토리라구!)

내가 손가락을 꼼지락거리며 고개를 푹 숙이고 있자 마기루카는 책을 팡 덮고서 키득 웃었다. 지적 미인인 그녀와 어울리지 않는 장난스러운 미소였다.

"그런데 그 책은 뭐야? 서재에 있던 것과 다른 것 같은데?"

마기루카가 들고 있던 책은 서재에 있었던, 표지가 깔끔한 책보다 오래되어 보였다. 너무 허름해서 당장에라도 찢어질 것만 같았다.

"아아, 이건 마도서예요."

"마, 마도서! 그거 말이야, 마법을 부릴 때 쓰는 도구잖아!"

너무나도 충격을 받은 나머지 말이 잘 나오질 않았다. 내가 흥분하여 달려들자 마기루카가 화들짝 놀라 몸을 살짝 뒤로 뺐다.

"아, 예, 그렇긴 한데……."

"근데 학교에 가지 않으면 볼 수가 없는 물건이잖아?"

"흐~흥, 우리 후툴리카가는 마도의 가문이라서 특 · 별 · 하거든요♪"

자랑스럽게 활짝 편, 막 부풀기 시작한 마기루카의 가슴을 보고서 나는 혀를 차고 싶어졌다.

(칫……, 쓸데없이 커가지고.)

"저기, 나 좀 보여주라."

"예? 봐봤자 의미를 전혀 모를 텐데요?"

"괜찮아, 괜찮아. 잠깐만 보여줘."

솔직히 예전부터 마법에 무척 흥미가 있었지만 배울 기회가 없어서 포기하고 있었다. 그런 상황에서 마법을 부릴 수 있게 해줄지도 모를 마도서와 만났는데 어떻게 기뻐하지 않을 수 있을까?

"어쩔 수 없네요."

마기루카는 떨떠름한 표정으로 나에게 마도서를 넘겨주었다.

"거기에는 여러 2계급 기초 공격마법이 적혀 있어요. 하지만 이론을 이해하고, 머릿속으로 이미지를 확실하게 그리지 못한다면 쓸 수 없어요. 선생님에게 지도를 받는 나조차도 좀처럼 습득하지 못하고 있는데, 독학으로는 어림도……."

마기루카가 뭐라고 말했지만, 나는 마법을 부릴 수 있을지도 모른다는 기대감에 흥분하여 아무 말도 들리지 않았다.

분명 난해한 내용이라서 이해하기 어려운 대목이 많았다. 하지만 딱 하나 눈에 띄는 마법이 있었다. 나는 그 마법이 '마력을 화살처럼 쏘는 마법'이라는 것만 이해하고서 책을 덮었다.

(다시 말해서 이건 RPG나 애니메이션에서 흔히 나오는 애로우 마법이구나.)

"응, 어쩐지 알 것 같아."

"에엥! 버, 벌써 이해했다고요?"

나는 손을 뻗었다. 앞으로 벌어질 현상을 머릿속으로 확실히 상상한 뒤 단어를 힘차게 내뱉었다.

"매직 애로우."

바슉!

그렇게 말한 순간 내 손에서 반투명한 화살이 발사되어 마기루카 옆을 스쳐 지나갔다.

"으앗, 미안! 괜찮아?"

"마, 말도 안 돼……. 내가 최근에서야 겨우 익힌 마법을……. 이렇게 쉽사리."

"아, 아가씨 대단하세요. 느닷없이 마법을 쓰시다니!"

지금까지 옆에서 조용히 대기하고 있던 튜테가 흥분하며 나에게 말했다. 반면에 마기루카의 얼굴은 창백해졌다.

(뭐, 마법의 화살이 스쳐 지나갔으니 놀랄 만도 하지. 아니, 설마 내가 진짜로 마법을 쓸 줄 몰랐던 건가?)

"자, 잠깐! 방금 어떻게 한 거예요!"

이번에는 마기루카가 의자에서 벌떡 일어서 나에게 달려들었다.

"저기, 미안하다고 사과했잖아. 너무 화내지 마."

"아니, 그게 아니라 어떻게 마력의 화살을 발사했느냐고요! 마력이라는 모호한 개념을 구체화하는 건 상상도 할 수 없는 일이에요!"

"어? 매직 애로우는 마력을 발사하는 거잖아? 당연한 거 아냐?"

매직 애로우는 매직 애로우잖아? 나는 당연하다는 얼굴로 대답했다.

"참 얼토당토않은 발상력이네요……. 하지만 무척 설득력이 있어요."

경악하는 마기루카를 내버려 두고 나는 가만히 차를 마셨다.

(어라? 나 또 무슨 짓을 저지른 건가? 저 뒤에 있는 장미 중 일부가 마법을 맞고 날아가버린 게 마음에 조금 걸리긴 하는데. 나중에 변상……해줘야 하나?)

다행히도 마기루카는 그것을 눈치채지 못한 듯했다. 그래서 나는 잠자코 있기로 했다.

(마법을 하나 익히긴 했지만, 마기루카 앞에서 쓰면 또 야단이 날 것 같으니 사람들 앞에서는 쓰지 말아야겠다. 일단 육체적인 힘과는 달리 제어할 수 있을 것 같아. 좋았어. 집으로 돌아가면 혼자서 몰래 판타지 애니메이션 놀이나 하면서 놀자!)

여담이지만, 나는 전생의 기억 덕분에 원래 이 세계에 살던 사람들보다 마법에 관한 원리, 효과, 어떤 형태로 발생하는지를 더욱 쉽게 이해할 수 있었다는 사실을 조금 뒤에 알게 되었다.

 외출이에요

"월견초 축제…… 말인가요?"

"그렇단다."

가족과 함께 아침밥을 먹은 뒤, 차를 마시고 있을 때 아버님이 그렇게 말했다.

"월견초는 5년마다 한 번, 보름달이 뜨는 밤에 숲에서 피는 신비로운 꽃이에요. 그걸 보려고 수많은 사람이 인근에 있는 에네루스 마을로 가죠. 그래서 마을 사람들이 마을을 부흥시키고자 축제로 만들었답니다."

튜테가 홍차를 따라주며 보충 설명을 해주었다.

"그 꽃이 올해 개화한다는 건가요? 아버님."

"그래. 내 영지 안에서 벌어지는 행사라는 이유도 있지만, 너도 슬슬 바깥세상을 보는 게 좋을 것 같다고 아리에스가 말하길래……. 난 반대다만……."

또 반대했다가 내가 '아버님, 진짜 싫어' 하고 말할까봐 끝내 반대하지 못한 거겠지.

(이거 재밌을 것 같은데. 나, 축제 같은 데에 한 번도 가본 적이 없어서 흥미가 있어. 다른 애들도 부를까?)

"아버님, 친구들을 불러도 괜찮을까요?"

"응? 아아, 상관없다. 잔뜩 부르거라."

"고맙습니다. 아버님."

내가 활짝 웃자 아버님은 헤벌쭉거렸다가 이내 표정을 되돌렸다.

(그럼 다음에 훈련 시간 때 자하와 마기루카한테 물어볼까?)

이제 자하는 단련 시간 때마다 당연하다는 듯이 나타났다. 그런데 놀랍게도 저번에 내가 마법을 쓴 이후로 마기루카까지 내가 학습하는 광경을 견학하고 싶다며 얼굴을 내밀게 되었다. 그 대신에 온갖 책들을 가지고 와서 불만은 없지만.

(나 같은 걸 견학해봤자 딱히 얻을 건 없을 텐데. 내 능력은 대부분 신께서 내려주신 치트 능력이니까.)

그런 생각을 하며 나는 두 사람이 방문할 시간까지 기다리기로 했다.

"월견초 축제……. 그러고 보니 그런 게 있었지."

"그래서 나도 그 축제에 갈 건데 두 사람은 어쩔 거야?"

평소처럼 안뜰에 두 사람이 모이자 나는 이야기를 한 번 꺼내보았다.

"으음~, 권투 대회가 있다면 생각해보겠지만, 꽃만 보러 가는 거잖아?"

"아이 참~ 자하 님……. 월견초 축제는 그런 위험한 축제가 아니랍니다. 신비로운 광경 앞에서 고백하는 것으로 유명한 로맨틱한 축제라고요. 활짝 핀 꽃들 앞에서 고백하면 영원히 맺어진다는 말까지 있는 걸요. 그래서 제법 많은 연인이 그 축제에 참여해요."

자하가 멋대가리 없이 말하자 튜테가 달콤한 한숨을 내뱉으며 정정해주었다.

"……살짝 흥미가 생기네요……."

지금껏 입을 다물고 있던 마기루카가 골똘히 생각하다가 찬동해주었다.

"어머, 마기루카가 로맨티스트였을 줄은 몰랐는데 의외네."

"5년마다 한 번씩 핀다는 그 꽃에 흥미가 있다는 겁니다. 또 월견초는 이른바 마초(魔草)니까 어쩌면 진짜 어떤 효과가 있을지도 몰라요. 꼭 집으로 가지고 와서 연구해보고 싶군요."

(미안, 로맨티스트가 전혀 아니었구나.)

"그럼 마기루카만 따라올 거지? 그럼 자하 씨는 집이나 지키고 있어."

"어, 나만! 그건 그것대로 좀 싫은데……. 뭔가 재미난 일이 벌어질지도 모르니 나도 따라갈래."

(흐~흥, 이 외로움쟁이 같으니.)

나는 자하를 보고 미소를 지었다. 그는 내 얼굴을 보고는 겸연쩍은지 뺨을 붉히며 고개를 홱 돌렸다.

"그럼 축제가 시작되는 날보다 더 일찍 별장으로 가야 하니까 테니 준비해둬."

나는 그렇게 말하고서 친구들과의 소풍을 상상하며 두근거렸다. 그런데 설마 그렇게 될 줄이야. 그때 나는 꿈에서도 생각하지 못했었다…….

"안녕, 메어리 양."

출발 당일에 예상치 않은 사태가 벌어졌다. 내 저택 앞에는 그다지 호화롭지 않은 위장 마차에서 내린 금발 소년이 있었다.

"레, 레이, 포스 님?"

너무 오랜만에 만나 샘솟은 낯선 감정과 왕족에게서 풍기는 압박감이 뒤섞여 나는 극도로 긴장했다.

나는 허둥거리며 최상급의 예의를 표한 뒤에 누군가 이 상황을 설명해줄 사람이 없는지 주변을 두리번거렸다. 순간 두 친구와 눈을 마주쳤으나 모두 눈길을 돌려버렸다.

(야, 인마아아! 도망치지마아아아! 무슨 영문인지 설명을 하라고!)

"자, 메어리 양. 두 사람을 너무 째려보지 마. 억지를 부린 건 나니까."

내가 두 사람에게 보내는 무언의 압박을 느꼈는지 왕자님이 송구스럽다는 얼굴로 그들을 감싸주었다.

"부끄러운 모습을 보여드려 죄송합니다. 레이포스 님이 동행하신다는 소리를 듣지 못해서 무심코 당황했습니다."

"응, 나도 두 사람한테서 월견초 축제 얘기를 들었어. 나도 꼭 가고 싶어서 동행하겠다는 뜻을 밝혔더니 두 사람이 당일에 널 놀래어주자며 비밀로 하자고 해서 그렇게 했는데…… 정말로 알리지 않은 모양이군."

(저 녀석들…… 왕자님이 동행하겠다고 하면 내가 중지할 거라는 걸 알고 굳이 입을 다물었구나? 아니, 두 사람 모두 축제에 간다는 얘길 왕자님한테 불어버린 거야!)

내가 다시금 날카롭게 쏘아보자 두 사람은 고개를 홱 돌려버렸다. 장래에 왕자님의 수하가 될 미래의 궁정기사와 궁정마술사가 나보다는 왕자님과 조금 더 친하다는 사실을 잊어버린 나에게도 잘못이 있긴 하지만, 이래서야 험난한 여행이 될 것 같다.

(더욱이 내가 주최한 이벤트라서…… 아아, 속 쓰려…….)

"휴~우. 뭐, 여기서 얘기를 해봤자 아무 소용도 없으니 어서 출발하도록 하죠."

나는 한숨을 깊이 내뱉으며 두 사람에게 어서 준비하라고 재촉했다. 그러자 시종들이 일제히 움직이기 시작했다.

자, 월견초 축제가 열리는 에네루스 마을을 향해 출발!

(틀림없이 촌장님이 졸도하겠구나~.)

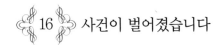
16 사건이 벌어졌습니다

우선 예상대로 촌장님이 졸도했다.

에네루스 마을에 도착하여 그대로 별장으로 향했더니 마중을 나온 촌장님 부부가 우리를 기다리고 있었다. 그들은 우리 일행 중에 왕자님이 있다는 사실을 알고는 거품을 물며 기절했다. 지금은 별장 손님방에서 쉬고 있다.

(뭐, 예상했던 바야…… . 그런데 예상 밖의 일도 벌어진 모양이군.)

"아가씨, 오셨군요."

그렇다. 내 선생님이기도 한 크라우스 경이 기사들과 함께 별장에 있었다. 나는 튜테에게 나머지 일행들을 방으로 안내하라고 지시한 뒤에 무섭게 생긴 기사님에게 인사했다.

"잘 지내셨어요? 크라우스 님. 왜 크라우스 님이 이곳에……? 아, 어리석은 질문이었네요."

"하하하핫, 예상하신대로 아들이 전하께서 동행하신다고 해서 호위를 하고자 먼저 별장에 와 있었습니다. 물론 페르디드의 허가도 받았지요."

"그 사실을 언제 아셨나요?"

"어젯밤입니다."

"정말로 죄송합니다!"

갑작스럽게 준비를 하느라 무척 고생했을 것이다. 나는 고개를 깊숙이 숙였다.

"아가씨가 사과하실 일이 아닙니다. 오히려 이곳에 오길 잘했습니다."

"예?"

"이 역시 확정된 사실은 아닙니다만……. 월견초가 서식하고 있는 숲에서 몬스터를 봤다는 보고를 받았다면서 아까 촌장이 이쪽으로 왔었습니다."

"몬스터 말인가요……."

전생에서는 없었던 가공의 생물들. 하지만 결코 기꺼운 존재들만은 아니다. 대부분 우리 종족에게 해를 가하는 존재들이다.

"……그 몬스터가 숲에 자주 출몰하나요?"

"아뇨, 촌장의 얘기에 따르면 월견초가 서식하는 숲에 몬스터가 나타난 적은 지금껏 한 번도 없었다고 합니다. 그래서 어떻게 할지 고민하다가 우리가 방문했다는 소식을 듣고 상담을 하러 왔던 겁니다."

하하핫, 하고 웃는 크라우스 경의 말을 듣고서 어쩌면 이것은 신의 구원일지도 모른다는 가능성에 도박을 걸어보기로 했다.

"그럼 월견초 축제는 중지인가요?"

"아뇨, 촌장이 비밀로 해달라더군요. 그래서 몬스터가 나타나면 우리가 곧장 출동해서 정리하기로 했습니다. 축제는 예정대로 열릴 겁니다. 우리가 이곳에 있어서 든든한지 축제를 결코 중단할 수 없다고 꽤나 단호하게 말하더군요. 조금 전까지."

크라우스 경은 촌장 부부가 실려 간 방을 쳐다봤다.

(아, 예. 도박에 졌습니다.)

나는 정신이 아찔해져 그만 고개를 들어 하늘을 쳐다보고 말았다.

(첫 나들이에 왕족을 에스코트하는 역할을 맡게 됐고, 그리고 마을에 도착하니 몬스터가 출몰한다고 하고……. 하핫, 이벤트 풍년이구나.)

"몬스터들은 저희한테 맡겨주시고 당분간은 숲에 다가가지 마십시오."

"예, 알겠습니다."

기사 하나가 크라우스 경을 부르자 그는 나에게 가볍게 인사를 하고서 그 자리를 떠났다.

나는 떠나가는 그를 보며 어떻게 할지 고민하기 시작했다.

(고민할 것도 없지. 숲에는 다가가지 않을 거야! 단 한 발자국도!)

다른 세 사람에게도 이 사실을 알릴까 생각하다가 오랜 여행과 묘한 긴장감에 줄곧 시달려온 바람에 심신이 초췌해서 나중에 말하기로 마음먹었다. 나는 안내를 끝내고 돌아온 튜테의 곁으로 걸어갔다.

"피곤해 보이세요. 아가씨. 세 분께서는 각자 방에서 잠시 쉬시기로 하셨으니 아가씨께서도 쉬시는 게 어떠세요?"

배정받은 방으로 들어가자마자 나는 침대에 벌러덩 누웠다. 튜테가 진심으로 걱정하며 나에게 말을 걸었다. 그 목소리에 위안을 얻고는 이대로 잠이나 자자며 멍하니 벽을 쳐다봤는데, 문득 걸려 있는 그림이 시야에 들어왔다.

"저 그림을 어디선가 본 적이 있는 것 같은데?"

나는 몸을 일으켜 그림을 쳐다봤다. 튜테도 그쪽으로 시선을 돌렸다.

"아아, '백은의 기사'님이에요."

튜테의 말처럼 새하얀 갑옷을 입은 기사가 새하얀 꽃밭에 서 있는 그림이었다.

'백은의 기사'라는 말을 듣고 나는 마기루카의 저택에서 읽었던 동화나 전설 속에 자주 등장하는 주인공의 이름이라는 걸 떠올렸다.

"백은의 기사는 가상 인물 아니었어?"

"글쎄요? 전 만나본 적이 없어서 뭐라 드릴 말씀은 없지만, 적어도 옛날에는 존재했었던 것 같아요. 알디아 왕국의 영웅 기사였으니까요."

"튜테, 잘 아네?"

"그 정도까지는……. 대부분 마기루카 님이 알려주신 얘기에요."

(어머, 걔가 의외로 그런 걸 좋아했구나. 아니, 어차피 연구대

상으로밖에 보지 않을 테지만……)

"저 사람이 백은의 기사님이라는 건 알겠는데, 그럼 저 꽃밭은 뭐야?"

"월견초예요. 월견초가 개화하면 주변이 온통 새하얗게 반짝인다고 해요. 전 본 적이 없지만."

"오호~……. 꼭 보고 싶은걸."

이 그림에 관한 이야기는 나중에 마기루카에게 묻기로 하고, 나는 우선 숲에 몬스터가 출몰한다는 것을 세 사람에게 전해두기로 했다. 무거운 엉덩이를 들어 튜테와 함께 먼저 마기루카의 방으로 갔다.

문을 가볍게 노크하자 안에서 대답이 들려왔다. 나는 문을 열었다.

"마기루카, 잠깐 괜찮을까?"

"예, 상관없어요. 뭐 문제라도 벌어졌나요?"

"눈치가 빨라서 좋구나."

나는 이 든든한 지적인 친구에게 크라우스 경과 나눴던 이야기를 들려주었다.

"그렇군요……. 몬스터라. 아직 확실하지 않다고는 하지만 혹시 모르니 전하께 숲에 가지 말라고 전해드려야겠어요."

"동감이야……. 그럼 난 다른 두 사람한테도 알려주러 갈 테니 편히 쉬어."

"앗, 나도 가겠어요."

그녀는 그렇게 말하고서 자리에서 일어나 내 옆에 붙었다.

"뭐…… 저기……. 전하께서 동행한다는 사실을 비밀로 해서 미안하다고 해야 할까……. 저기…… 당신만 마음고생 시킬 수는 없다고 해야 할까……."

얼굴을 붉히며 이쪽을 보려고 하지 않는 마기루카가 은근히 귀여워서 나는 무심코 껴안아버렸다.

"친구야아아아!"

"뭐, 뭐하는 거예요! 이거 놔요. 부, 부부, 부끄럽잖아요!"

(이 새침부끄 같으니! 너무 귀여워~.)

나는 키득, 하고 웃음을 흘리며 떨어졌다. 그 뒤에 우리는 자하의 방으로 향했다.

아까와 마찬가지로 문을 가볍게 노크했다.

"?"

대답이 들리지 않았다.

못 들었나 싶어서 이번에는 조금 세게 노크를 해봤지만 역시나 안에서 인기척이 느껴지지 않았다.

"무슨 일이지? 자하 씨, 들어갈게."

나는 문손잡이를 돌려 방안을 보고는…… 몸이 굳어버렸다. 아무도 없었기 때문이다.

"이 바보가 어딜 간 거야?"

내 뒤에서 방안을 들여다본 마기루카가 사태를 파악하고는 주

변을 둘러봤다. 자하의 시종 하나가 다급한 표정으로 현관에서 이쪽으로 달려왔다.

(아니, 아니, 아니, 듣고 싶지 않아, 듣고 싶지 않아. 앞으로 무슨 전개가 펼쳐질지 알고 싶지 않다고.)

나는 고개를 연신 가로저었지만, 메이드가 내 마음도 모르고 이쪽으로 다가와 입을 열었다.

"자하 님께서 홀로 숲에 들어가셨습니다."

파란(波乱)이라는 이름의 공(Gong)이 지금 내 머릿속에서 우렁차게 울렸다.

✦ 17 ✦ 맞닥뜨렸습니다

"그 바보는 우리와 달리 체력이 남아돌아요. 그래서 산책 삼아 숲으로……."

"성가신 일이 벌어지기 전에 어서 데리고 와야 하는데."

"무슨 일이지?"

우리가 현관 앞에서 허둥거리자 왕자님마저 밖으로 나와 버렸다.

(안 돼, 안 돼. 더는 문제를 크게 키우면 안 돼.)

"앗, 전하. 저기, 개의치 마시길……. 자하가 말도 없이 잠깐 밖으로 나가버려서요."

"밖으로 나가면 안 되나?"

"아뇨, 마을 안은 상관없어요. 그, 그럼 마기루카, 난 자하 씨를 데리고 올게."

나는 왕자님을 마기루카에게 맡기고 숲으로 이동했다. 그런데 무슨 영문인지 그녀도 따라왔다.

"자, 잠깐만 기다려봐요. 당신 혼자서 숲에 들어가는 건 위험해요."

"마기루카……. 알겠어, 함께 가자."

우리는 넷이서 빠른 걸음으로 숲으로 들어가려고 했다.

(응? 넷?)

나는 뒤를 힐끔 돌아보고는 머릿속으로 뒤를 따라오는 사람의 숫자를 헤아렸다.

(마기루카와 튜테와 왕자님……, 왕자님이라고오오오!)

나는 중대한 사태가 벌어졌음을 깨닫고서 황급히 뒤를 응시했다.

"레이포스 님! 왜 여기에?"

"아니, 무슨 사태인지는 잘 모르겠지만, 여자애들만 숲으로 보내는 건 위험할 것 같아서 따라왔는데?"

(아니, 아니, 아니, 가장 따라오면 안 되는 사람이 바로 당신이야! 무슨 일이라도 벌어졌다가는 난리가 난다고.)

"저, 전하……. 시종들은?"

"아아, 그러고 보니 잠깐 바람 좀 쐬다가 들어갈 생각이어서 방에 대기시켜놓은 채로 왔군."

(이런…… 위기감이 없네! 뭐, 무리도 아니지. 왕자님은 몬스터가 출몰할 가능성이 있다는 사실을 모르니…….)

바로 말하지 않은 것을 후회했지만 이제 와 어쩔 수 없기에 반성은 나중에 하기로 했다. 지금은 왕자님을 마을로 돌려보내는 것이 급선무다.

"어라? 저기 자하 아냐? 월견초라도 미리 구경하려고 간 건가?"

멀리서 무언가를 발견했는지 왕자님이 숲속으로 성큼성큼 들어가버렸다. 나무들 사이로 사람들의 발에 다져진 오솔길이 나 있었다. 간소한 울타리도 세워져 있는 것으로 보아 여기서 월견초 군락지까지 이어져 있을지도 모른다.

"앗, 전하, 잠시만."

마기루카가 앞으로 나아가는 왕자님을 황급히 제지했다.

(여하튼 지금은 빨리 자하를 찾아내서 데리고 돌아가자. 설마 벌써 몬스터와 맞닥뜨리지는 않았겠지. 음음. 여긴 사람이 다닐 수 있도록 길이 닦여 있으니까.)

나는 튜테를 데리고 두 사람을 따라갔다.

해 질 녘이라서 주변은 이미 어둑했다. 어쩐지 음침한 분위기가 흘렀다. 고요하고 어두운 숲만큼 으스스한 것은 없다.

처음 발을 내디딘 숲속, 그리고 몬스터가 있을지도 모른다는 긴장감과 공포가 어우러져 마음이 자꾸만 소란스러웠다.

(아아, 빨리 돌아가고 파……. 왜 등불이 없는 걸까? 누가 전등 같은 걸 개발해줬으면 좋았을 텐데…….)

그러한 푸념을 늘어놓으며 우리는 계속해서 숲속으로 들어갔다.

하지만 안으로 꽤 들어갔지만 자하의 모습은 보이지 않았다. 왕자님은 자하가 월견초 군락지에 갔을 거라며 더욱 안쪽으로 들어갔다.

정비된 길이 깔려 있어서 헤맬 일도 없고, 위험하지도 않을 것이다. 긴장감에 두근거리며 숲속에 들어간 지 수십 분. 아무 일도 벌어지지 않아서 긴장의 끈이 조금씩 풀어지기 시작했다.

(아무 일도 없잖아……. 뭐야, 괜히 긴장했네. 누가 잘 못 본

걸 거야.)

안도의 한숨과 함께 가슴을 쓸어내리고서 앞서가는 왕자님과 마기루카를 쫓아가려고 발걸음을 재촉했을 때 우거진 수풀에서 무언가가 튀어나왔다.

"꺄아아아아아아악!"

나는 놀란 나머지 옆에 있는 튜테를 껴안고서 힘껏 팔을 조였다. 이른바 베어 허그 상태다.

"아……, 아가씨……, 괴……, 괴로……, 워요……."

끊어질 듯한 튜테의 목소리를 듣고 나는 제정신을 차렸다. 무언가가 튀어나온 방향으로 고개를 돌리니 의아하다는 표정으로 이쪽을 올려다보며 코를 킁킁거리는 산토끼가 있었다.

산토끼는 잠시 그곳에 머물렀다가 이내 반대쪽 수풀 속으로 사라졌다. 그 자리에는 울먹이며 튜테에게 매달려 있는 나와 바짝 조인 내 팔 안에서 얼굴이 창백해진 그녀만이 남아 있었다.

조심스럽게 고개만 돌려 앞쪽을 쳐다봤더니 흐뭇한 표정으로 이쪽을 쳐다보는 두 사람이 있었다.

"아, 아니, 이건……, 저기……."

나는 얼굴을 붉혔다. 변명거리를 찾으려고 눈동자를 이리저리 굴리다가 무심코 팔에 더욱 힘을 주고 말았다.

"부끄러운 건 알겠는데 이제 그쯤 해둬요. 튜테의 얼굴이 심각하다고요."

마기루카가 어이없어하며 말하자 나는 튜테에게 매달리고 있었다는 것을 비로소 깨달았다. 황급히 힘을 풀자 튜테가 고개를 털썩 떨궜다.

"아아아, 미안해, 튜테! 정신차려어어어."

몸을 흔들자 마치 끈이 떨어진 인형처럼 튜테의 머리가 덜렁덜렁 흔들렸다.

"괘, 괜찮……으니……까. ……흔들……지 마세요오오오."

튜테가 헤드뱅잉을 하며 무언가 말하자 나는 안도하며 그녀의 몸에서 손을 뗐다.

"진짜, 깜짝……."

"크아아아아아아아아아앗!"

긴장의 끈을 다시 푼 순간 수풀 속에서 굉음을 지르며 커다란 무언가가 또다시 튀어나왔다.

"꺄……아아아아아아악."

정신력이 약한 나는 연약한 처녀처럼 괴성을 지를 뻔했다. 하지만 영애의 프라이드로 가까스로 참아내고서 반대쪽 수풀 속으로 토끼처럼 달아나기 시작했다.

뒤에서 "자하! 뭐하는 거야!" 하고 말하는 소리가 들렸지만, 나는 그 말을 머릿속으로 받아들일 여유가 없었다.

퍽!

앞으로 달려가던 나는 무언가와 부딪치면서 발걸음을 멈췄다.

아주 거칠거칠하고 차가운 감촉이 느껴져 제자리에 멍하니 서 있었다.

뒤에서 모두가 달려오는 소리가 들렸다. 어떤 얼굴로 만나야 할지 몰라서 나는 고개를 푹 숙이고 있었다.

그런데 눈앞에서 통나무처럼 생긴 무언가가 스르륵.

……움직였다.

"거기서 떨어져! 메어리 님!"
어디서 나타났는지 자하가 뒤에서 달려와…….

멋지게 허공을 날았다.

"어?"
아니, 내가 아까 부딪친 통나무 같은 것이 몸을 휘더니 내 옆으로 달려온 자하를 날려버렸다.

날아간 자하는 커다란 나무에 등을 세차게 부딪친 뒤 몸을 웅크렸다. 내 앞에 누워있던 통나무 끝부분이 내 쪽을 향해 솟아 오르기 시작했다.

그것은 뱀의 대가리였다.

하지만 그 크기는 내가 아는 뱀을 아득히 능가했다.

그렇다, 나는 이 세계의 몬스터와 맞닥뜨리고야 말았다.

✤18✤ 용기를 주세요

"자……자이언트 스네이크……."

나타난 몬스터를 보고 마기루카가 떨리는 목소리로 중얼거렸다.

'자이언트 스네이크.'

커다란 뱀이라는 뜻인데 그 크기가 문제였다. 내 앞에 있는 녀석은 몸길이가 20m쯤 되는 거구였다. 더욱이 옆으로 쭉 찢어진 커다란 아가리에서 굵고 기다란 어금니 한 쌍이 보였다.

뱀 특유의 슈륵슈륵슈륵, 하는 호흡음이 몹시도 귀에 거슬려 온몸이 오싹해졌다.

"윽……."

나무에 부딪쳤던 자하가 신음을 흘리며 비틀비틀 일어서는 모습이 보였다. 하지만 나는 기뻐할 여유가 없었다. 자하가 날아가는 걸 보고 마기루카가 반사적으로 그쪽으로 달려간 모양이다.

그 광경을 봤던 몬스터가 다시금 나와 튜테 쪽으로 고개를 돌렸다.

누가 더 맛있을지 고민하며 입맛을 다시는 몬스터의 눈은 여러 파충류처럼 길게 째져 있었다. 그리고 동공은 세로로 가늘었다.

뱀이 그런 눈으로 쏘아보자 꼼짝도 할 수 없었다. 이유는 간단했다.

'공포.'

그저 그뿐이었다.

예전에 튜테가 나를 보고 '공포'를 보였을 때의 충격과는 반대였다. 지금 나는 저 몬스터에게서 '공포'를 느끼고 있었다.

지극히 당연한 일이겠지.

나는 평화로운 일본에서 태어나 위험하지 않은 병실 안에서 생애를 끝마쳤다. 현생에서는 부모님과 사용인들의 보호를 받으며 부족함 없이 자라왔다. 그런 나에게 생명의 위험이나 습격이라는 단어는 거리가 멀었다.

그런데 지금 내 눈앞에 나타난 거대한 생물이 그 공포를 일깨워주었다.

처음으로 깨달은 '공포'에 나는 다리가 굳어버렸다. 팔이 덜덜 떨리고, 온몸에서는 식은땀이 흘렀다.

(내 몸은 완전무적이야. 저런 뱀이라도 날 어쩌지는 못해…….)

알고 있다. 알고 있는데도 의식이 그 사실을 인정하려고 하지 않았다. 한심하게도 그만큼 '공포'에 짓눌려 있었던 것이다.

바로 그때 나와 몬스터 사이에 끼어든 사람이 있었다.

"레이포스 님…….."

나는 떨리는 입술로, 아주 작은 목소리로 눈앞에 선 사람의 이름을 중얼거렸다.

왕자님 역시 두려워서 이곳에서 도망칠 수 없을 만큼 몸이 굳어버렸을 텐데도 나를 지키려고 했다.

"전하! 어서 도망치세요!"

자하를 부축하며 홀로 냉정을 되찾은 마기루카가 왕자님의 행동을 제지하려고 했다. 그녀가 어서 달아나라고 외치자 그 말이 떨어지기가 무섭게 뱀의 대가리가 우리를 향해 돌진해왔다.

(안 돼, 왕자님을 지켜야 해!)

하지만 나는 몸을 움직일 용기가 없었다. 내가 앞으로 나서서 벽이 되면 끝날 일인데도 몸을 좀처럼 움직일 수가 없었다.

울고 싶었다…….

내 의지가 이토록 약했던가? 참 한심하다…….

퍽!

커다란 아가리가 우리를 삼키려는 순간 뱀이 강한 충격을 받고 옆으로 날아가버렸다.

"휴우~. 간발의 차였군."

우리 앞에 기사의 갑옷을 두르고 있는, 얼굴에 도상(刀傷)이 나있는 중년 기사가 서 있었다.

"크라우스 경!"

"아……, 아……아버지."

마기루카와 자하가 우리에게 합류했다. 우리 다섯 사람을 지키고자 앞으로 나선 크라우스 경이 뱀을 향해 휘둘렀던 검집에서 검을 쑥 뽑았다.

"메이드들의 얘기를 듣고 혹시나 했는데……. 저 바보 같은 아들놈이. 나중에 설교해줄 테니 각오나 해둬라."

"죄……죄송해요……."

아직도 등이 아픈지 자하는 고통에 겨워하며 크라우스 경에게 사죄했다.

"크라우스 님…… 자하 씨는 몰랐어요…… 그러니까……."

(나 때문이야. 내가 일찍 말했더라면……. 이곳에 들어온 것도 나니까.)

크라우스 경이 와줘서 안심이 됐는지 나는 겨우 말을 내뱉을 수 있을 만큼 냉정을 되찾았다. 그리고 공포에 뒤이어 이번에는 후회와 죄의식이 밀어닥쳤다.

실제로 심장을 옥죄는 것처럼 후회와 죄의식이 가슴을 무겁게 짓눌러서 나는 무심코 가슴을 부여잡으며 얼굴을 찡그리고 말았다.

"자하! 왕자님과 아가씨들을 데리고 여기서 달아나라! 마기루카 양은 마을에 있는 내 부하 기사들을 이곳으로 불러줘."

"예."

"알겠습니다."

이게 경험과 각오의 차이인가? 나와 동갑인 자하와 마기루카는 크라우스 경의 지시를 듣고는 자신들이 해야 할 일을 분명히 파악했다.

크라우스 경은 공포에 질려 있는 나를 전력에서 제외해버렸다.

이 중에서 가장 큰 힘을 갖고 있을 텐데도, 나는 아무런 기대도 받지 않은 것을 분해하기보다는 제외되었다는 사실에 안도하고 말았다.

"여긴 내게 맡기고 어서 가! 왕자님을 부탁한다."

크라우스 경이 그렇게 말하고서 큰 뱀을 향해 검을 휘둘렀다. 큰 뱀이 물러서자 마기루카가 아직도 고통스러워하는 자하를 부축하며 숲 밖으로 달리기 시작했다.

왕자님과 나와 튜테가 그 뒤를 이었다.

(이제 이 공포에서 달아날 수 있어.)

그렇게 생각했을 때 내 몸이 오싹해졌다. 의식 속에서 경종이 울리고 있었다.

나는 바로 발걸음을 멈추고서 앞을 달리던 왕자님의 손을 붙잡아 멈춰 세웠다.

쿠와아아아아앙!

저 앞을 달리는 자하와 마기루카, 그리고 왕자님과 우리 사이를 가로막듯 통나무가 떨어졌다.

아니, 통나무가 아니다. 이것은 꼬리다. 수풀 속에 가려져 있던 꼬리가 왕자님을 내리치려고 했던 것이다.

수풀에서 스르륵 기어 나온 그것은 아까 그 큰 뱀보다는 몸집이 작긴 했지만, 그래도 몸길이가 15m는 되었다. 그렇다, 몬스터는 한 마리가 아니었다.

"전하!"

"두 사람 모두 어서 가! 크라우스 경의 말대로 어서 기사들을! 빨리!"

왕자님은 발걸음을 멈추고 이쪽으로 돌아오려는 마기루카와 자하를 제지한 뒤 명령했다. 뒷걸음질 치는 우리를 쫓고자 새롭게 출몰한 큰 뱀이 슬금슬금 다가왔다.

표적은 분명 우리인 것 같았다. 그것을 이해한 두 사람이 고통스러운 표정으로 달려나갔다. 도움을 요청하러 마을로······.

새롭게 출몰한 복병의 존재를 눈치챈 크라우스 경이 우리 곁으로 달려왔다. 이제는 두 마리의 몬스터와 대치하게 되었다.

천하의 크라우스 경일지라도 세 사람을 지키면서 두 마리의 몬스터를 상대하기란 어렵다. 아니, 어려운 수준이 아니다. 패배는 뻔하다.

대부분의 몬스터는 인간보다 기본능력이 월등히 높다. 사람은 그 차이를 메우고자 장비를 착용하고, 기술을 연마하고, 마법을 부리지만 그래도 1대1이어야만 이길 수가 있다. 아니면 수적으로 우위에 있든가. 그러나 지금 우리는 전력이라고 할 수가 없었다.

크라우스 경이 밀리기 시작했다. 우리는 점점 숲속으로 후퇴해나갔다. 도망칠 곳이 점점 사라져갔다.

당황한 나와 튜테를 지키고자 왕자님이 앞으로 나왔다.

내가 울먹이는 눈동자로 왕자님을 쳐다보자 그는 이 상황과는 전혀 어울리지 않는 상냥한 미소를 지었다.

"괜찮아……. 너희들은 내가 지킬 테니까."

그 말을 들은 순간 나는 안심하기보다는 가슴이 옥죄는 듯했다.

다치지 않고 몬스터와 맞설 수 있는데도, 이 몬스터를 쓰러뜨릴 수 있을 텐데도 지금 나는 모두에게 보호를 받고 있다.

무엇 때문에 이 힘을 얻은 거야? 무엇 때문에 그동안 단련해 온 거냐고. 내가 지금껏 익혀온 것은 소꿉장난일 뿐이었나?

내가 익혀야만 했던 것은 '기술'이 아니라 다른 무언가였다. 그것이 가장 필요했다는 것을 지금 깨달았다.

(……용기…….)

나는 단련 시간에 크라우스 경이 했던 말을 떠올렸다.

"실전에서 힘을 발휘하려면 역시나 수많은 경험과 기술을 쌓아야만 하는 건가요?"

실전에서 약하다는 고민을 크라우스 경에게 넌지시 털어놓았을 때였다.

"아가씨께서 상당히 어려운 고민을 품고 계셨군요. 자하 녀석한테 아가씨의 손톱 때를 먹이고 싶을 정도입니다."

크라우스 경이 하하핫, 하고 쓴웃음을 흘렸다.

"뭐, 실전을 치를 때 '경험'과 '기술'보다 훨씬 더 필요한 것이 있다고 생각합니다."

"그게 뭐죠?"

"진부하긴 하지만, 역시나 실전에서 힘을 발휘하느냐, 못 하느냐를 가르는 것은 앞으로 나아갈 수 있는 용기라고 생각합니다."

"앞으로 나아갈 수 있는 용기……."

"에, 위기가 닥쳤을 때 크게 세 부류의 사람들이 있지요. 하나는 용기를 품고 앞으로 나아가는 자, 하나는 망설이며 제자리에서 발만 동동 구르는 자, 하나는 용기가 없어서 뒤로 물러나는 자. 경험과 기술이 있든 없든 간에 우선은 앞으로 나아가 그것을 발휘해야만 의미가 있는 겁니다."

"……용기……. 하지만 경험과 기술이 있어야만 그것이 자신감으로 이어져 용기가 되는 게 아닐까요?"

"순서가 잘못됐습니다. 우선은 행동해야만 경험도, 기술도 몸에 배는 겁니다. 전 그렇게 생각합니다."

"앞으로 나아갈 수 있는…… 용기……."

"아가씨?"

내가 중얼거리자 크라우스 경이 반응했다.

"크라우스 님……. 몬스터가 한 마리라면…… 현 상황을…… 타개할 수 있나요?"

내 물음이 당혹스러웠는지 크라우스 경이 나를 힐끔 쳐다봤다.

"아, 예. 한 마리라면 어떻게든 견제하며 다른 기사들이 올 때까지 버틸 수 있습니다만……."

그 대답을 듣고 나는 각오를 굳혔다.

(신이시여…… 제게 용기를 주세요…….)

"……레이포스 님을 부탁드려요."

크라우스 경과 왕자님이 뒤를 돌아봤을 때 나는 땅을 박차고 달려나갔다. 두 사람에게서 떨어져 숲속으로 들어가 버렸다.

""앗……!""

두 사람이 동시에 경악했다. 몬스터 한 마리가 내 쪽으로 이동하여 두 사람과 나의 사이에 자리를 잡았다.

"메어리, 튜테! 대체 무슨 짓이야!"

왕자님이 상냥한 얼굴과 어울리지 않게 큰소리를 질렀다. 하지만 크라우스 경은 내 생각을 읽었는지 고통스러운 표정을 지었다. 나는 왕자님이 내 이름을 부르자 놀랐다. 그러나 다른 한 사람의 이름을 듣고 더욱 놀랐다. 황급히 뒤를 돌아보니 덜덜 떨면서도 내 뒤를 따르고 있는 메이드가 하나 있었다.

"튜테! 어째서?"

"아가씨를……, 홀로 내버려 둘 수 없습니다……!"

창백해진 얼굴로 억지로 웃는 그녀를 보고 나는 가슴이 옥죄듯 아팠다. 그와 동시에 무슨 영문인지 자그마했던 용기가 커지는 것을 느꼈다.

"어서 가세요!"

각오를 굳힌 나는 목소리를 쥐어짜냈다.

(하지만 이제 왕자님이 숲 밖으로 달아날 수가 있어. 둘 중 한 마리가 나와 함께 반대쪽으로 왔으니까…….)

"……죄송합니다!"

마찬가지로 각오를 굳힌 크라우스 경이 왕자님을 안고서 이동하려고 했다.

"안 돼, 안 돼! 나만 살 순 없어!"

"전하께서는 저희와 상황이 다르십니다. 이해해주십시오!"

왕자님이 발버둥을 치며 크라우스 경의 팔에서 나오려고 했지만, 완력이 억지나 억센지 결국 풀어내지 못했다.

"똑같아! 나도, 저 아이도! 똑같이 알디아 왕국의 국민이라고! 다르지 않아!"

나는 그 말을 듣고 의문 하나가 풀렸다.

(그렇구나……. 왕자님이 우리를 평범하게 대하고, 여러 폭언을 듣고도 용납해준 이유는 저 사고방식 때문이구나…….)

정말로 상냥한 왕자님. 처음에 보여줬던 언동은 좀 그랬지만, 그 근간은 차별의식이 없는 남자였다. 그렇다면 지켜야만 한다. 저 상냥한 왕자님이 왕이 되어야만 하기에.

나는 이때 스스로 알 수 없는 어떤 사명감에 지배되었다. 공작가의 영애로서 왕가를 받들어야 한다는 가르침 때문인지 무엇 때문인지 모르겠지만…….

그리고 나는 그에게 말했다.

"똑같지 않습니다. 전하, 당신은 국민이기 이전에 그 국민을

145

이끄는 왕족입니다. 자각해주세요⋯⋯."

(무례한 발언이긴 하지만 왕자님을 도망치게 하려면 어쩔 수 없어. 모두 내가 초래했으니 책임을 져야⋯⋯.)

나는 공작가 영애로서 의연하게 미소를 지으려고 했지만, 공포를 비롯한 여러 감정 때문에 아마도 서글픈 표정을 내보였을 것이다. 내 얼굴을 보고 왕자님이 무언가를 느꼈는지는 모르겠지만, 고개를 푹 숙인 채 몸부림을 멈췄다.

그리고 우리는 발걸음을 돌려 숲속으로 들어가 두 사람에게서 멀어졌다.

19 전투입니다

우리는 달리고 달렸다.

숲속을 필사적으로 달렸다. 우리를 쫓는 몬스터가 왕자님과 크라우스 경에게서 멀어졌다. 어딜 어떻게 달려왔는지 기억하지 않아서 완전히 길을 잃고 말았다. 저 몬스터에게서 살아남는다고 해도 자력으로 마을로 돌아갈 자신이 없었다.

그런데 다행인지 불행인지 우리는 높게 솟은 나무 사이를 지나 널찍한 장소로 들어섰다.

(여기서 맞서서 싸우자. 할 수 있어!)

나는 발걸음을 멈추고서 이내 숲속에서 나올 몬스터와 대치하고자 뒤로 돌았다.

"튜테는 멀찍이 떨어져 있어."

"아가씨……."

걱정스럽게 나를 쳐다보는 튜테에게 웃는 얼굴로 안심시킬 여유는 나에게 없었다.

굳은 표정으로 그저 고개만 끄덕일 수밖에 없는 나를 지켜보며 튜테는 머뭇머뭇 내 뒤쪽으로 이동했다.

(가보자, 해보자, 싸워보자. 용기를 품고 앞으로!)

전방을 노려보았다. 거대한 무언가가 바닥을 스르르륵 기는 소리가 점점 가까워지더니 수풀 사이로 큰 뱀이 힘차게 튀어나왔다.

그 박력 넘치는 광경을 보고 나는 숨을 삼켰다. 경악한 나머지 심장이 멈춰버린 줄 알았다.

큰 뱀은 아가리를 크게 벌리고는 그대로 나를 잡아먹으려고 접근해왔다. 나는 너무나도 강한 박력에 머릿속이 새하얘져 한 발자국도 꼼짝하지 못한 채 단련 시간 때 배웠던 자세를 취하며 굳어 있었다.

"아가씨이이이이!"

뒤에서 목소리가 들려 나는 제정신을 차릴 수 있었다.

(맞아, 나를 믿고서 따라와 준 튜테를 위해서라도 난…… 난 질 수 없어.)

혼자였다면 이런 용기를 쥐어 짜낼 수 있었을까? 아니, 십중 팔구 울먹이며 도망쳐다녔겠지.

……누군가를 위해.

뻔하지만 이 얼마나 힘을 샘솟게 하는 단어란 말인가.

큰 뱀의 커다란 아가리가 엄청난 기세로 엄습해왔다.

그래도 난 도망치지 않는다!

"난, 무적이니까아아아!"

영문을 알 수 없는 소리를 지르며 나는 두 팔을 앞으로 내밀 었다.

두우우우웅!

돌진하는 큰 뱀과 그것을 막으려는 내 두 손이 충돌하는 소리가 주변에 울려 퍼졌다.

실은 도중에 눈을 질끈 감아버린 바람에 무언가가 손에 닿자마자 힘껏 쥐었다.

아무 일도 벌어지지 않아서 눈꺼풀을 서서히 뜨자 눈앞에 큰 뱀의 아가리가 있었다. 몬스터가 내뿜는 숨이 닿자 나는 그 악취에 얼굴을 찡그렸다.

(어떻게 된 거지? 대체 어떻게 된 거야?)

나는 허둥대다가 엉겁결에 무언가를 쥔 손을 쳐다봤다. 두 손에 큰 뱀의 커다란 어금니가 쥐어져 있었다. 내가 어금니를 쥐고 버티고 있어서 큰 뱀이 앞으로 나아가질 못하는 상황이었다. 그 증거로 큰 뱀은 자신의 대가리를 단 1mm도 밀지 못한 채 꼬리만 바동거리며 고통스러워했다.

(움직이지 못하게 막기는 했네. 인제 어쩌지? 어쩌지? 손을 놓을 수는 없는데 어떻게 공격하냐고오오오!)

눈앞에서 타액을 뿜으며 발버둥 치는 큰 뱀이 너무나도 무시무시했다. 이런 자세로는 발로 찰 수가 없어서 큰 뱀과의 대치가 계속 이어졌다. 하지만 내가 밀리는 일은 없었다. 오로지 큰 뱀이 꼬리로 동동거리고 있을 뿐이었으니…….

"아가씨, 마법이요! 마법!"

숲속에 숨어 있던 튜테가 다가와 나에게 조언을 해주었다.

(그래, 마법, 마법이야. 손을 쓰지 않고도 공격할 수 있고, 또

지금 이 녀석은 움직일 수 없으니 반드시 적중할 거야!)

그리고 나는 자신이 쓸 수 있는 마법을 떠올려봤다.

(안 돼애애애애! 그 뒤로 공격 마법을 하나도 배우지 않았다고! 쓸 수 있는 건 고작 매직 애로우뿐인데 그런 마법으로는 저 녀석을 쓰러뜨릴 수가 없어.)

공황에 빠진 나와 큰 뱀의 교착상태가 이어졌다.

바로 그때 내 눈앞에서 하얀 꽃잎 같은 것이 휘날렸다.

(하얀…… 그래, 백은의 기사!)

나는 그의 전설과 이야기를 여럿 읽어본 적이 있었다. 하지만 그가 사용했던 마법들은 하나 같이 묘사가 모호했다. 그리고 그 명칭도 전생의 기억과 잘 맞아떨어지지 않았다.

하지만 딱 하나……. 백은의 기사가 적을 끝장낼 때 자주 썼던 마법만은 묘사도, 그 명칭도 전생에서 즐겼던 게임과 일치했다.

(그거라면 쓸 수 있어! 아마도…….)

매직 애로우를 습득했을 때처럼 마법을 머릿속으로 상상할 수 있고, 또한 명칭도 알고 있으니 아마도 발동할 수 있을 것이다. 나는 절체절명의 상황에서 미지의 힘에 도박을 걸었다.

"튜테! 물러나."

솔직히 얼마나 강력한지 알 수가 없어서 근처에 있던 튜테를 뒤로 물렀다. 나는 심호흡을 한 뒤 각오를 굳혔다.

(자칫 마력이 폭주할지도 몰라! 그래도 난 이 마법에 걸겠어.)

"4계급 마법!"

내가 힘차게 외친 말이 숲에 울렸다.

"그대에게 심판의 칼날을 내리노라!"

어디까지 주문을 외워야할지 몰라서 이야기 속 백은의 기사가 했던 대사를 그대로 읊었다.

"소드 오브 저지먼트————!"

그 순간 발치에 커다란 마법진이 나타났다. 마법진은 눈앞에 있는 큰 뱀조차 전부 뒤덮을 만큼 거대했다. 마법진에서 뿜어져 나온 빛이 공중에서 한 곳에 뭉치더니 거대한 검으로 변했다.

"……끝이다!"

미리 말해두겠지만 멋을 부리려고 그렇게 말한 것이 결코 아니다. 이야기에 그렇게 적혀 있어서 말했을 뿐이다. 어쩌면 그 것이 마법을 발동시키는 주문일지도 모르니까.

(창피해. 으아, 창피해!)

즈카아아아아앙!

엄청난 굉음이 울려 퍼졌다. 하늘을 가르는 날카로운 소리가 귀청을 찢었을 때, 거대한 빛의 검이 큰 뱀을 꿰뚫으며 지면에 꽂혔다.

그야말로 순식간이었다.

빛이 서서히 사라지고 그토록 몸부림치던 큰 뱀이 사체가 되어 땅바닥에 스르르 무너졌다.

내가 단단히 붙잡고 있던 어금니를 놓자 큰 뱀이 콰아아앙, 하고 완전히 무너져버렸다.

나는 한동안 제자리에 가만히 있었다. 머리가 상황을 따라가지 못했다.

"해, 해냈어요······! 쓰러뜨렸어요! 대단해요, 아가씨!"

상황을 지켜보고 있던 튜테가 먼저 제정신을 차리고서 나에게 달려왔다. 나는 그 덕분에 간신히 상황을 파악할 수 있었다.

동시에 내 머릿속에서 '야단났다······!' 하고 경보가 울렸다. 곁으로 다가온 튜테의 손을 쥐고는 나는 도망치듯 다시 달리기 시작했다.

"어, 어어어, 왜, 왜 그러세요? 아가씨! 이제 도망칠 필요 없어요."

"야단났어, 야단났어, 야단났어, 야단났다고오오! 저 상황을 어떻게 설명하냐고! 더욱이 그런 큰 마법을 썼다는 얘길 어떻게 해?"

"예? 있는 그대로 말하면 되잖아요? 아가씨가 쓰러뜨리셨다고."

"싫어. 그런 소리를 했다가는 난 정말로 용사가 돼버릴 거야. 난 노이벤트, 굿라이프가 인생의 모토인 사람이라고! 이렇게 무서운 경험은 이제 진절머리나. 딱 질색이야!"

나는 들떠 있는 튜테를 억지로 잡아끌며 계속해서 숲속으로 나아갔다.

"그럼 어쩌실 거예요? 백은의 기사님처럼 몬스터를 쓰러뜨렸으니······. 근데 그러고 보니 아가씨, 마법을 엄청나게 잘 쓰시

네요."

"그냥 보고 따라한 거라서 실은 자신이 없었어. 아니, 보진 않았지. 이야기로 읽었으니까 읽고 따라 했다고 해야 하나?"

두 사람 모두 당황해 지리멸렬한 대화를 늘어놓고 있었다. 하지만 튜테의 말 속에서 한 줄기 광명이 보였다.

"맞아, 바로 그거야. 백은의 갑옷을 두른 여행객이 도와줬다고 하자! 백은의 기사가 다시 나타났다는 듯한 뉘앙스를 풍기면 아무도 내가 몬스터를 쓰러뜨렸다고 생각하지 않을 거야! 응, 나이스 아이디어."

"네에~~?!"

나는 그런 생각을 하며 튜테를 끌고서 숲속으로 들어갔다.

그리고 아니나 다를까 완전히 길을 잃고 말았다.

해가 진 뒤에 우리는 일이 커졌음을 깨달았다. 제자리에서 꼼짝도 하지 않고 울먹이며 구조대가 올 때까지 오로지 기다렸다. 이윽고 저 멀리서 횃불이 보이기 시작했다. 크라우스 경이 이끄는 기사들이 우리를 무사히 찾아냈다.

그리하여 월견초 축제 전날에 벌어졌던 파란의 이벤트는 백은의 기사가 다시 나타났다는 소동을 일으키며 막을 내렸다.

20 평화네요

이튿날…….

에네루스 마을이 크게 소란스러워졌나.

몬스터의 위협이 사라졌다는 것은 물론이거니와 나와 튜테의 증언으로 백은의 기사로 추정되는 인물이 나타났다는 소문이 온 마을에 퍼져서였다. 더불어서 월견초 축제를 앞두고 사람들이 몰려와 마을은 크게 들썩거렸다.

크라우스 경이 몬스터의 시체를 확인하고서 쓰러뜨린 자가 영웅급의 마법을 구사했을 가능성이 있다고 증언하면서 백은의 기사가 다시 출현했다는 이야기가 신빙성을 얻었다.

"휴우~ 평화가 최고네."

"그러네요, 아가씨."

소문의 장본인인 나는 태연한 얼굴로 별장 정원에 놓인 의자에 앉아 우아하게 차를 마시고 있었다.

"그런 일이 있었는데도 참 여유롭군요."

별장 쪽에서 피곤한 얼굴로 마기루카가 다가왔다.

"뒤처리하느라 고생했어……. 마기루카도 마실래?"

"잘 마시도록 하죠."

내가 컵을 들어 보이며 홍차를 권하자 그녀는 웃으며 의자에 앉았다.

튜테가 이내 마기루카의 컵을 가져와 능숙한 솜씨로 홍차를 따랐다.

"그래서 다른 사람들은 어쩌고 있어?"

"자하는 몬스터의 공격을 받았을 때 늑골에 금이 가서 현재 치료 중이에요. 뭐, 신관한테 부탁하면 회복마법으로 금세 나을 수 있는 수준의 부상이긴 하지만, 크라우스 경이 저번에 말했던 벌이라며 자력으로 회복하라고 말씀하셨거든요."

(스파르타식이네. 불쌍해라…… 하지만 날 지켜주려다가 다친 거니 병문안이라도 가야겠어.)

"이따가 병문안이라도 가야겠어."

"그럴 필요 없어요…… 그 바보, 아까 봤더니 팔굽혀펴기를 하고 있었으니까."

(엥? 그게 뭐야? 설마 벌써 다 나은 건가? 혹시 그거야? 여관에서 하룻밤 자고 일어나면 몸이 회복되는 모 RPG 캐릭터?)

나는 마음속으로 그렇게 지적하면서 겉으로는 우아하게 홍차를 마셨다.

"맞다…… 그리고 레이포스 님은?"

"전하께서는 지금 크라우스 경과 함께 몬스터를 처리하는 과정과 마을 경비 체계를 확인하러 나가셨어요. 참 희한하네요. 그런 공사에는 그다지 얼굴을 비치지 않는 분이었는데."

"그렇구나…… 심경의 변화가 있었나……"

나는 마기루카에게서 고개를 홱 돌리고는 홍차를 홀짝였다.

그때 내가 왕자님에게 했던 말이 원인이 아닐까, 하는 생각이 괜스레 들었지만, 자의식 과잉인 것 같아서 그만두었다.

"월견초 축제는 오늘 열릴까?"

"예, 문제없이 개최될 거라네요. 몬스터 소동이 벌어졌는데도 참 씩씩하네요. 뭐, 이번에는 방문객이 엄청 늘지 않을까요?"

"오호~ 왜?"

"왜냐뇨? 백은의 기사님 때문이죠!"

마기루카가 눈동자를 반짝이며 하늘을 올려다보고 있었다.

(어라? 혹시 마기루카는…… 꿈꾸는 소녀?)

"전승은 사실이었어요……! 이 지역을 좀 더 조사해봐야겠어요."

"무슨 소리야?"

"백은의 기사님은 월견초가 피는 때에 이 지역을 방문하죠. 여러 설들이 있지만, 개인적으로는 꽃이 필 무렵에 이곳에서 재회하기로 약속한 사람을 기다리고 있다거나, 이 꽃에 휩싸여 세상을 떠난 연인을 그리고자 5년마다 한 번씩 온다는 설이 가장……. 아아아…… 근사해라!"

(갑자기 소녀처럼 황홀한 표정을 지은들……. 평소였다면 지적 호기심이 가득한 눈으로 연구대상이 사라졌다며 아쉬워했을 텐데.)

나는 눈을 반쯤 뜨고서 건성으로 웃으며 홍차를 마셨다.

"그런데 이번 백은의 기사님은 틀림없이 전설에 등장하는 그

분과는 다르다고 생각해요."

"크흡."

원래대로 되돌아온 마기루카가 느닷없이 핵심을 찌르자 나는 입에 머금고 있던 홍차를 뿜을 뻔했다.

"헤, 헥……. 왜, 그, 렇게 생각하는데?"

내가 식은땀을 흘리며 컵을 든 채 손을 덜덜 떨자 튜테가 아무 말 없이 컵을 집어 탁자에 올려두었다.

(고마워, 튜테. 여전히 누가 정곡을 찌르면 당황하는구나…….)

한숨을 내뱉으며 어깨를 축 늘어뜨리자 마기루카가 희한하다는 표정으로 나를 쳐다봤다.

"단순한 이유죠. 지금까지 백은의 기사님이 살아있을 리가 없잖아요? 수백 년 전 이야기라고요."

"그, 그렇구나……."

(생각이 얕았어……! 그렇지. 전설이 될 정도이니 이미 살아 있지 않겠지!)

"그래서 난 생각했어요! 이번에 등장한 기사님은 틀림없이 그 자손, 아니면 인연이 있는 자일지도 몰라요!"

환호성을 지르며 들떠 있는 마기루카를 보고 나는 약간 마음이 켕겼다.

(뭐, 일단 잘 얼버무린 것 같으니 그냥 넘어가자…….)

나는 고개를 돌려 진상을 아는 튜테의 얼굴을 올려다봤다. 그녀도 내 시선을 느끼고서 이쪽으로 고개를 돌렸다. 나는 입술에 검지를 대고서 쉬잇, 하고 제스처를 취했다. 튜테도 내 속내를 짐작했는지 고개를 힘차게 연신 끄덕였다.

(그런데 월견초는 밤부터 볼 수 있는데 이제 뭘 할까? 앗, 축제니까 노점 같은 게 나오지 않았을까……)

텔레비전에서 봤던 축제 풍경을 떠올리고 나는 가슴이 두근거렸다.

"모처럼 나왔으니 축제나 보러 가죠."

나는 그대로 일어서서 들뜬 얼굴로 밖으로 나가려고 했다.

"당신도 참 활기차네요……. 마치 자하 같아요."

내가 자리에서 일어나는 것을 곁눈으로 보며 마기루카가 한숨 섞인 말을 내뱉었다. 나는 제자리에서 두 손과 두 무릎을 땅바닥에 댄 채 무너져 내렸다.

"내, 내가…… 자하 씨와…… 똑같다니…….."

"앗, 미안해요……. 실언을 했군요."

내가 경악하자 마기루카가 진심으로 미안하다는 얼굴로 사과했다.

"어라? 메어리 님, 왜 그러고 있지? 거기서 개미라도 관찰하고 있나?"

내가 큰 충격을 받아 엎어져 있으니 그 원인인 바보가 헛소리를 하며 이쪽으로 다가왔다.

"그럴 리가 없잖아요. 잠깐 충격을 받아서 그런 거예요…….."

나는 아무 일도 없었다는 듯이 일어서서 입에 손을 대고서 오호홋, 하고 웃어 보였다.

"그나저나 자하 씨는 이제 움직여도 괜찮은 건가요? 뼈에 금이 갔다면서요?"

"금? 아아, 그러고 보니 그랬었지."

(까먹은 거야? 자기 몸인데?)

내가 기막히다는 얼굴로 바라보자 자하는 농담이라며 웃었다. 그 얼굴은 꽤나 멋있다고 생각했다. 참 안타까운 아이다.

"근데 둘 다 뭐하고 있었어?"

"차를 마시다가 잠깐 축제나 견학하고 올까 생각하던 차였어요."

"오, 좋다. 마침 나도 배가 고팠는데 잘 됐어."

(저 녀석은 나한테 얻어먹을 생각인 거야? 뭐, 나 때문에 다쳤으니 감사의 의미로 하나 정도는 사주지 뭐.)

"따라올 거면 마음대로 해."

나는 새침한 얼굴로 자하의 앞을 지나 밖으로 향했다.

"앗, 잠깐만. 나도 같이 가요."

앞서서 상황을 지켜보던 마기루카도 황급히 일어서서 자하와 함께 내 뒤를 쫓았다.

현관 밖에서 크라우스 경과 헤어진 왕자님이 보였다. 왕자님도 우리가 나오는 것을 봤는지 이쪽으로 다가왔다. 우리는 인사를 했다.

"레이포스 님, 강녕하셔서 다행입니다."

"오, 메어리 양. 몸은 어때?"

"예, 문제없습니다……."

"그래? 그거 다행이군……. 그런데 다들 어딜 가는 길이야?"

"이제 마을에 가서 축제를 견학하려고 하는데."

"오호~ 그거 좋군. 나도 가본 적이 없는데 동행해도 될까?"

"레이포스 님이 피곤하지 않으시다면……."

대화하던 도중에 이렇게 되지 않을까 싶어 반쯤 포기했는데 역시나 그렇게 되어버렸다. 왕자님은 문제없다며 내 옆으로 다가와 함께 걸었다.

(어쩐지…… 이 멤버가 함께 움직이면 이상한 일이 또 벌어질 것 같은데……. 헉, 안 돼, 안 돼! 이상한 플래그를 세우면 안 돼, 메어리. 그래, 친구들과 처음으로 축제를 구경하는 이벤트야. 맞아, 그런 거야! 기대된다!)

나는 마음속으로 홀로 번뇌하며 일행들과 함께 마을 중심으로 향했다.

❦ 21 ❦ 월견초 축제

축제는 내가 상상했던 것과 달랐다. 굳이 말하자면 야외시장 같은 느낌이었다.

"노점들이 다양하네."

나는 수많은 인파에 긴장하면서도 온갖 물건들이 진열된 노점들을 보고 흥미가 끓었다.

꼬르르르륵~……

반짝거리는 눈동자로 노점들을 쳐다보던 나에게 찬물을 끼얹듯이 뒤에서 꼬르륵거리는 소리가 들렸다.

"자하…… 당신이란 사람은……"

"미안, 미안. 어쩐지 맛있는 냄새가 풍겨서 나도 모르게……"

자하와 마기루카의 이야기를 들으며 나는 냄새를 킁킁 맡았다. 숙녀로서 조금 어울리지 않는 행동이었지만, 분명 맛있는 냄새가 풍기는 것이 아닌가.

(……고기를 굽는 고소한 냄새. 에구, 나도 배가 고파졌어.)

"이거…… 고기지?"

나는 냄새의 발생원을 두리번거리며 찾기 시작했다.

"저쪽인 것 같군."

왕자님이 짐작이 가는 노점을 찾아내 가리켰다. 그곳에서 두 꺼운 고기를 꼬치에 꽂아서 굽고 있는 것 같았다. 맛있는 냄새에 홀린 나는 휘청거리며 그쪽으로 향했다.

"어서 옵쇼. 먹고 갈 거니?"

불을 앞에 두고 있어서인지 아저씨가 땀을 흠뻑 흘리고 있었다. 그래도 웃으면서 맞이해주었다.

"저번 일도 있고 하니 이번에는 내가 살게요. 다들 마음껏 먹어요."

"진짜? 그럼 아저씨, 난 꼬치 세 개 줘요!"

말을 꺼내기가 무섭게 내 옆으로 튀어나와 대량으로 주문하려고 하는 자하의 발을 새침한 얼굴로 지르밟았다.

"아저씨, 다섯 개 주세요."

"예, 고맙습니다."

그 광경을 보던 아저씨가 쓴웃음을 흘리며 꼬치 다섯 개를 준비했다. 나는 꼬치들을 받아들고서 모두에게 나누어주었다.

"레이포스 님이 이런 서민 음식을 드셔도 괜찮을지 모르겠네요."

왕자님에게 넘겨줄 때 새삼스럽게 염려가 되어 물어봤다.

"아아, 문제없어. 오히려 맛있는 냄새가 나서 꼭 먹어보고 싶었어."

그는 조금도 거북해하지 않고 웃으며 받아주었다. 내가 안도하며 튜테에게도 꼬치를 건네자 그녀는 멍한 얼굴로 나와 꼬치를 번갈아 쳐다봤다.

"어? 제 건가요?"

"그래, 당연하잖아?"

왜 그렇게 놀라는 거지? 나는 고개를 갸웃거리며 꼬치를 들고 있었다.

"어라? 튜테는 안 먹어? 그럼 내가."

"당신은 잠자코 있어요."

그 광경을 보고 있던 눈치 빠른 하이에나가 먹잇감에 다가가려다가 마기루카에게 제지를 당했다.

"하지만 저는 메이드인데요……."

당혹스러워하며 머뭇거리는 튜테를 보고 나는 그녀의 처지를 비로소 떠올렸다. 하지만 나는 꼬치를 내민 손을 거두지는 않았다.

"넌 메이드이면서 동시에 내 소중한 친구잖아?"

"아가씨……."

내 웃음에 이끌렸는지 튜테는 고개를 들고서 꼬치를 받아주었다. 그 광경을 보고 나무라는 사람은 이곳에 없었다.

"그런데 이건 어떻게 먹는 거지?"

"나이프와 포크가 없으니 별장으로 돌아가서 먹어야겠군요."

왕자님과 마기루카가 들고 있던 꼬치를 신기하게 바라보며 말했다.

"이건 이렇게 그대로 먹는 거야."

나는 전생의 기억대로 아무런 망설임도 없이 꼬치 가장자리를 살짝 베어 먹었다.

"메, 메어리 님!"

그 행동을 보고 마기루카가 놀라서 소리를 질렀다.

(아, 귀족이 영애로서 해서는 안 되는 행동이었지…….)

"앗, 맛있어…….."

고기가 의외로 부드러웠다. 고깃덩이가 스르르 녹아서 작은 입을 오물거리며 삼켰다. 내 행동을 보던 자하가 고기를 덥석 베어 물었다.

"앗, 진짜. 이거 맛있네."

"자, 자하까지."

믿기지 않는다는 표정으로 마기루카가 자하를 보았다. 왕자 님은 곤혹스러운지 하하핫, 하고 웃다가 고민 끝에 꼬치를 베어 물었다.

"저, 전하!"

"음…… 먹는 방식은 좀 그렇지만 꽤 맛있어."

만족스러워하며 먹는 왕자님을 보고 마기루카도 결심을 굳혔 는지 빈손으로 입가를 가리며 베어 물었다.

"어머, 정말……. 기름기가 적당한 게 맛있군요. 이건 무슨 고 기일까요?"

나는 잘 몰라서 튜테를 쳐다보았다. 그녀는 서민 출신이니 이 게 무슨 고기인지 알고 있지 않을까 싶었다. 그런데 아까부터 튜테는 꼬치를 물끄러미 쳐다보기만 할 뿐 도통 먹으려고 하지 않았다.

"튜테, 이게 무슨 고기인지 알아?"

별생각 없이 물어보자 그녀는 살짝 창백해진 얼굴로 애써 미소를 지으며 말했다.

"이건……, 자이언트 스네이크의 고기입니다."

그 순간 네 사람의 시간이 얼어붙었다.

기분을 전환하고자 우리는 나머지 노점들도 돌아다녔다.

이것저것 고르고 사다 보니 벌써 해가 지기 시작했다. 주변이 어두워졌다.

"사람들이 엄청나네……. 언제 이렇게 모였지?"

나는 마을 중심인 광장을 내려다볼 수 있는 곳으로 이동한 뒤 인파들을 내려다보고 경악했다. 낮에 방문했을 때보다 배 이상은 늘어난 것 같았다. 연인으로 보이는 사람들도 많았다. 그 사람들이 월견초가 피어나는 때만을 학수고대하고 있었다.

"전하, 이곳에 계셨군요."

우리가 주변을 멍하니 쳐다보고 있으니 뒤에서 크라우스 경이 다가왔다. 지금 막 발견한 것처럼 말했지만, 우리가 이 마을을 찾은 뒤로 여기저기에 부하 기사들을 배치해놓았으니 우리의 행동은 늘 파악하고 있었을 거다.

참고로 마을에 기사들이 어슬렁거리고 있는데도 아무도 이상하게 여기지 않는 이유는 몬스터 소동이 벌어진 덕분이었다. 모두 '이 마을을 지키려고 배치해놓았구나' 하고 여기고들 있었다. 왕자님이 이 마을에 있다는 사실을 아는 사람은 우리와 촌장 부부뿐이었다.

"크라우스 경, 무슨 일이 있나?"

"아뇨, 아무 문제도 없습니다. 그보다 촌장이 월견초가 피어나는 광경을 전하께 꼭 처음으로 보여드리고 싶다고 합니다만, 어떻게 하시겠습니까?"

"나만?"

그 질문에 크라우스 경은 왕자님의 속내를 짐작했는지 험상궂은 얼굴로 웃었다.

"물론, 다 함께."

"그래…… 그럼 갈까?"

왕자님은 그렇게 말하고서 자연스럽게 나에게 손을 내밀었다. 마치 연회장에서 춤을 청하는 듯한…….

"아, 저기……."

너무나도 자연스러웠기에 나는 당황했다. 손을 내밀었다가 집어넣기를 반복했다. 머뭇거리며 왕자님의 손에 내 손을 올리자 그는 부드럽게 감싸주었다.

그대로 나는 왕자님의 에스코트를 받으며 월견초 군락지까지 걸어갔다.

해가 완전히 저물었다. 우리는 달빛만이 비추는 숲속을 걸었다.

나는 분위기에 젖을 수 없을 만큼 심장이 벌렁거렸다. 새빨개진 얼굴을 푹 숙인 채 걸었다.

도중에 마을 사람들과 기사, 시종들 앞을 지나갔다. 그들은 하나 같이 멋진 광경을 바라보는 것 같은 표정을 짓고 있었다. 하지만 나는 여유가 없었다.

(쿵쾅거리는 심장아 좀 진정해애애애……! 진정 좀 해라아아아아……!)

몇 분 뒤 고개를 숙이며 걷던 내 눈에 띌 만큼 앞쪽에서 무언가가 환하게 빛나고 있었다. 나는 그대로 고개를 들었다.

그리고 숨을 삼켰다.

확 트인 곳으로 나가자 눈앞이 온통 새하얘졌다. 꽃이 하얗기도 하거니와 꽃잎이 빛을 발하고 있었다.

"……예쁘다……."

누가 한 말인지 모를 정도로 우리는 동시에 그 말을 내뱉었다. 그리고 눈을 빼앗겼다.

왕자님이 잡고 있던 손을 놔주어 나는 그대로 꽃밭에 다가갔다. 나를 맞이해주듯 꽃이 한 송이, 한 송이씩 개화하기 시작했다.

"하얗게 빛나는 꽃밭과 순백의 넌 아주 잘 어울려……. 마치

요정 같아……."

왕자님의 그 말에 나는 돌아봤다. 그 버릇이 발동되었나 싶었
는데 그런 느낌은 아니었다. 흉내를 낸 게 아니라 본인의 진심
이어서 그랬을까? 아니면 처음 만났을 때와 분위기가 달라서 그
랬을까?

"마기루카, 자하."

""예.""

자신의 뒤에 대기하고 있던 두 사람에게 고갯짓하자 두 사람
이 다가와 대답을 했다.

"메어리 양."

"아, 예……."

왕자님이 다시 고개를 돌려 나를 보았다. 그 얼굴에는 평소의
그 상냥함과 다른 어떤 위엄이 서려 있는 듯했다.

"지금 이 자리에서 너희들한테 약속하마. 모든 국민이 웃으며
살아갈 수 있는 나라의 왕이 되겠다고."

갑작스러운 고백에 나는 굳어버렸다. 아니, 홀려버리고 말
았다.

그만큼 왕자님은 멋있었다.

"그러니 너희들도 날 도와줬으면 한다. 앞으로도 곁에서 날
지탱해다오."

자하는 한쪽 무릎을 꿇으며, 마기루카는 스커트 자락을 쥐며
최상급의 예의를 표했다.

"물론입니다. 전하."

"아아, 물론이지."

세 사람의 모습은 한 폭의 그림 같았다. 하지만 나는 그저 우두커니 서 있었다.

(뭐라고 말해야 하는데. 나도 예의를 표하는 게 좋으려나?)

당황하다가 나를 미소로 지켜보는 왕자님과 눈을 마주치고 말았다. 그 순간 내 사고가 꺼져버릴 뻔했다.

"그런데 왕자님. 난 장차 궁정기사가 될 거고, 마기루카는 궁정마술사가 될 테니 상관없지만, 메어리 님은 어떻게 하지? 아! 왕비가 있구나! 그러면 되겠다."

미묘하고도 감미로운 이 분위기 속에서 자하가 엉뚱한 질문을 하자 주변이 순간 얼어붙었다.

마기루카가 가장 먼저 반응했다. 무엇을 상상하고 있는지 모르겠지만 얼굴을 붉히고는 "어? 어어?" 하고 뒷걸음질 쳤다. 그러자 나머지 사람들도 움직이기 시작했다.

"어, 아……, 아니……."

왕자님도 깊이 생각해본 적이 없는지 자하의 말을 듣고 얼굴을 붉혔다. 내 얼굴은 아예 새빨개졌다.

"아, 아냐! 난 그런 의미로 말한 게 아냐!"

"니야아아아아앗!"

"어어! 앗, 아, 아가씨, 기다려어어어어."

다가오는 왕자님을 보고 나는 무지무지 새빨개진 얼굴을 두 손으로 가린 채 괴성을 지르며 토끼처럼 달아나버렸다. 아주 큰 실례인 줄 알면서도.

설마 달아날 줄은 몰랐는지 튜테가 황급히 내 뒤를 쫓았다. 그리고 숲속에는 미묘한 분위기만이 남았다.

나중에 들은 것인데, 그 광경을 지켜보던 크라우스 경이 어이없다는 표정으로 머리를 긁적이며 눈치 없는 녀석의 머리를 한 대 쥐어박았다고 한다.

그리하여 파란의 월견초 축제는 이번에야말로 막을 내리게 되었다.

22 🎵 전도다난할 것 같아요

학수고대하던 제 소원 하나가 이루어지는 날이 왔습니다.

안녕하세요. 메아리 레가리야, 현재 아홉 살입니다.

어느 날 오후에 부모님이 나를 부르셨습니다.

"네?! 아버님, 방금 뭐라고?"

"음, 드디어 내년에는 너도 학원에 가야 할 나이가 된다. 물론 공작가 영애로서 부끄럽지 않은 학원에 넣을 작정이지만, 네 바람이 있다면 들려줬으면 좋겠구나."

"아버님! 학원이라면 모두가 모여서 공부나 운동을 열심히 하며 청춘을 즐기는 그곳 말인가요?"

"으응? 아아, 아마, 그렇겠지?"

콧김을 내뱉으며 내가 영문을 알 수 없는 소리를 마구 쏟아내자 아버님이 약간 주눅이 들었다.

"학원에 갈 수 있다면 어디든 상관없어요! 예, 학원에 가고 싶어요!"

흥분하여 그렇게 선언하자 아버님은 조금 마뜩잖아했고, 어머님은 평소처럼 웃으며 가만히 지켜보기만 했다.

(학교……! 전생 때는 가고 싶어도 가지 못했던 학교! 드디어 내게도 달콤한 학원 생활이 찾아오는구나! 설렌다♪)

그렇게 가슴 뛰게 기대하고 있던 나에게 이윽고 문제가 밀어

닥쳤다.

 '왕립 알트리아 학원.'

 이곳은 무도(武道)·마도(魔道) 등 다양한 분야의 우수한 인재를 육성하는 그야말로 엘리트 학원이다.

 그렇다, 엘리트의 집합소인 것이다. 그래, 엘리트의 집합소. 아주 중요해서 두 번 말합니다. 그런데 뭐가 잘못된 건지 모르겠지만 나는 그 학원에 입학하게 되었다.

 (분명 어디든 상관없다고 하긴 했지만, 이건 허들이 너무 높은 거 아니야? 내가 따라갈 수 있으려나?)

 체력·마력은 치트가 있으니 문제없겠지만, 가장 큰 문제는 머리다.

 자랑은 아니지만, 나는 전생에서 쭉 병실 생활을 해왔기에 학교를 다니지 못했다. 학력이라고 해봤자 병실에서 홀로 받은 의무교육이 전부다. 딱 잘라 말해 명문 학교에 들어갈 만한 학력을 갖추지 못했다.

 (이럴 줄 알았다면 지력도 최강으로도 해달라고 할 걸 그랬네……. 아니, 예전에도 비슷한 생각을 한 적이 있었는데.)

 내가 이토록 불안에 떠는 이유는 입학시험이 없었기 때문이다. 아니, 원래는 있지만, 무슨 영문인지 나는 시험을 치르지 않고도 입학을 허가받았다.

(이것도 레가리야 가문의 영향력 덕분인가?)

어쩐지 뒷구멍으로 입학한 것 같아 마음이 괴로웠지만, 이곳 알디아 왕국의 귀족사회에서는 그다지 드문 일은 아닌 것 같았다. 학원 측도 이득을 보는 것 같았다. 명문가 사람이 이 학원 출신이라고 홍보할 수도 있고, 원조금도 많이 받을 수 있어서 이득이라는 것이다.

하지만 입학을 한 뒤에 수업을 쫓아가지 못한다면 레가리야가의 일원으로서도, 공작가 영애로서도 부끄럽기 그지없다. 부모님의 얼굴에 먹칠하는 것만은 어떻게든 피하고 싶었다.

(학원에 가는 건 너무 기대되는데 수업을 따라갈 수 있을지…….)

나는 뭐라 형언할 수 없는 심정으로 입학 날을 오길 기다렸다.

"오호~, 메어리 님도 알트리아군요."

이제는 일상이 된 오후의 티타임 때 그 사실을 마기루카에게 넌지시 말했다. 그녀는 그다지 놀라워하지 않고 홍차를 마시며 그렇게 대답했다.

"그럼…… 마기루카도 같은 학원이야?"

"예, 당연하죠."

마기루카는 컵을 내려놓고는 자랑스럽게 롤머리를 살짝 올리며 에헴, 하고 가슴을 쫙 폈다. 나보다 더 크게 부푼 부분이 출렁거린 것 같은 기분이 들어 내 자존심에 금이 갔다.

뭐, 그건 그렇다고 치고…… 이걸로 더욱 불안해졌다. 그녀는 틀림없는 영재다. 나이에 걸맞지 않을 만큼 영리하다.

(그런 그녀가 다니는 학교인데 내가 잘 적응할 수 있을까?)

나는 점점 불안해졌고 괜스레 우울해졌다.

"앗, 나도, 나도! 나도 알트리아에 입학해."

자하가 가벼운 투로 말하자 무슨 영문인지 내 불안감이 한순간에 싹 사라졌다.

(미안, 자하……. 난 널 바보라고 여기고 있는 모양이야…….)

마음속으로 안도한 이유를 되새기는 박정한 나는 그에게 사죄했다.

"그렇구나……. 그럼 모두 같은 학교네."

안도와 동시에 앞으로 함께 학교에 다닐 멤버들을 보니 어딘가 불안하기도 했다. 그런 미묘한 심정을 숨기려고 나는 홍차를 마셨다.

"맞아, 맞아. 왕자님도 함께야♪"

"아, 그래."

자하가 니히힛, 하고 짓궂은 표정으로 말했다. 나는 그의 시선에서 달아나고자 고개를 홱 돌려 건성으로 대답하고서 홍차를 즐겼다.

그는 이따금 왕자님 이야기를 꺼내 나를 놀리곤 한다.

처음에는 어설픈 반응을 보이고 말았지만, 이제는 익숙해졌는지 요즘에는 '아, 예. 그렇습니까?' 하고 숙녀답게 가볍게 받아넘기……려고 한다.

그 폭탄 발언 이후에 왕자님이 '그 말은 신분에 개의치 않고 친구로서 내 잘못을 지적하여 고쳐달라'는 의미였다고 해명했다.

(뭐, 하지만 어떻게 왕자님의 잘못을 지적할 수 있겠…… 아니, 이미 했구나. 아아, 인제 어쩌지…… 진짜.)

그때 나는 왕자님의 내면 근간이 되는 생각을 부정하고 말았다. 새삼스레 신분을 따질 처지가 아니었다. 하지만 그 뒤로는 실수로 폭언을 내뱉어 가문에 먹칠하고 싶지 않아서 왕자님과는 거의 만나지 않았다.

(뭐, 같은 학원이라고 해도 그리 자주 만날 일은 없겠지. 저두 사람과 함께 지낼 수 있을지 없을지도 알 수 없고. 휴~우, 친구를 잔뜩 사귀고 싶다.)

자하 덕분에(?) 불안감이 해소된 나는 학원 생활을 기대하며 그때가 오길 기다렸다.

"그렇습니까? 드디어 아가씨께서도 학원에……."

튜테가 진심으로 잘 됐다는 얼굴로 나에게 새로운 다과를 내주었다.

"그러고 보니 튜테는 어느 학원에 다녔어?"

"아뇨, 전 주인님께서 고용하신 가정교사에게서 최소한의 교육만 받아서 학원에는 가지 않았습니다. 애당초 그런 교양은 제게 필요가 없으니까요."

활짝 웃는 튜테를 보고 신분의 차이를 절실히 느꼈다. 어쩐지 서글픈 마음이 들었지만, 내가 학원에서 배운 걸 그녀에게 알려주면 괜찮을 것 같다는 생각도 들었다.

"그런데 아가씨. 학원에 가시면 대부분 혼자서 해나가셔야 해요. 전 학원 안에서는 도와드릴 수가 없으니까…… 괜찮으시겠어요?"

"후훗, 튜테 너무 얕잡아보는 거 아닌가요? 메어리 님도 이제 어엿한 숙녀이니 자기 앞가림은 스스로 할 수 있다고요. 그렇죠?"

"뭐?!"

"어, 거짓말이죠?!"

후훗, 하고 웃던 마기루카가 내가 경악하자 얼굴이 창백해졌다.

"말도 안 돼…… 난…… 튜테가 없으면 옷도 입지 못하는데 (찢어질까봐)…… 물건도 대신 옮겨줘야 하는데(망가뜨릴까봐)…… 나, 어쩌지? 어쩜 좋아?"

나는 긴급사태에 몸을 부들부들 떨었다. 내가 들고 있던 컵을 부수기 전에 튜테가 슬며시 회수해주었다.

"그러고 보니 메어리 님, 아직도 문을 여닫는 것조차 튜테한테 맡기고 있던데…… 이제 게으름뱅이에서 슬슬 졸업하는 편이 낫지 않겠어?"

(끄으으응…… 힘을 조절하지 못하는 문제가 결국 그저 내가

177

게으름뱅이였다는 것으로 정리가 되버린 건가…….)

힘을 조절하지 못해 고민하기 시작했을 때부터 지금까지 튜테가 수발을 전부 들어준 덕분에 나는 그 문제를 내버려 두고 있었다. 새삼스레 그 문제가 뼈아프게 다가왔다.

(아, 아마도 지금의 나라면 어떻게든 되지 않을까 싶은데……. 아니, 문제를 미루면 안 돼.)

어느 나라의 높은 양반에게 충고할 처지가 아니구나, 하고 반성하면서 이를 계기로 튜테에게서 조금이라도 자립할 수 있도록 노력하자고 마음속으로 다짐했다.

(하지만 레가리야가의 영향력을 쓰면 학원 안에서도 튜테를 내 곁에 둘 수 있을 것 같은데…….)

마음속에 있는 어두운 자아가 한순간 그런 생각을 했다. 하지만 이내 그 생각을 털어버렸다.

(정말로 한순간이었어. 그런 생각이 잠깐 스쳤을 뿐이야.)

기쁘고도 부끄러운, 청춘으로 가득한 학원 생활이 막이 오르기 전에 나는 갑작스럽게 좌절할 뻔했다.

2장 학원편 1년차

01 드디어 왔습니다

입학 수속 등 각종 절차는 내가 모르는 곳에서 착착 진행되었습니다. 그리고 꿈을 키워나가며 고대하던 오늘 드디어, 드디어 나, 메어리 레가리야는 열 살이 되었습니다.

지금 나는 입학식용 드레스를 메이드들에게 전부 떠넘기고서 옷 입히기 인형이 되었습니다.

"아가씨……. 여러 강의가 있는데 정말로 혼자서 괜찮을까요?"

"솔직히 불안하긴 하지만, 나도 공작가 영애로서 부끄럽지 않게 처신할게…… 최대한."

요 일 년 동안에 나는 불안요소를 해소하고자 미리 교육을 받아왔다. 조금이라도 튜테에게서 자립하고자 노력해왔다. 하지만 내 두부 같은 멘탈 때문에 아직도 불안하다. 조금이라도 동요하면 나는 곧바로 파괴신으로 돌변해버린다. 이것만은 미리 상황을 예상하고, 경험을 쌓고, 익숙해지는 수밖에 없을 것이다.

(아아…… 나도 얼굴에 철판을 깔 수 있는 사람이 되고 싶어.)

지금도 아직 입학식장에 도착하지 않았는데도 처음 치르는 행사를 앞두고 긴장하고 있는 형편이다.

나는 입학식장에서 예기치 않은 파란이 일어나지 않도록 우선 눈에 띄지 않는 의상을 마련해달라고 지시해두었다. 그런데 실크 소재의 값비싼 하얀 드레스가 준비되었다. 더욱이 그 드레스에는 섬세한 자수와 레이스, 프릴 등이 수놓아진 치맛자락이 세 장이나 겹쳐져 있고, 밖으로 드러나는 장갑과 스타킹에도 마찬가지로 레이스와 프릴, 자수가 수놓아져 있었다. 호화로운 분위기를 자아내는 의상이었다.

(내 전속 재봉사가 은근한 호화로움을 콘셉트로 잡은 것 같긴 한데……. 이건 웨딩드레스에 필적하는 의상이잖아. 휴우~, 학원에 교복 같은 게 있으면 좋을 텐데…….)

메이드들이 내 머리를 묶은 뒤 백금 머리핀으로 고정시키는 동안에 나는 한숨을 내쉬었다. 또다시 새하얀 의상을 차려입은 내가 완성되었다.

(음, 틀림없이…… 눈에 띄겠구나…….)

나는 내 모습이 비치는 거울을 보며 속으로 중얼거렸다.

(메이드들이 공을 들여 작품을 완성한 사람처럼 만족하고 있는데, 찬물을 끼얹을까 차마 말을 못 하겠어.)

나는 튜테를 따라 현관에 세워져 있는 마차에 올라탔다. 알트리아 학원은 왕도에서 조금 떨어진 언덕 위에 있다. 마차가 서서히 출발했다. 입학식 당일부터 지각하는 추태를 보이지 않으려고 시간을 넉넉히 잡아뒀다.

그리고 나는 무사히 알트리아 학원 앞에 도착했다.

성벽이 아닌 멋진 벽돌담에 둘러싸인 광대한 경내 안에 커다란 교사(校舍)가 여러 채 세워져 있었다. 그 가운데에는 꽤 높은 시계탑이 자리하고 있었다.

"여기가 알트리아 학원……."

나는 흥분한 나머지 소리를 내며 마차 창밖을 계속 쳐다보았다. 마차가 문을 지나 벚꽃 같은 꽃들이 심긴 길을 따라 나아가다가 어느 장소에서 멈췄다. 그곳에는 이미 여러 대의 마차들이 세워져 있었다. 다른 신입생들이 이미 와있다는 걸 알 수 있었다.

"아가씨, 입학식장은 이쪽인 것 같습니다."

"아, 응……."

나는 평상심을 유지하며 튜테의 에스코트를 받아 입학식장으로 발걸음을 옮겼다.

입학식장은 커다란 강당에 마련되어 있었다. 내 눈에는 마치 커다란 영화관 같았다. 행사장에 들어가자 담당 직원이 튜테에게 뭐라고 말을 걸었다. 아무래도 좌석을 정하고 있는 듯했다. 입학식장에서도 귀족 세계의 권력 관계가 작동하고 있는 모양이다.

튜테와 잠시 헤어진 뒤 입학식장 안으로 들어가자 무슨 영문인지 주변에서 수런거리는 소리가 들렸다. 둘러보니 모두가 이쪽을 보고 있는 것이 아닌가?

(어? 뭐야, 뭐야? 나, 뭐가 이상한가?)

황급히 자신의 모습을 확인하고서 깜짝 놀랐다. 내 의상이 옅은 빛을 내고 있었다.

강당은 닫혀 있어서 창에서만 빛이 새어들었다. 조금 어둑한 실내에서 의상이 빛을 반사하여 옅은 광택을 발하고 있었다. 빛을 반사하는 고가의 소재도 소재이거니와 자세히 보니 군데군데 아주 작은 보석들이 박혀 있는 것이 아닌가.

나는 이게 무슨 영문이냐며 출입구에 서 있는 튜테를 곁눈으로 쳐다봤다. 그녀는 주먹을 불끈 쥐며 포즈를 취하고 있었다. 사람들의 주목을 끄는 데 성공해서 기뻐하는 거겠지. 나는 하나도 기쁘지 않지만…….

"저 아이가 왕자님이 말했던 '하얀 희군(姬君)'인가?"

"소문보다도 더 아름다워……. 레가리야 경이 자랑할 만해."

"저렇게 새하얀 사람이 다 있다니."

학교 관계자들의 목소리가 귀에 들려왔다. 그러나 나는 애써 무시하고는 우아한 자태를 유지하며 최대한 빠른 걸음으로 자리에 앉으려고 했다. 그 광경은 호수에 우아하게 떠 있는 백조가 물밑에서는 물갈퀴를 마구 휘젓고 있는 것 같았다.

창밖에서 새어든 빛이 닿지 않는 곳으로 이르자 의상이 원래대로 돌아갔지만 이미 때는 늦었다. 흥미진진한 시선들이 나에게로 쏠렸다.

또한 내가 안내받은 좌석이 상황을 악화시켰다. 강당 한가운데, 강단이 잘 보이는 곳이 내 자리였다. 더욱이 내 옆에는 아무도 앉을 수가 없는 구조였다.

(하하핫, 완전 방치 플레이네…….)

눈동자에서 생기가 사라졌다. 나는 허탈한 웃음을 흘린 채 허공을 올려다보며 앉으려고 했다.

"후훗……. 눈에 띄는군요. 메어리 님."

내 뒷좌석에서 목소리가 들렸다.

"마기류카아~."

나는 뒤를 돌아보고는 기쁜 나머지 혀를 씹고 말았다.

나와 마찬가지로 금색 롤머리가 눈에 띄는 친구가 푸른색과 검은색이 섞인 호화로운 드레스를 입은 채 입을 부채로 가리며 앉아 있었다. 아무래도 이곳은 VIP용 좌석인 모양이다. 여하튼 외톨이 신세를 면한 나는 안도하여 한숨을 내쉬었다. 입학식장은 속속 들어오는 신입생들로 메워져갔다. 예정된 시간이 되자 입학식이 시작되었다.

참고로 자하도 마기루카의 근처에 있었지만, 행사 시작 직전에 부리나케 와서 모르는 사람인 척 외면했다.

행사는 순조롭게 진행되었다. 학원장의 긴 연설을 들으면서 지루하면 왜 졸리는지 몸소 체감할 수 있었다. 그래도 공작가 영애로서 졸음과 계속해서 싸웠다. 그래서 무슨 이야기를 했는지 머릿속에 전혀 들어오지 않았다. 마지막에는 내 마법 무효 스킬을 상쇄하는 수면 마법이라도 부렸는지 진심으로 의심이 들 만큼 졸렸다.

그런데 입학식장에서 사람들이 수런거리는 소리를 듣고 졸음이 확 달아났다. 신입생 대표로 왕자님이 강단에 올랐기 때문이다.

금실 같은 앞머리 사이로 부드러운 푸른색 눈동자가 엿보였

다. 왕자님이 똑바른 자세로 서서 늠름하게 말하자 입학식장에 있는 수많은 영애가 황홀한 눈으로 쳐다봤다.

(왕자님은 여전히 인기가 많구나…….)

나는 졸음을 몰아낸 그에게 감사를 표했다. 그리고 남은 식순을 순조롭게 소화했고, 무사히, 아무 일도 없이 입학식을 끝마쳤다.

입학식이 끝나자 모두 줄줄이 행사장을 나가기 시작했다. 나는 그 인파에 휩쓸리지 않도록 자리에서 잠시 기다리기로 했다.

(인파에 휩쓸렸다가 자칫 주변 사람들한테 무슨 짓이라도 저질렀다가는 큰일이니까.)

아직 긴장을 풀기에는 이르지만, 입학식이 끝나서 방심한 모양이다. 한숨이 절로 나오더니 어깨에 힘이 빠지고 눈이 스르륵 감겼다.

"이~봐. 언제까지 잘 거야. 메어리 님, 입학식은 끝났다고."

"아 쫌! 나 안 잤어."

나는 큰 실례를 범한 바보를 째려보고서 해명했다. 그러자 근처를 지나던 동급생이 키득 웃었다.

(저 자식이~……. 기회가 생기면 저 바보를 반드시 날려버려 주겠어.)

행사 내내 푹 잤던 자하가 기가 막힌다는 얼굴로 이쪽을 쳐다보자 내 안에 어두운 자아가 꼭 앙갚음을 해주겠노라 다짐했다.

"어라? 마기루카는?"

평소였다면 저 남자의 실언을 정정해주었을 마기루카가 보이지 않았다. 주변을 두리번거렸지만, 그녀의 모습은 보이지 않았다.

"마기루카는 왕자님 곁으로 갔어."

"그래, 바쁘구나. 넌 안 가봐도 돼?"

"어, 자고 있었더니 그냥 내버려 두고 가버렸네."

"아, 그래……."

나는 고개를 획 돌리고서 빈 출입구로 향했다. 자하도 뒤를 따랐다.

"왜 따라와?"

"마기루카가 시켰어. 호위도 해주면서 주변에 얼씬거리는 날파리 좀 쫓아내라고."

그는 머리 뒤로 깍지를 끼고는 시선을 돌린 채 뺨을 살짝 붉혔다. 그 모습이 어쩐지 귀여워서 나는 아까 했던 다짐을 거두기로 했다.

"그래…… 고마워."

자하의 말을 듣고서 주위에 있는 남자들이 나를 힐끔힐끔 쳐다보고 있다는 걸 알아차렸다. 그들은 자하가 근처에 있어서 그런지 그저 바라보기만 했다.

(뭐, 난 이래 봬도 레가리야 공작가의 딸이지. 집안끼리 잘 아는 사이라서 자하가 그런 부탁을 받았을 거야~……. 고생이 참 많네.)

귀족사회에서 살아가는 건 참 고단하다는 걸 새삼 깨달았다. 나는 한숨을 내쉬며 입학식장을 뒤로 했다.

02 이것이 반 배정이네요

　입학식을 끝마친 나는 어떤 반에 배정됐는지 확인하러 가기로 했다. 입학식장 밖에서 기다리고 있던 튜테와 합류한 뒤 자하를 데리고서 반 배정표를 보러 갔다. 장소는 금세 알 수 있었다. 왜냐하면 이상하리만치 사람들이 모여 있었기 때문이다.

　"저기에 반 배정표가 붙어 있나?"

　"???"

　나는 애니메이션에서 자주 나오는 복도에서 반 배정표를 쳐다보는 히로인을 상상했다. 하지만 이 세계에 그런 커다란 종이는 존재하지 않았다. 배정표를 들고 있는 담당자에게 물으면 대답을 해주는 시스템인 듯했다.

　"그럼 제가 물어보고 오겠습니다."

　튜테가 인사를 하고서 담당자에게 걸어갔다.

　"앗, 물어보는 김에 내 것도 물어봐줘."

　내 옆에 있던 자하가 약삭빠르게 부탁을 해서 나는 얼굴을 찡그렸다.

　"얘…… 튜테를 은근슬쩍 이용하지 말아줬으면 하는데?"

　"뭐, 어때? 닳는 것도 아니고."

　"닳아. 너에 대한 내 우정도가……."

　"우정도가 닳는다고?! 그건 싫은데……. 앞으로는 조심할게."

내가 질색하는 눈으로 살짝 거리를 두자 자하는 고개를 숙였다.
그래서 용서해주었다.

"아가씨, 클래스를 알아왔습니다."

우리가 그런 대화를 나누는 동안에 튜테가 담당자에게 물어보
고 돌아왔다.

"그래서 1학년 몇 반이야?"

"엥? 그게 뭔가요?"

내가 당연하게 내뱉은 말을 듣고 튜테가 의아해하며 고개를
갸웃거렸다.

(어라? 몇 학년 몇 반이라는 표현이 없나?)

약간 어색해진 분위기를 되돌리고자 나는 에헴, 하고 헛기침
을 하고서 다시 물었다.

"그래서 어느 클래스야?"

"앗, 예…… '소르오스'였습니다."

튜테가 당연하다는 듯이 말하자 이번에는 내가 의아해하며 고
개를 갸웃거렸다.

(이런! 학교 시스템은 전생 때와 똑같겠거니 지레짐작한 바람
에 그만 설명을 흘려들었어.)

"오호~, 소르오스라……. 의외네. 마기루카는 '아레이오스'일
거라 예상하던데."

자하가 뜻밖이라는 표정으로 그렇게 말했지만, 나는 더욱 알
쏭달쏭해졌다.

(안 돼. 이대로 있다가는 소외되고 말 거야……. 평생 수치를 겪는 것보다는 잠시 부끄러움을 겪는 게 나아.)

"저기……. 소르오스랑 아레이오스가 뭐지?"

나는 창피함을 무릅쓰고자 어색하게 웃으며 고개를 갸웃거렸다.

"어? 아아, 간단하게 말해서 소르오스는 무술을 중시하는 클래스고, 아레이오스는 마법을 중시하는 클래스예요. 그리고 학술을 중시하는 라라이오스라는 클래스도 있죠."

튜테가 내 질문의 의도를 단번에 이해하고서 대답해주었다.

"오호~, 이른바 문과와 이과, 체육계와 문화계로 나누는 것과 같은 건가?"

""???""

여전히 나와 두 사람의 대화는 잘 맞물리지 않았다.

(이제는 좀 익숙해질 때도 되지 않았어? 난 정말 바보야.)

"앗, 참고로 자하님도 소르오스였어요."

어색한 분위기를 얼버무리고자 튜테가 화제를 되돌렸다.

"뭐, 에렉실가 사람이니까……. 당연하다면 당연하겠지."

"가문으로 클래스가 결정되는 거야?"

내가 별생각 없이 묻자 자하가 깜짝 놀란 얼굴로 이쪽을 쳐다봤다.

"아니, 아니, 아니 그건 아냐. 입학시험 때 체력 테스트나 실기 테스트를 받았잖아? 그 결과를 보고 정하는 거야."

자하의 대답을 듣고 이번에는 내가 놀랐다. 등에서 식은땀이 흘러내렸다.

(이런, 입학시험을 받질 않아서 그런 줄 몰랐어. 그런데 역시 이런 말을 남한테 해서는 안 되겠지?)

"그, 그랬……구나."

나는 호호홋, 하고 웃으며 두 사람의 시선에서 고개를 홱 돌렸다.

"메어리 님, 뭐야? 앗, 그럼?"

"뭐, 뭐가."

자하가 의기양양하게 이쪽을 쳐다보자 나는 시선을 이리저리 헤맸다. 뒷구멍 입학이 들켰을까 초조해졌다.

"무술 실기 시험 때 한바탕 난동을 부렸구나! 나처럼 시험 상대를 날려버렸지? 그래서 소르오스에 배정된 거야? 나 참, 숙녀답지 못하게."

"그렇지 않다고요!"

자하의 추리가 빗나가서 내심 안도했다. 하지만 지극히 실례되는 말을 듣고 무심코 딴죽을 걸고 말았다.

(그런데 시험을 치르지 않은 내가 왜 소르오스에 들어간 거지? 앗, 아버님이 젊은 시절에 무용으로 이름을 떨쳤다고 하니 그 딸도 그렇겠구나 싶어서……?)

"아, 뭐……. 그래서 마법이 특기인 마기루카 님은 아레이오스에 들어가신 건가요?"

191

"예, 맞아요."

튜테가 우리 두 사람의 대화를 듣고서 화제를 돌렸다. 그런데 그 화제에 끼어든 사람이 있었다. 우리 세 사람은 놀라서 목소리가 들린 쪽으로 고개를 돌렸다. 맞은편에서 롤머리를 찰랑거리며 다가오는 영애가 있었다.

"앗! 그렇구나……. 마기루카, 다른 클래스구나……."

어쩐지 마음이 어두워졌다. 튜테가 없는 학원 생활을 잘 보내기 위해서 무례임을 알면서도 나는 마기루카에게 의지하려고 마음먹었다. 무엇보다 가장 친한 동성 친구와 클래스가 나뉘어서 역시 쓸쓸했다.

"뭐, 뭔가요? 영영 헤어지는 것도 아니고……. 아, 만나려고 하면 언제든 만날 수 있어요. 쉬는 시간이나 빈 시간에 이렇게 얼굴을 보러 올 테니까."

내 표정이 무척이나 쓸쓸하게 보였는지 마기루카가 나를 위로해주었다.

"게, 게다가 클래스는 매년 바꿀 수 있으니 메어리 님만 원한다면 같은 반이 될 수도 있다고요."

"오오~! 그렇구나!"

(아아, 친구는 참 좋구나~……. 그런데 왜 얼굴을 붉히며 부끄러워하는 거지?)

나는 우정을 곱씹으며 사소한 것은 잊어버리기로 했다.

"그래서 왕자님은?"

"어험. 전하께서는 바라시는 대로 라라이오스로 가셨어요. 정치, 경제, 역사를 비롯한 여러 학문을 익히고 싶으시대요."

자하가 짧게 물었지만 그 의도를 알아차리고서 마기루카가 정확하게 답을 이끌어냈다. 자하는 오호~, 하고 감탄사를 흘리며 납득했다.

(역시 마기루카⋯⋯. 나였다면 뭘 물었는지 전혀 알아차리지 못했을 텐데.)

그녀가 영리하다는 걸 새삼스레 다시 인식했다. 동시에 왕자님이 참 뜻밖의 선택을 했다며 놀라워했다. 검술을 익힌 왕자님이니 무술 쪽으로 갈 줄 알았는데.

"레이포스 님과도 다른 클래스네."

"뭐야? 쓸쓸해?"

나는 새침한 얼굴로 여전히 니힛힛, 하고 비웃는 자하의 몸에 팔꿈치 공격을 먹여주었다.

"여하튼 담화실에서 동급생들과 첫 대면은 내일이니 오늘은 이만 돌아가도록 하죠."

마기루카가 어이없어하며 그렇게 제안하자 나는 몸을 웅크리고 있는 남자를 내버려 두고 귀가했다.

03 첫 등교예요

이튿날 나는 마차 정류장에서 튜테의 배웅을 받으며 홀로 '소르오스'의 담화실로 향했다.

어제 학교 시스템이 예상과 달라서 귀가한 뒤에 튜테에게서 강의를 받았다. 놀랍게도 이 학원에는 정해진 교실이 없고, 개인 좌석이라는 것도 없었다. 그 대신에 '소르오스'에 속한 사람들이 자주 이용하는 담화실이 있는데, 모일 일이 생기면 그 방을 이용하는 모양이다.

(어쩌지…… 전생의 지식이 전혀 쓸모가 없어.)

더욱 놀라운 것은 수업 커리큘럼이었다. 내 지식에 따르면 학교에서는 정해진 시간표에 따라 수업을 받는다. 그러나 이 학원에서는 스스로 수업을 골라서 듣는다. 다만 소르오스에 소속된 사람은 소르오스의 필수과목을 수료해야만 진급할 수가 있다.

(초중학교보다는 대학교에 가까운 느낌이네……. 뭐, 어느 쪽이든 가본 적이 없어서 잘 모르겠지만…….)

나는 휴우~, 하고 한숨을 깊이 내뱉은 뒤 옷에 붙어 있는, 문장이 새겨진 작은 배지를 쳐다봤다. 이것이 소르오스에 소속되었다는 증표라고 한다. 내가 모르는 사이에 튜테가 받아두었다가 오늘 집을 나설 즈음에 달아주었다.

(주변 사람들이 뭐든지 다 해줘서 난 아무것도 몰라. 그래서

외톨이가 되면 공연히 불안해져…….)

주변을 걷던 다른 학생들의 배지를 힐끔 확인한 뒤 나와 같은 배지를 단 사람의 뒤를 따라서 걸었다.

(그래, 담화실이 어딨는지 모른다! 미안하게 됐네요.)

나는 마음속으로 푸념을 내뱉었다. 튜테가 여러 장소의 위치를 알려주었지만 머리에 전혀 들어오지 않았다. 머릿속으로 지도를 그려낼 수가 없었다. 그래서 일단은 목적지가 같은 사람들의 뒤를 따라가기로 했다.

(나 혹시 길치인가…….)

새로운 스킬을 익혔을지도 모른다는 의혹에 괴로워했다. 하지만 다행히도 같은 배지를 단 사람들이 모이는 담화실로 추정되는 곳에 도착했다.

담화실이라 불리는 그 방은 의외로 넓었다. 군데군데 칸막이가 설치되어 있었고, 의자와 탁자, 소파 등이 놓여 있었다. 내가 느끼기로는 꽤 멋들어진 커다란 패밀리레스토랑 같았다.

모두 각자 자리에 앉아 있거나 통행에 방해가 되지 않는 곳에서 있었다. 나는 어쩔 줄 모르고 주변을 두리번거렸다. 그때 맞은편에서 바보처럼 손을 흔드는 녀석이 있었다.

(저 바보, 저러면 엄청 눈에 띄잖아…….)

자하가 나를 알아보고 다가오자 나는 뺨에 손을 대며 한숨을 내쉬었다.

"좋은 아침…… 자하 씨…….”

일단 나는 어색하게 웃으며 그에게 인사를 했다.

"좋은 아침, 메어리 님. 의외로 늦었네. 길 잃었어?"

"그, 그렇지⋯⋯않아⋯⋯."

길을 헤매지 않고 이곳으로 온 것이 거의 기적이었기에 나는 말끝을 얼버무렸다.

짝! 짝!

우리가 그렇게 대화를 나누고 있을 때 담화실 가운데에서 손뼉을 치는 사람이 나타났다. 우리는 일제히 그 사람을 쳐다봤다.

"자아! 올해 입학한 소르오스 사람들은 여기로 모여!"

우리보다 몸집이 큰 남자가 태평하게 웃으며 주변을 둘러보고는 시원스레 외쳤다.

(소르오스 사람들은 모이라고⋯⋯? 그럼 이 안에 다른 클래스 사람이 섞여 있을 가능성이 있나? 하긴 여긴 전용 담화실은 아니니까.)

나는 그런 생각을 하면서 모두와 함께 그의 주위에 모였다.

"음, 모였군. 일단 자기소개부터 하지. 내 이름은 '카리스 엔초.' 올해 3학년이야. 소르오스 클래스 마스터를 맡고 있지. 선배라고 가볍게 불러도 돼. 잘 부탁해."

사교계에서 쓸 법한 세련된 말투로 자기소개를 하는 그는 나름 그럴듯했다.

(클래스 마스터라는 울림이 어쩐지 멋있네. 이른바 학급 반장 같은 건가? 그런데 우리보다 나이가 많겠지……. 아니, 담임 선생님 같은 사람은 없나? 으~음……. 내 전생의 기억은 거의 쓸모가 없구나.)

나는 머리를 부여잡으며 카리스 선배를 다시금 확인했다. 나보다 머리 두 개쯤 더 큰 그는 소르오스에 소속된 학생답게 호리호리하면서도 근육질이었다. 짧게 친 갈색 머리와 두꺼운 눈썹을 보니 활발한 청년인 것 같았다. 이를 드러내며 웃는 모습이 멋져서 이곳에 모인 몇몇 영애들이 벌써 소녀 모드에 돌입하려고 했다.

(틀림없이 운동을 좋아하고, 후배들 뒤치다꺼리를 잘 해주는 성격 시원한 선배겠지?)

나는 전생에서 봤던 책과 애니메이션을 연상하면서 그의 성격을 멋대로 짐작했다.

"그럼 어려운 얘기는 이쯤 해두고."

성격 시원한 선배가 뭐라 이야기를 한 것 같은데 나는 망상을 하느라 전혀 듣지 못했다.

(우우…… 메어리……, 통한의 실수…….)

"학원 내부를 안내해줄 테니 따라와."

카리스 선배가 담화실에서 나가려고 하자 모두 줄지어 방을 나갔다.

"메어리 님, 왜 그래? 안 가?"

모두가 이동하고 있는데 가만히 서 있는 내가 이상했는지 자하가 말을 걸었다.

"어, 아, 응……, 가야지."

마음을 다잡고서 나는 앞으로 가는 사람들을 따랐다. 문득 그때 누군가가 나를 보고 있는 것 같아서 그쪽을 돌아봤다. 금발보다는 밤색에 가까운 곱슬머리를 한 작은 소녀가 이쪽을 보고 있었다.

그 비취색 눈동자와 내 금색 눈동자가 마주치자 그녀는 달아나듯 황급히 사람들 쪽으로 달려가……다가 맨땅에서 우당탕 넘어졌다.

""………"."

시간이 순간 얼어붙었다. 나와 자하는 땅바닥에 넘어진 소녀를 응시했다. 불행히도 지금 담화실에는 우리와 멀리서 지켜보고 있는 상급생들밖에 없었다.

"저, 저기…… 괜찮아?"

나는 결심을 굳히고서 엎어져 있는 물체에게 말을 걸었다. 그러자 그 물체는 흠칫 놀라 펄쩍 뛰어오른 뒤 놀랍게도 그대로 착지했다.

(뭐야 쟤……. 운동 신경이 좋은 건지 나쁜 건지 모르겠네?)

나는 입을 헤 벌리며 그 광경을 쳐다봤다. 이윽고 등을 보이던 소녀가 서서히 뒤를 돌아보며 말했다.

"괘, 괘안해요."

소녀가 붉게 부은 콧등을 문지르며 울먹였다.

(혹시 얼굴부터 떨어졌나?)

"하나도 안 괜찮아 보이는데."

나는 황급히 손수건을 꺼내 그녀의 코에 대주려고 했다.

"앗, 이런. 예쁜 손수건으로 상처를!"

그녀가 나를 제지하려고 앞으로 튀어나오려다가 나와 코를 맞부딪치고 말았다.

원래라면 둘이서 코를 문대며 아파파파, 하고 신음했을 테지만, 나는 그 능력 덕분에 하나도 아프지 않았다. 그녀만이 홀로 고통스러워했다.

"어, 으음……, 미안. 괜찮아?"

"괜, 괜찮아요."

내가 손수건을 꺼낸 채 지켜보자 소녀는 연신 괜찮다고 말하며 이마에서 손을 뗐다.

"이봐, 지금 느긋하게 떠들고 있을 때야? 모두 다 가버렸어."

이 광경이 어떻게 느긋하게 보이는지 모르겠다. 어쨌든 자하가 물어봐준 덕분에 모두가 나를 버려두고 갔음을 깨달았다. 주변을 둘러보니 사람들이 온데간데없었다.

"이런! 다들 우릴 내버려 두고 가버렸네."

"미, 미안해요! 저 때문에."

떨리는 목소리로 사과하는 그녀 쪽으로 시선을 돌렸다. 그런데 창백해진 얼굴로 눈물을 뚝뚝 흘리고 있는 게 아닌가? 흐느끼는 모습을 보고 나와 자하는 한 걸음 물러섰다.

"그, 그렇게 울 일은 아닌데."

"마, 맞아…… 어쩐지 우리까지 울고 싶어지잖아?"

그녀가 너무나도 불안해하기에 나와 자하는 달래주었다.

(어라? 잠깐…… 평소였다면 나도 불안해하며 냉정을 잃었을 거야. 튜테와 마기루카가 없는데 어떻게 이렇게 냉정할 수 있을까?)

나는 그 사실을 깨닫고서 다시금 그녀를 쳐다봤다. 원인은 아마도 그녀일 것이다. 눈앞에서 이토록 불안해하는 사람을 보고 반면교사로 여기고서 차분해졌는지도 모르겠다.

"뭐, 그건 아무래도 좋아…… 그나저나 모두 어디로 갔지?"

"글쎄? 나한테 묻지 마."

(잠시라도 네게 기대를 한 내가 바보지.)

내 기대를 순식간에 물거품으로 만든 바보를 내버려두고 나는 보란 듯이 한숨을 내뱉었다. 그러고는 앞으로 어떻게 할지 진지하게 생각했다.

(등교 첫날부터 일을 저질렀어…… 어쩌지…… 아아아, 야단났네. 나까지 불안해지기 시작했어어어어.)

내가 직업을 파괴신으로 바꾸려고 할 찰나에 누군가가 머뭇거리며 말했다.

"저, 저기요…… 아마 모두…… 투기장 쪽으로…… 간 것 같은데……."

부들부들 양이 기어들어가는 목소리로 우리에게 광명을 비춰
주었다.

"투기장?"

"히익! 미안해요, 저 같은 사람이 주제넘은 말을 했네요."

자하가 별생각 없이 되묻자 부들부들 양이 겁을 먹었다.

(혹시 쟤, 남자애를 무서워하나?)

"투기장이라니?"

"히이익! 미안해요, 저 같은 사람이 주제넘은 말을 했네요."

(으음……, 쟨 그저 소심한 거뿐이구나. 그것도 굉장한 두부
멘탈.)

자하가 말을 걸었을 때와 똑같은 반응을 보여서 조금 충격을
받았다. 하지만 나는 겁을 주지 않도록 최대한 웃으며 상냥하게
물었다.

"그렇게 겁먹지 마. 왜 투기장이라고 생각했어?"

"어, 그게……. 아까…… 카리스 선배가 투기장 얘기를 하셔
서…… 혹시나 싶어서……."

말소리가 점점 기어들어가는 걸 참을성 있게 들으면서 자하를
힐끔 보았다. 그런데 그가 진지한 얼굴로 고개를 가로저었다.

(그 표정은 뭐야? 선배 얘기를 못 들었다는 거야? 아니면 투
기장 위치를 모른다는 거야?)

나는 그런 감정을 담아서 그를 째려보았다.

"둘 다야."

마치 내 마음의 소리를 들었다는 듯이 그가 대답했다. 나는 낙담하며 한숨을 내쉬었다.

"앗, 너! 너도 선배 얘기를 못 들었고, 위치도 모르잖아!"

내가 한숨을 내뱉은 의미를 알아차렸는지 자하가 항의했다. 이런 상황에서는 눈치가 빠르면서…….

"저기요……. 위치라면…… 저기…… 아는데……."

나는 아주 조심스럽게 말을 꺼낸 그녀의 손을 잡고 내 쪽으로 끌어당겼다.

"진짜? 꼭 안내해줘! ……음, 저기……."

나는 아직도 부들부들 양의 이름을 모른다는 것을 깨달았다.

"앗……, 저기……, 전 '사피나 카르샤나'라고 합니다. 메어리 님."

내가 왜 말끝을 흐렸는지 눈치챈 그녀가 자신의 이름을 밝혔다.

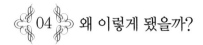

04 왜 이렇게 됐을까?

우리 세 사람은 빠른 걸음으로 학원 안을 걷고 있었다. 전속력으로 질주하고 싶었지만, 나와 자하의 속도를 따라잡지 못하는 그녀가 또 당황할까봐 단념했다.

"이쪽이야? 사피나."

"아, 예. 메어리 님. 다음 모퉁이에서 오른쪽으로 돌면 투기장이 나옵니다."

여전히 목소리가 작아서 알아듣기가 어려웠지만, 어쩐지 익숙해져서 놓치지 않고 다 들었다. 나, 적응력이 참 빠른걸?

참고로 나는 처음에 그녀를 '카르샤나 씨'라고 불렀지만, 그녀가 가문 이름을 언급하는 걸 원치 않는지 이름으로 부르라고 해서 그렇게 부르기로 했다.

모퉁이를 돌자 확 트인 공간이 나왔다. 나는 눈앞에 펼쳐진 광경에 눈이 휘둥그레져 무심코 발걸음을 멈추었다. 그곳은 영화에서 봤던 중세 투기장과 비슷했다.

석벽에 둘러싸인 넓고 둥근 무대가 있고, 그 주변에는 계단식 좌석들이 쭉 늘어서 있었다. 우리는 2층 관객석에 있었다. 그리고 아래를 내려다보니 근처에 수많은 사람이 모여 있었다.

(딩동! 다른 학생들이야.)

담화실에서 봤던 학생들이 모두 투기장의 중심을 쳐다보고 있어서 우리가 온 것을 알아차리지 못했다.

"좋아……. 몰래 합류하자."

두 사람에게 작은 목소리로 지시하자 아무 말도 하지 않고 고개를 끄덕였다. 우리는 몸을 살짝 숙인 채 살금살금 움직이며 무리의 가장 뒤로 접근했다.

(좋아……. 잘 넘겼어.)

"어라? 장난꾸러기들이 이제야 온 모양이군."

몰래 합류하고서 몸을 바로 세운 순간, 신입생들과 달리 반대 방향을 보고 있던 한 사람이 우리에게 말을 걸었다. 두말할 것 없이 카리스 선배다.

(못 넘겼잖아아아아!)

선배의 말을 듣고 일제히 뒤를 돌아본 클래스메이트들의 시선을 느끼며 내심 식은땀을 흘렸다. 참고로 사피나는 벌벌 떨며 내 뒤에 숨어 있었다.

(아니, 그렇게 무서워할 거 없어. 우릴 잡아먹지는 않을 테니까.)

여느 때처럼 심장이 벌렁거렸지만 사피나가 나보다 더 떨고 있어서 어떻게든 냉정을 유지할 수 있었다.

"마침 잘 됐어. 너희들 '장난꾸러기 트리오'가 도와줄 일이 있어."

(이상한 이름으로 뭉뚱그렸잖아! 장난꾸러기 트리오가 뭐야아 아아.)

카리스 선배는 시원하게 웃으며 우리를 부른 뒤 그대로 우리를 데리고서 관객석을 내려갔다.

(어? 잠깐…… 그쪽은…….)

나는 불길한 예감밖에 들지 않았다. 무거운 발걸음으로 그를 따라가자 아니나 다를까 널찍한 투기장 무대에 서게 되었다.

"저기~, 카리스 선배……라고 불러도 될까요?"

"아아, 괜찮아. 나도 널 메어리 양이라고 부르면 되나? 아니면 레가리야 공작 영애님이라고 불러야 하나?"

"아뇨, 메어리라고 불러주세요. 그나저나 저기……, 왜 여길?"

카리스 선배의 말을 듣고 나는 레가리야라고 불리는 것에 조금 거부감이 들었다. 가문의 이름이 싫다거나 무거운 짐이어서가 아니었다. 오히려 자랑스럽다. 하지만 레가리야라는 호칭에 영향력이 있다는 걸 잘 알기에 그렇게 불리면 번잡스러운 귀족사회에 있는 것만 같았다. 학교에 있는 것 같은 기분이 들지 않았다.

(이래서 사피나도 가문을 언급하길 원하지 않았던 걸까?)

나는 멋대로 공감하고서 지금도 겁을 먹고서 내 뒤에 서 있는 그녀를 힐끔 쳐다보았다. 그리고 사태를 파악하고자 주변을 둘러봤다. 석벽에 둘러싸인 회장에는 나와 자하, 사피나가 우두커니 서 있었다. 우리에게서 조금 떨어진 곳에 카리스 선배가 서 있었다.

(어? 이게 뭐야? 혹시 결투라도 벌일 건가?)

"그래, 시범을 보여주려고 해. 모두한테 투기장이 어떤 곳인지 느낌을 전해주고 싶어서 말이야. 앞으로 여러 이유로 자주 이용하게 될 곳이니까……. 더욱이 모두 소르오스 소속이니 이곳에서 싸우는 걸 보면 마음이 두근거릴 거 아냐?"

이를 보이며 웃는 선배의 얼굴은 멋있었지만, 솔직히 나는 웃을 수가 없었다.

(선배……. 절 저런 전투광들과 도매금으로 취급하지 말아주세요…….)

"아뇨, 그게 아니라 왜 우리를 이리로 데려왔느냐는 건데."

"흐음……. 여기에 있는 너희들을 제외한 나머지 신입생들은 훈련을 받아본 적이 없는 것 같거든. 시범을 보이다가 자칫 다치기라도 하면 큰일이잖아."

"아, 뭐…… 분명…… 전 크라우스 님한테 훈련을 받아왔으니……. 엥!!"

실례이긴 하지만, 나는 카리스 선배의 말을 듣고 깜짝 놀랐다. 그러고는 어깨를 흠칫 떤 그녀를 돌아봤다.

(쟤, 저렇게 얼빵한데 무술 훈련을 이미 받았다고?)

정말로 실례이긴 하지만, 나는 그동안 그녀가 왜 소르오스 학생인지 의아해했다.

"메어리 님, 뭘 그렇게 놀라고 있어?"

그리고 저 남자도 이해할 수가 없었다. 그가 이 상황을 당연하게 여기고 있어서 조금 부아가 치밀었다.

(그러고 보니 자하는 강한 사람한테만 흥미가 있다고 했었지?

그렇게 생각하니 저 남자를 다시 보게 되었다. 무인 특유의 감각이 그녀의 정체를 꿰뚫어 본 건가?)

"카르샤나가는 꽤 유명한 무인 일족이야."

(감각하고는 하나도 관계가 없잖아아앗!)

"괜히 다시 봤어. 내 감정 돌려내."

"대체 뭔 소리야?"

내가 자하에게 푸념을 늘어놓는 동안에 이야기가 진행된 모양이다. 카리스 선배의 지시를 받은 학생들이 무언가를 가져와 우리에게 건네고서 무대를 나와 관객석으로 돌아갔다.

나는 묵직한 그것을 불쾌한 얼굴로 쳐다봤다. 그것은 다름 아닌 검이었다.

"괜찮아. 날이 서 있지 않으니 베이지 않아. 훈련용 모조검이야."

내가 얼굴을 어지간히도 찡그리고 있었는지 카리스 선배는 안심(?)시키고자 검집에서 검을 살짝 뽑아 날을 보여주며 말했다. 정말로 기뻐하는 얼굴로…….

(저 선배는 왜 저렇게 기뻐하는 거야……. 실은 사디스트 아냐? 사디스트라서 우리 장난꾸러기 트리오를 괴롭히려는 거냐고오오오오오!)

사피나 효과도 무색하게 나도 점점 혼란스러워졌다.

"크으~……. 실은 올해 신입생들을 기대하고 있었어. 에렉실가와 카르샤나가 학생이 들어왔으니까. 실력이 어떨지 빨리 보고 싶었는데."

카리스 선배가 진심으로 기뻐하는 얼굴로 검을 뽑았다.

(사디스트가 아니었어어어엇! 그저 강한 자를 보면 가슴이 두 근거리는 전투민족이었어어어어!)

그리고 나는 중대한 사실을 깨달았다.

"카리스 선배, 자, 잠깐만요! 그건 저와 관계가 없잖아요!"

"아~, 음……. 메어리 양한테는 대단히 미안하지만 이야기 흐름상……."

카리스 선배가 멋있게 윙크를 했다.

(하나도 안 기쁘거든……. 진짜 말도 안 되는 사고에 휘말려버렸잖아!)

내가 침울해하는 동안에 자하는 검을 뽑아 두어 번 휘두르면서 상태를 확인했다.

"그래서 어쩔 거야? 선봉은 메어리 님이 설 거야?"

"야, 대체 뭔 소리야……. 아까 얘기 못 들었어?"

자하가 진지한 얼굴로 엉뚱한 소리를 하자 나는 무심코 영애답지 않은 폭언을 내뱉고 말았다. 그만큼 지금 나에게는 여유가 없었다. 참고로 내 폭언을 듣고 사피나가 히이익, 하고 외치며 뒷걸음질을 쳤지만 못 본체하기로 했다.

"자, 시작해볼까? 날 실망시키면 안 돼?"

카리스 선배가 검으로 우리를 겨누었다.

(아아, 왜 이렇게 된 걸까……. 신이시여, 전 노이벤트를 바랐는데…….)

05 압살이라고 하자

앞에는 자하와 사피나가 제각기 자리를 잡았고 뒤에는 내가 포진하고 있었다. 이렇다 할 의논을 한 것은 아니었다. 카리스 선배가 돌격해오자 사피나는 전투 중에 자신이 당연히 넘어지거나 겁을 집어먹을 거라고 예상했는지 방해가 되지 않도록 자하와 멀찌감치 떨어졌다. 참고로 나는 지명을 받지 않아서 전투에 참가하지 않고 뒤에 서 있기만 했다.

"후훗······. 왜 그러나? 벌써 숨이 차나?"

선배는 아직도 여유가 있는 데 반해 자하는 숨을 살짝 헐떡이고 있었다. 사피나는 체력보다는 배짱이 없어서 움직이려야 움직일 수가 없었다.

(그나저나 저 애, 선배가 주목할 만하네. 자세도 똑바로 취하고 있고, 디딤발도 안정되어 있어. 제대로 단련한 모양이야······. 이러니저러니 해도 선배의 공격을 아슬아슬하게 피하는 저 민첩성도 대단해.)

나는 그녀의 평가를 정정하면서 조금 아쉬운 평가도 추가했다.

(뭐, 저렇게 벌벌 떠는 태도가 모든 장점을 허사로 만들고 있지만······.)

그녀는 겁을 너무 먹어서 깊이 파고들지 못했다. 또한 공격을 피해놓고도 반격은커녕 도망만 다니고 있었다.

(자하도 그녀와 협공할 마음이 아예 없는 것 같고…….)

자하는 개인주의인지 그녀와 합을 맞추려는 생각이 없었다. 이따금 두 사람이 동시에 파고들다가 충돌하곤 했다.

그리하여 두 사람은 카리스 선배에게 쉽사리 압도당해 내가 있는 곳까지 물러섰다.

"젠장…… 역시 선배야……. 틈이 없어."

"무서워…… 무서워요오오오……."

자하는 뚝뚝 흐르는 땀을 한 손으로 훔치고서 검을 고쳐 쥐었다. 사피나는 검을 쥐고는 있었지만, 신종 진동 마법이라도 걸렸는지 검 끝을 부들부들 떨고 있었다. 너무 겁이 많아!

"이런, 이런. 김이 좀 새네……. 그게 너희들 실력이니?"

두 팔을 좌우로 펼치고서 카리스 선배가 여유롭게 도발했다. 그 태도에 내 미간이 꿈틀거렸다. 해서는 안 된다는 걸 알지만 선배를 압살하고 싶어졌다.

(애당초 내 친구를 농락하는 선배가 잘못한 거야…….)

나는 한 걸음 물러나 방관한 덕분에 어느 정도 냉정을 되찾을 수 있었고, 이런 생각에까지 미칠 수 있었다.

"자, 두 사람 모두 집합……."

나는 앞에 선 두 사람에게 이리 오라고 손짓하며 냉정한 투로 불렀다.

"뭐야, 이런 상황에."

"저기, 저기…… 미안합니다……. 정말로 미안합니다."

자하는 푸념을 하며, 사피나는 무슨 영문인지 울먹이는 얼굴로 사과하며 나에게 다가왔다.

"귀 좀 빌려줘."

나는 두 사람에게 어떤 작전을 알려주고자 동그랗게 원진을 짰다. 내가 떠드는 동안에 카리스 선배는 성실하게도 제자리에 서서 기다려주었다.

"진심이야?"

"내 말 알겠지? 수적 우위로 선배를 압살할 거야."

"히이이이익."

작전 회의를 마치고서 우리는 원진을 풀었다.

"논의는 끝났니? 그럼 계속해볼까?"

지루했는지 검을 가볍게 흔들고 있던 선배가 다시 자세를 취했다. 자하와 사피나도 검을 들고 자세를 취했다.

"간다, 사피나! 기합 바짝 넣어!"

"아, 아예에에에!"

자하가 외치자 사피나가 몸을 흠칫 떨었다. 하지만 제대로(?) 대답을 했으니 괜찮겠지.

"자, 시작해."

나는 오른손을 뻗어 멋지게 지시를 내렸다. 내 신호를 듣고 두 사람이 선배에게 달려들었다.

"이런, 이런. 저렇게 동시에 달려들면 또 충돌하지."

어이가 없는 표정으로 말하던 선배가 입을 다물었다. 무리도

211

아니다. 아까 제각기 아무렇게나 돌격했던 때와 달리 선두에 선 자하 뒤에 사피나가 숨듯이 뒤따르고 있었다.

"훗……. 그래서 뭘 어쩔 셈이지?"

"으랴아아아앗!"

무슨 영문인지 기뻐하는 선배의 간격 밖에서 자하가 움직였다. 그는 발을 앞으로 내디디며 들고 있던 검을 선배에게 내던졌다.

"아닛!"

카리스 선배는 화들짝 놀라 날아온 검을 자기 검으로 쳐내고서 다시금 앞을 보았다. 그러고는 더욱 놀랐다. 발을 멈춘 자하가 선배에게 등을 내보이고 있었기 때문이다. 그는 뒤따라온 사피나를 향해 리시브 자세를 취하고 있었다.

"날아라! 사피나."

"히이이이이익."

자하가 외치자마자 사피나가 깍지를 낀 그의 두 손 위에 자기 발을 얹었다. 자하가 그대로 팔을 쳐올리자 그녀가 허공을 날았다. 반쯤 울먹이며…….

카리스 선배가 무심코 그녀의 행동을 눈으로 좇았다.

"자하 씨!"

"오!"

"흐아아아아아!"

허공에서 반쯤 울먹이며 사피나가 선배를 향해 검을 세로로 휘두르는 사이에 나는 자하에게 검을 던져서 건넸다. 처음에 검을 건네받을 때 혹여나 부서질까봐 여유분으로 받아놨던 검이었다. 자하는 뒤를 돌아 그 검을 받은 뒤 선배를 향해 가로로 휘둘렀다.

공중과 지상에서 동시 공격이 펼쳐지자 선배는 판단이 늦어졌다. 아무리 사피나가 체중이 가볍다고는 해도 저만한 높이에서 온 체중을 실었으니 한 손으로 막아낼 수는 없겠지. 만약에 그녀의 공격을 두 손으로 막아낸다면 몸통이 텅 비게 되니 자하가 가하는 혼신의 일격을 정통으로 맞게 될 것이다. 두 공격 중 하나밖에 막아내지 못한다. 1대2, 그야말로 몰매!

한순간 내 눈에 선배가 훗, 하고 웃는 것처럼 보였다. 그리고 그가 입으로 뭐라 중얼거리는 것을 놓치지 않았다. 그 순간 선배의 몸이 옅은 빛에 휩싸였다. 놀랍게도 온 체중을 실은 사피나의 공격을 오른손만으로 막아냈다. 또한 자하가 휘두른 혼신의 일격 역시 왼손만으로도 막아냈다.

""아닛!""

그 광경에 투기장 안이 술렁였다. 가장 놀란 사람은 공격을 한 두 사람이겠지. 하지만 나는 직감으로 눈치챘다.

(마법이구나! 강화마법으로 근력을 올린 모양이네.)

"꽤 괜찮은 작전이었어. 하지만 마무리가 어설퍼⋯⋯. 으라차차!"

카리스 선배가 함성과 함께 의기양양하게 두 팔을 좌우로 펼쳐

두 사람을 밀쳐냈다. 두 사람은 선배의 시야 밖으로 날아갔다.

그리고 선배의 시야에 안으로 찔러드는 내 모습이 비쳤을 것이다.

"아닛!"
(바로 이거야! 제트 ○○림 어택!)
우리는 모 애니메이션처럼 세 사람이 나란히 줄지어 동시에 공격했다. 전투에 참여하지 않았던 나를 완전히 놓쳐버린 선배가 그야말로 경악하고 있었다.
(아아! 저 얼굴! 바로 저거야. 저게 바로 압살당한 사람의 표정이지이이이!)
묘한 우월감에 젖은 채 나는 검을 쥔 손에 힘을 주어 무방비 상태인 선배의 가슴을 향해 파고들려고 했다. 그런데 바로 그 순간 검자루가 와자작 찌그러지는 감촉이 느껴졌다.
(안 돼애애애! 찌를 거야! 이러다가는 진짜로 찌를 거라고오오오!)
마지막 순간에 흥분해버린 나는 힘을 너무 주었음을 깨닫고서 초조해졌다. 아무리 모조검이라고 해도 쇠막대다. 날이 서지 않아서 사람을 베지 못하리라 방심했기에 찌르는 공격은 치명적일 수 있다는 생각을 미처 하지 못했다.
"거기까지이이이!"

어떻게 할지 망설이던 그 순간 한 여성의 늠름한 목소리가 투기장에 울려퍼졌다. 그 바람에 나는 들고 있던 검을 놓고 말았다. 아슬아슬한 순간에서 검을 멈추는 기술을 흉내 낼 자신이 도저히 없어서였다.

정숙이 투기장을 잠시 지배했다. 카리스 선배는 긴장이 풀려 어깨의 힘을 쭉 뺐고, 성인 여성은 이쪽으로 다가왔다.

(어라? 누구지?)

나는 사태를 파악하지 못하고 머리 위로 물음표를 띄우며 떨어뜨린 검을 내려다봤다. 검자루가 찌그러져 있었다. 그 처참한 광경에 당황한 나는 황급히 그 검을 주워 태연한 얼굴로 등 뒤로 숨겼다.

"학원 안을 안내하라고 지시했을 텐데 이게 대체 어떻게 된 거지? 클래스 마스터."

엄한 목소리의 주인은 우리와 분위기며, 나이가 전혀 달랐다. 학생은 아닐 테니 아마도 선생님이겠지. 나는 카리스 선배에게서 슬그머니 물러서며 추측해보았다.

그녀는 갈색 머리를 뒤로 동그랗게 묶어 목덜미가 훤히 보였다. 나풀거리는 것이 하나도 달려 있지 않은 드레스가 깐깐한 인상을 풍겼다. 옷이 몸에 착 달라붙어서 활동하기 편해보였다. 그리고 어른스러운 체형도 고스란히 드러났다. 나는 그 나이스 바디와 자기 몸을 번갈아 보고 우울해졌다.

그 여성이 붉은 눈동자로 선배를 응시하자 그는 겸연쩍어하며 하하핫, 하고 웃기만 했다.

"나 참……. 한심한 것들 같으니……."

그 여성이 가늘게 뜬 눈으로 선배를 보다가 한숨을 내뱉었다. 그러고는 지금도 서서히 멀어지고 있는 나에게로 시선을 돌렸다.

"클래스 마스터가 폐를 끼친 모양이구나……. 난 이 소르오스를 총괄하는 '그랜드 마스터'이자 교사이기도 한 '에레노아 이쿠스'라고 한다. 뭐, 이쿠스 선생이라고 부르도록 해."

이쿠스 선생님이 엄한 표정을 풀고 부드럽게 웃으며 쳐다보자 나는 검을 숨긴 채 인사를 했다. 솔직히 한시라도 빨리 이곳을 벗어나 이 검을 없애버리고 싶은 마음이 굴뚝같았다.

"다른 두 사람도 이상한 장난에 휘말렸구나. 미안하다. 다른 신입생들이 있는 곳으로 돌아가도 좋아."

이쿠스 선생님은 어리둥절하며 내 곁으로 모여든 두 사람을 부드러운 표정을 바라보았다.

"그럼 저도……."

카리스 선배가 살짝 초조해하는 얼굴로 선생님에게서 멀어지려고 하자 그녀는 그쪽을 보지도 않고서 그의 어깨를 붙잡았다.

"넌 여기 남아……."

우리의 눈에 선생님의 표정이 잘 보이지 않았다. 하지만 흉악스러운 아우라로 미루어보아 어떤 심정일지 어쩐지 짐작할 수 있었다. 우리는 황급히 신입생들이 있는 관객석으로 향했다.

"다른 사람들은 담화실로 돌아가도록!"

뒤에서 그런 지시가 떨어지자 우리는 도망치듯 투기장을 뒤로 했다.

여담이지만 돌아가던 도중에 날이 부러지고 꺾인 검들이 마구 담겨 있는 상자를 발견했다. 나는 태연한 얼굴로 망가진 검을 그 안에 남몰래 넣어 섞어두었다.

◈ 06 ◈ 충격이에요

　학원에 다니기 시작한 지 일주일째(이 세계에서도 이레를 한 주로 세는 모양이다) 나도 학원 생활이 익숙해졌다. 그리고 마음을 놓은 것과 불안해진 것이 있었다. 우선은 처음에 불안해했던 학력 문제다. 일본의 학력 수준이 훨씬 높다는 것을 깨달았다. 초등학교 수준으로도 문제가 없을 정도였다. 원체 암기하는 행위에 거부감이 없었기에 외울 것이 너무 적어서 오히려 맥이 빠질 정도였다.

　하지만 내가 소속된 '소르오스'는 그것이 주류가 아니었다. 몸을 움직이는 것에 중점을 두고 있다. 그리고 당초에 안심하고 있었던 무예가 지금은 나를 불안하게 했다.

　"휴우~"

　오전 수업을 마치고 담화실로 돌아가 빈자리에 앉은 순간 나는 깊은 한숨을 내뱉었다.

　"저기, 괜찮……습니까…….."

　사피나가 당황하며 내 옆에 앉아 염려해주었다. 그녀는 입학 초에 벌어졌던 모의전투 소동 이후로 줄곧 내 곁에 붙어 다녔다. 뭐, 그녀가 옆에 붙어 있던 덕분에 나도 당황하는 일이 줄었고, 무엇보다 그녀가 지리에 훤해서 길을 잃을 걱정도 없어졌다. 더할 나위가 없었다.

"그렇게 침울해하지 마. 설마 천하의 메어리 님이 검술에 서툴렀을 줄이야. 의외야."

맞은편에 앉아 호들갑스럽게 떠드는 자하를 보고 나는 다시금 한숨을 깊게 내뱉었다.

그렇다. 내가 직면한 불안 요소는 바로 검술에 서투르다는 사실이었다.

(변명을 하자면 검술에 재능이 없는 게 아니라 그 이전의 문제지만……. 검을 잘 쥘 수가 없으니.)

탁자 아래에서 손가락을 꼼지락거리며 마음속으로 푸념을 늘어놓았다.

(왜 쥐지 못하냐고? 이유야 간단. 부서지니까…….)

검을 쥐고 휘두른다. 간단하게 보이지만 나에게는 난이도가 엄청 높았다. 자루가 부서지지 않도록 살며시 쥐고서 검을 힘껏 휘두르면 당연히 손에서 검이 쑥 빠져나간다. 그리고 검을 힘껏 휘둘러도 문제다. 내 공격을 막아내는 상대가 험한 꼴을 보게 될 수도 있기 때문이다. 그래서 내 움직임은 자연스럽게 어색해졌고, 종종 손에서 검이 쑥 빠지기도 했다. 다른 학생들 앞에서 추태를 보였는데 어떻게 침울해하지 않을 수 있을까?

(검을 놓친 나를 뜨뜻미지근하게 지켜보는 얼굴들……. 참 견뎌내기가 어려워.)

머릿속으로 떠올렸을 뿐인데 비명을 지르며 발을 동동 구르고 싶어졌다. 돌이켜보니 크라우스 경과 함께 늘 권법으로 단련해왔기에 이 문제를 알아차리지 못했던 것이다.

(제 몸도 제대로 컨트롤하지 못하는데 게다가 무기까지 신경을 써야 하고, 또 배운 대로 움직여야 하고, 상대의 움직임도…… 아아아아, 답답해!)

나는 홀로 머리를 부여잡으며 몸부림쳤다. 사피나는 내 모습에 당황하면서도 그저 가만히 지켜볼 수밖에 없었다. 그녀는 자하를 힐끔 쳐다보았다. 그도 어이없다는 표정으로 두 손을 가볍게 들고서 다 포기했다는 포즈를 취하고 있었다.

"그러고 보니 오후 수업이 뭐였더라?"

내가 어두운 아우라를 뿜어내며 탁자에 엎어져 있자 자하가 화제를 돌리고자 그렇게 물었다. 뭐, 나는 대답할 기운이 없지만…….

"어, 그게……. 다음 시간에 저기, 다 함께 몬스터의 생태학을 배울 예정인데."

나를 대신하여 사피나가 대답해주었다. 이 학원은 듣고 싶은 수업을 스스로 선택하여 수강하는 것이 기본 시스템이다. 하지만 무슨 수업을 들을지 셋이서 논의하며 골랐기에 결과적으로 세 사람은 거의 같은 수업을 듣게 되었다.

"생태학!!"

나는 사피나의 말에 반응하여 고개를 벌떡 들었다. 우울한 기분은 어디론가 날아가 버렸다. 지금은 두근거리는 마음으로 눈을 반짝이고 있었다.

"메어리 님은 생태학을 좋아하시는군요……."

"그야 몬스터잖아, 몬스터! 공상으로밖에 만날 수 없었던 존재를 진지하게 공부할 수 있고, 또 잘하면 직접 볼 수도 있으니 흥분하는 게 당연하지!"

"공상?"

"아아, 음……. 아무것도 아냐. 그냥 그렇다는 얘기야……."

흥분하여 툭 튀어나온 단어를 사피나가 어리둥절한 얼굴로 되물었다. 나는 태연한 얼굴로 흘려넘겼다.

"그런데…… 전…… 솔직히 오늘 수업을 듣고 싶지 않아요……."

"어머, 왜?"

나는 당장에라도 울음을 터뜨릴 것 같은 사피나를 달래며 되물었다.

"왜냐면…… 오늘 진짜 그리폰을 직접 본대요……. 저, 너무 무서워서……."

"장래에 군대에 들어갈 생각이라면 그리폰과 빨리 친해지는 게 좋아. 어쩌면 공중기사단에 들어갈 만한 재능이 있을지도 모르니 말이야."

자하가 부들부들 떨고 있는 사피나에게 현실적인 의견을 말했다. 이 나라 사람들은 그리폰을 무서운 몬스터라기보다는 말처럼 친근한 생물로 보고 있다. 상반신은 매, 하반신은 사자, 그리고 커다란 날개를 지닌 그 몬스터는 지능도 높아서 왕국의 하늘을 지키는 기사의 짝꿍으로 활약하고 있다.

(그리폰 라이더라……! 크윽…… 멋있어.)

그리폰에 올라 하늘을 날아다니는 자신의 모습을 상상하며 환희에 몸부림을 쳤다.

"좋아! 가자."

나는 주먹을 불끈 쥐고는 아까 우울했던 기분을 다 떨쳐내고서 벌떡 일어섰다.

"저기…… 역시…… 전…… 안 가는 걸로."

"자자, 그러지 말고 가자. 사피나."

"흐에에에에에엥."

나는 머뭇거리는 사피나의 팔에 내 팔을 엮고서 억지로 일으켰다. 사피나에게 의욕을 북돋아 주고 싶기도 했지만, 솔직히 말해서 어디서 수업을 하는지 모르겠다.

그리고 나는 낙심하고 있었다.

지금 나는 학교 건물을 나와 숲속에 있었다. 다른 학생들도 모여 있고, 눈앞에는 이쿠스 선생이 서 있었다.

아니, 이쿠스 선생님이 있어서 낙심한 것은 결코 아냐.

원인은 선생님의 뒤에 있는 물체 때문이다.

"음~, 그럼 지금부터 그리폰과 직접 만나보자."

선생님의 말을 듣고 나는 더욱 낙담했다.

(아까 그 모습은 어디로 갔냐고? 이 숲에 와서 그리폰을 처음 봤을 때는 분명 흥분했었지. 근데, 근데 말이야……. 그 녀석이…….)

나는 다시금 안쪽에 있는 그리폰을 보고 얼굴을 찡그렸다.

(……냄새가 나! 짐승 냄새가 풀풀 난다고.)

그리폰에게는 아무런 죄가 없지만, 전생 때부터 동물들과 접할 기회가 없었던 나에게는 그 특유의 악취가 충격이었다. 내 망상이 산산조각이 날 만큼…….

"먼저 말해두겠는데 여기 있는 그리폰은 일찍이 공중기사단에서 활약한 뒤 퇴역한 베테랑이야. 너희들을 병아리처럼 보고 있으니 화나게 하지 않는 편이 좋을 거다. 얕잡아보면 부리로 쪼거나, 발톱으로 할퀴어 크게 다칠 테니……. 자칫하면 먹힐지도 몰라."

이쿠스 선생님이 후훗, 하고 웃으며 무서운 소리를 했다. 그 말을 듣고 사피나의 얼굴이 창백해졌다.

"자, 누구부터 갈래?"

이쿠스 선생님이 재촉하자 학생들은 서로의 얼굴을 쳐다볼 뿐 아무도 가려고 하지 않았다.

"자하 군이나 사피나 양…… 둘 중 하나가 먼저 가지 그래?"

"엥? 제가?"

"히익—!"

누가 말했는지 모르겠지만 학생들 중 하나가 그렇게 말하자 모두가 하나둘씩 동의하기 시작했다. 그 투기장 소동 이후로 모두가 두 사람의 실력을 꽤 높이 평가했다. 참고로 그때 관객석에 있던 학생들은 내가 아무것도 하지 않은 줄 알고 있다. 또한 평소에 검을 놓치는 실수를 자주 저질러서 학생들 사이에서 평가가 좋지를 못했다.

자하가 곤혹스러워하며 이쪽을 쳐다보았다. 정확하게는 나에게 매달려 있는 사피나를……. 그 시선을 느낀 그녀는 불쌍할 정도로 고개를 마구 가로저었다.

나는 한숨을 내뱉고서 선생님을 향해 손을 들었다.

"이쿠스 선생님……. 저와 자하 씨, 둘이서 가도 될까요?"

"음? 상관없긴 한데 에렉실은 괜찮나?"

"문제없습니다."

자하는 남자로서 자존심이 괜찮겠냐는 의미가 담긴 선생님의 질문에 바로 대답했다.

(큭, 자존심을 자극하여 혼자 가게 하려고 했는데……. 저 근성 없는 녀석!)

나는 눈빛으로 그를 비난하면서도 일단 말을 꺼냈기에 사피나를 제자리에 두고 자하와 함께 앞으로 나섰다.

그에 맞춰 지금까지 가만히 앉아 있었던 그리폰 씨가 벌떡 일어섰다.

(엄청 커! 클 줄 알았지만 역시 커! 더욱이 가까이 다가갈수록

악취가 점점 고약해져!)

"그리폰은 너희들이 생각한 것보다 지능이 높다. 그러니 사람처럼 대하도록."

그리폰에게 다가가는 우리의 뒤에서 이쿠스 선생님이 조언을 해주었다.

(사람처럼 대하라……. 다시 말해 말이 통하지 않는 외국인처럼 상대하라는 건가? 그럼 우선 인사부터.)

나는 가슴을 쫙 펴고 있는 커다란 그리폰에게 다가가 인사를 하고자 멈춰 섰다. 자하보다 한 걸음 뒤에 있었다.

"안녕하세요. 그리폰 씨."

나는 치맛자락을 가볍게 올려 예를 표한 뒤 악취에 굳어버린 얼굴로 억지로 웃으며 인사를 했다.

(불쾌한 기색을 살짝 드러낸 것 같기도 하지만……. 괜찮아, 괜찮아.)

내 목소리를 듣고서 비로소 나를 쳐다보는 그리폰 씨가…….

그리폰 씨가…….

온 힘을 다해 달아났다.

만약의 사태에 대비해 목줄과 족쇄가 채워져 있어서 그 자리에서 달아나지는 못했지만 그래도 우리, 아니, 정확하게 말하자

225

면 나에게서 달아나려는 그리폰이 우스꽝스럽게 바둥거렸다.

(아니, 아니, 아니, 그렇게 세게 잡아당기면……. 아아, 거봐. 목살이 위로 붉어져서 얼굴이 엄청 이상해졌잖아.)

조금 전까지 보여줬던 위엄은 온데간데없이 그리폰은 필사적으로 달아나려고 했다. 그로부터 몇 분 뒤 그리폰은 힘이 다 빠졌는지 이제 삶아 먹든 구워 먹든 마음대로 하라며 땅바닥에 축 늘어졌다.

(그, 그렇게 무서워하지 마……. 그야 나도 불쾌해하는 기색을 살짝 드러내긴 했지만……. 지능이 높아서 내 힘을 감지한 건가? 그래서 내가 죽일 줄 알고 달아나려고 한 건가~……. 우우우……, 충격…….)

나는 충격을 받았다. 뒤로 맥없이 물러나 사피나와 합류했다. 자하는 황당해하며 잠시 그 자리에 서 있었다. 모두가 한 사람씩 차례대로 위엄도 뭣도 다 잃은 그리폰을 가엾은 눈으로 바라보며 부드럽게 쓰다듬었다. 그것으로 오늘 수업은 끝이 났다.

훗날 그리폰이 자하의 실력에 겁을 먹었다는 소문이 퍼져나가서 그의 주가가 올랐다. 힘이 밝혀지지 않은 것이 불행 중 다행이었지만, 몬스터를 달아나게 했던 그 소녀는 한동안 충격에서 헤어나지 못했다.

일주일을 마무리하는 휴일에 나는 오랜만에 튜테와 함께 집 정원에서 우아한 한때를 보내고 있었다.

"아…… 검 말인가요?"

"그래. 어디 절대로 부러지지 않는 멋진 검이 없으려나?"

지금 대화의 화제는 오로지 내 검술 문제였다. 이대로 가다가 는 실기 시험에서 참혹한 점수를 받게 될 것이다. 그러니 한시 라도 빨리 문제를 해결해야만 한다. 뭐, 내가 완벽하게 힘 조절 을 해내면 해결되는 문제이긴 하지만, 나는 그렇게 재주가 좋은 사람이 아니다. 솔직히 꽤 서투르다.

"절대로 부러지지 않는 검……."

튜테가 능숙하게 홍차를 따르며 골똘히 생각했다. 컵을 보지 도 않은 채 적당량을 따르고는 포트를 들어올렸다.

"그러고 보니 그런 검 이야기가 있어요."

그녀는 무언가 떠올렸는지 기대감을 심어주는 말을 했다.

"정말?! 어디에 있는데?"

"아뇨, 그것까지는 몰라요. 그저 얘기로만 들었을 뿐이라, 실 존하는지도 의심스러워요."

"그래도 괜찮아! 그래서 그 검은?"

"예. 아가씨께서도 잘 아시는 '백은의 기사'님이 사용했다는 '이터널 소드'인데……. 신의 가호를 받은 그 검은 그 어떤 딱딱한 물체와 부딪치더라도 결코 부러지지 않는대요……. 일설에 따르면 용의 비늘조차 꿰뚫었다고……. 뭐, 이야기일 뿐이지만요."

나는 곤혹스러운 표정을 지은 튜테에게 고맙다고 말한 뒤 잠시 생각에 잠겼다.

('백은의 기사'가 들고 있던 검이구나……. 이야기 속에 등장하는 검이니 각색이 되었을 가능성은 있지만, 아니 땐 굴뚝에 연기가 나지 않는 법이니……. 적어도 꽤 단단한 검이었지 않았을까? 그럼 꽤 세게 쥐더라도 찌그러지지는 않을 거야.)

"그 검 말이야. 실존하고 있다면 어디에 있을까?"

"글쎄요? 아무도 모르니 현실성이 없다고 생각하는데요."

(그래, 모르는구나. 우우우, 하지만 만약에 있다면 갖고 싶어. 꼭 갖고 싶어. 내 전 재산을 주더라도 손에 넣고 싶어! 앞으로도 그 추태를 보일 바에야.)

내가 검술훈련 때 보였던 추태를 떠올리며 부들부들 떨고 있으니 정원 입구에서 메이드장이 이쪽으로 걸어왔다.

"아가씨, 카르샤나 님께서 오셨습니다."

"어머, 그래요. 어서 안내해드려요."

나는 애써 냉정한 척 사피나를 맞이하고자 자리에서 일어났다. 저쪽에서 작은 소녀가 태엽이 다 풀린 장난감처럼 어색한 발걸음으로 걸어왔다.

"메어리 님, 오늘, 초, 초대, 초대해주셔서…… 감사합니다."

나는 그녀를 흐뭇하게 바라보며 인사를 했다. 튜테에게 사피아를 맞은편 자리로 안내하도록 지시했다.

"그러고 보니 사피나는 튜테와 초면이었지……. 튜테는 내 메이드이자 어렸을 적부터 사귀어온 절친이야……. 사이좋게 지내줬으면 좋겠어."

내가 소개하자 튜테가 예쁜 각도로 인사를 했다. 사피나도 황급히 고개를 숙였다.

(다행이다……. 사피나도 시종을 물건으로 취급하지 않는 사람이었어.)

학원에 다니기 시작하고 놀란 점 중 하나는 시종을 물건처럼 여기는 사람, 존재하지 않는 것처럼 여기는 사람이 있다는 것이었다. 그런 사람과는 사귀고 싶지 않아서 나는 안도했다.

"그런데 사피나는 '백은의 기사'님 이야기를 알고 있어?"

지금까지 화제에 올랐던 '백은의 기사'를 사피나에게 물어보았다. 그녀는 홍차를 조심스럽게 마시던 중이었다.

"콜록! 배, 백은의 기사님, 말인가요오."

느닷없이 물어봐서 놀랐는지 사레가 들린 그녀가 컵을 내려두고서 이쪽을 쳐다봤다. 그 눈빛이 마기루카처럼 반짝이고 있었다.

(그래, 너도 그쪽 사람이구나…….)

나는 홋, 하고 웃고서 본론으로 들어갔다.

"그래, 그래. 그가 들고 있던 검에 대해 뭐 아는 거 없어?"

"으음, 이터널 소드 말인가요? 어머니가 어렸을 적에 자주 들려주셨던 동화인데……. 아아……. 멋있어요~."

사피나가 그 시절을 그리워하듯 먼발치를 쳐다봤다.

"음? 멋있다니?"

내가 물었지만 사피나는 아직 현실로 돌아오지 못했다. 그래서 나는 몸을 조금 앞으로 내밀어 그녀의 눈앞에서 손을 흔들었다.

"어? 앗, 미안합니다……. 으음, 제가 멋있다고 말한 이유는…… 그 검에 얽힌 이야기 때문이에요. 그 당시 공주님이 기사를 그리워하며 신께 기도를 계속 올렸다고 해요. 신께서 그 마음을 듣고 가호를 내려주어 영원불멸의 검이 탄생하게 됐죠. 또한 공주님은 여러 시련을 겪으면서도 그에 굴하지 않고……. 아아아……, 멋있어……."

그리하여 사피나는 또다시 다른 나라로 여행을 떠났다.

(으~음……. 메르헨틱한 이야기라서 신빙성이 떨어지네. 아니, 아니, 이 세계는 내가 아는 판타지 세계이니 어쩌면 그런 패턴이 오히려 현실적일지도 몰라. 으~음, 전문가의 의견을 듣고 싶은데……. 누구 없을까?)

내가 홍차를 마시며 생각에 잠겨 있을 때였다.

"어머, 벌써 다과회를 시작했나요? 늦어서 미안해요."

메이드장을 따라 한 영애가 금색 롤머리를 찰랑거리며 등장했다.

"있다아아아아아아앗!"

나는 무심코 소리를 지르고서 일어섰다. 저쪽 세계로 가버렸던 사피나는 흠칫 놀라 이쪽 세계로 귀환했고, 마기루카는 한 걸음 물러섰다.

"어? 뭔가요?"

"???"

내 행동을 이해하지 못하고 마기루카는 한 걸음 물러선 채 굳어버렸고, 상황을 인식하지 못한 사피나는 나와 마기루카를 번갈아 보며 머리 위로 물음표를 띄우고 있었다.

"그렇군요……. 이터널 소드 말인가요? 대단히 흥미로운 화제군요."

홍차를 마시고서 한숨 돌린 마기루카는 사피나와 서로 자기소개를 한 뒤에 내 이야기를 듣고 그렇게 말했다. 그 사이에 어느새 자하도 도착하여 합류했다.

"분명 그 검에 대한 여러 설들이 있긴 하지만, 왕가와 관계를 맺고 있는 우리 집안에서 보관하고 있는 자료를 살펴봐도 사실이 모호해요."

"무슨 소리야?"

"내가 조사한 바로는 옛날에 당시 국왕 폐하께서 백은의 기사님의 공훈을 치하하고자 최고의 검을 하사하시려고 전국의 대장장이들을 소집했다는 칙령이 있어요. 그것만은 사실이에요."

"그게 이터널 소드?"

"아뇨. 그게……. 그 뒤로는 모호해서…… 분명치가 않아요."

"성가시네……. 모르면 직접 물어보면 되잖아? 그 당시 사람한테."

"".............""

자하가 지극히 진지한 표정으로 지적하자 우리는 '무슨 헛소리야? 대체 언제 적 이야기인지 알기나 해?'라는 마음을 담아 차갑게 쏘아봤다.

"뭐, 뭐야……. 이 나라의 모든 대장장이를 불러 모았다면서? 그럼 인간만 부르지는 않았을 거 아냐……. 대장장이는 주로 드워프들이 맡는 직업이야. 그들은 수명이 길어. 당시 그곳에 있었던 녀석도 있었을 거 아냐?"

우리의 차가운 시선을 감지하고서 살짝 주눅이 든 그가 내뱉은 말이 우리를 놀랬다.

"어, 진짜? 드워프가 있어?"

"그, 그러네요……. 큭, 왜 알아차리지 못했을까……. 저런 바보한테 지적을 당하다니……. 굴욕이군요……."

나는 기뻐하는 반면 마기루카는 점점 침울해졌다.

"저기요~……. 그렇게까지 말하는 걸 보니 혹시……, 자하 씨는 당시 그곳에 있었던 사람을 아나요?"

"훗! 하나도 몰라!"

""거들먹거리지 마!""

사피나가 살짝 기대하며 묻자 자하가 의기양양한 얼굴로 단언했다. 나와 마기루카는 그를 따끔하게 나무랐다.

그리하여 휴일이 지나가고 또다시 학원 생활이 시작되었다.
문제 해결의 실마리가 보이는 것도 같은데…….

08 다른 클래스를 방문했습니다

지금 나는 사피나와 함께 어느 곳으로 향하고 있다. 그곳이 어디냐면 '라라이오스'의 담화실이다.

(목적은 간단. 왕자님을 만나러 가는 길이야. 저번에 이야기했을 때 언급된 그 검이 어떻게 됐는지 역시 알고 싶어. 그리고 손에 넣을 수는 있는지, 아니면 만들 수 있는지 알고 싶고. 여하튼 무언가 진전이 없으면 내 시험은 끝장이야.)

나는 자세를 똑바로 한 채 각오를 품고 목적지로 향했다. 참고로 말하자면 사피나는 전혀 관계가 없는데도 내가 담화실 위치를 모른다고 하자 따라와 주었다.

(아아, 나도 참 친구 복이 많네……. 그런데 누굴 만나러 가는 길인지 사피나한테 말하지 않았으니 왕자님과 만난다면 혹 졸도할지도…….)

왕자님과 만나면 속이 쓰릴 만큼 긴장할 거라는 걸 알면서 왜 굳이 이 길을 나섰냐면 그 검이 왕족과 관련이 있기 때문이다. 다행히도 나는 왕족 중 한 분을 알고 있다.

(이 카드는 마지막까지 안 쓰고 싶었는데. 시간이 그다지 많지 않으니…… 별 수 없지.)

복도를 걷고 있으니 어느새 우리와 옷차림이 조금 다른, 굳이 말하자면 서민적인 옷차림을 한 사람들이 많아졌다.

참고로 나는 전속 재단사에게 만들어달라고 부탁한 교복을 입고 있었다. 전생 전에 학교에서 교복을 입는 것을 동경했기 때문이다.

하얀색과 검은색이 섞여 있는 블레이저형 교복에는 알트리아 학원의 교장(校章)과 소르오스의 문장이 박혀 있었다. 누가 봐도 내가 알트리아 학원의 소르오스에 소속된 학생이라는 걸 알 수 있겠지. 그래서 내 옷을 보고 소르오스 소속임을 안 라라이오스 사람들이 거리를 두고 나를 관찰하고 있었다.

하지만 이 교복을 입고 들뜬 마음으로 등교한 뒤에 깨달은 것이 하나 있었다. 교복이란 모두가 다 입어야만 의미가 있다는 것이었다. 나만 입고 있다면 그것은 교복이 아니라 그저 일개 패션일 뿐이다.

(이래서야 교복을 입고 등교했다는 실감이 들지 않잖아.)

일단 옆에 있는 사피나가 내가 입은 옷에 큰 흥미를 보였다. 그래서 나중에 똑같은 교복을 마련해주기로 했다.

(후후훗……. 언젠가 소르오스 소속 모두한테 널리 퍼뜨려주겠어.)

소르오스 교복화 계획을 떠올리며 걷다가 사람들이 많이 모여 있는 방에 도착했다. 담화실에 도착하자 더욱 긴장되었다.

(일본이었다면…… 틀림없이 처음으로 다른 반에 들어가는 상황이라고 할 수 있겠지. 우선 문 근처에 있는 학생한테 누굴 좀 불러달라고 부탁하겠지. '야~, ○○가 ××한테 볼일이 있대!',

'오, ××. 인기 많은데? 휘휘~.', '그만해, 창피하게시리! ○○, 복도에서 얘기할까?' 그런 전개가 펼쳐지겠지……. 꺄아~ ♪)

전생에서 그런 달콤한 기분을 맛본 적이 없어서 기쁘기는 했지만, 그 ××가 왕자님이라는 사실이 내 위장을 아프게 했다. 내가 그런 상태인데 사피나는 오죽할까? 나보다 멘탈이 약한 그녀는 긴장한 나머지 당장에라도 구역질을 할 것 같은 표정을 짓고 있었다.

"억지로 안 들어가도 돼. 여기서부터는 나 혼자 갈게."

사피나의 얼굴이 너무나도 창백해서 그렇게 말했더니 그녀가 고개를 가로저었다.

"여, 여기서는 홀로 남겨지는 게…… 더 괴로워요……."

(그렇겠지……. 나도 이런 타지에 홀로 남겨지면 아마 울 거야.)

나는 심호흡을 하고서 담화실 안을 들여다봤다. 우리가 이용하고 있는 담화실과 구조가 거의 같아서 별로 놀랍지는 않았다. 방 안에 있던 사람들이 입구에 서 있는 우리를 흥미롭게 쳐다보았다. 그러나 내 옷을 보고 소르오스 소속임을 알고는 그대로 내버려 두었다.

(이런……. 지정석이 없으니 불러 달라고 부탁할 사람이 없잖아. 큭, 스스로 찾아볼 수밖에 없겠네……. 우우, 긴장되어 죽겠네……. 왕자님은 어디에 있을까?)

빨리 용무를 마치고서 여기서 나가야겠다 싶어서 나는 눈으로 왕자님을 찾았다. 그리고 의외로 일찍 발견해냈다.

(왜냐고? 영애들이 특히 많이 모여 있는 곳이 있었거든.)

여러 남녀가 둘러앉아 있는 탁자에 다가가자 그 중심에 온후한 왕자님이 한창 즐겁게 이야기를 하고 있었다.

(수업 얘긴가……? 정치 같은 어려운 단어들이 마구 나와서 무슨 소린지 잘 모르겠는데.)

왕자님은 혼자서만 이야기를 하지 않았다. 주변 사람들의 의견을 듣고, 그 의견을 흡수하여 더욱 열띠게 이야기를 했다. 그들도 상대가 왕자님이라는 것을 그다지 신경 쓰지 않는 기색이었지만, 얼굴을 보니 왕자님을 존경하는 눈치였다. 무엇보다 왕자님은 아주 늠름하고 즐거워 보였다. 영애들은 하나 같이 왕자님을 보고 황홀한 표정을 짓고 있었다.

(어쩐지…… 방해하면 안 될 것 같네…….)

이야기가 끝나기를 기다리고자 제자리에 서 있었는데 왕자님이 문득 우리가 왔음을 알아차렸다. 아니, 그게 아니라 우연히 주변을 둘러보던 왕자님의 시선과 마주치고 말았다.

"미안, 소중한 친구가 와서 말이야. 얘기는 다음에 하도록 하지."

왕자님이 그렇게 말하며 활짝 웃자 아무도 거역하지 못했다. 뭐라고 말하려고 했던 학생들마저 입을 다물고는 제각각 자리에서 일어나 흩어졌다.

(저기, 잠깐…… 영애들이 나를 무서운 눈으로 쳐다보는데…….)

멀어져가는 영애들이 노골적으로 이쪽을 노려보았다. 나는 애써 그쪽으로 시선을 돌리지 않았다.

(그러고 보니 아까부터 사피나가 통 말이 없는데 왜 그러지?)

왕자님이 다가오는 걸 알고 패닉이라도 일으켰나 싶었는데, 사피나는 내 옷자락을 꼭 쥔 채 가만히 서 있기만 했다.

(언제부터 멘탈이 그렇게 강해진 거야? 부럽기 그지없어라…….엥?)

안도감이 들면서도 한편으로는 뭐라 형언할 수 없는 마음으로 그녀를 힐끔 쳐다보았다. 그런데 사피나는 선 채로 기절해 있는 것이 아닌가.

(미안! 전혀 강해지지 않았구나! 오히려 허용량을 진즉에 넘어버린 거였어!)

"사, 사피나아아아! 정신차려어어어어!"

그녀의 어깨를 붙잡고서 마구 흔들었지만 그녀는 인형처럼 축 늘어져 있었다. 고개만 움직이는 존재로 전락한 상태였다.

"……빈혈인가? 그거 큰일이군. 그 상태로 저기 소파에 눕히는 게 좋겠어."

(아뇨, 이 아이는 왕자님과 만난다는 극도의 긴장감을 이기지 못하고 스스로 현실로부터 의식을 날려버린 거예요……라고는 차마 말할 수 없지.)

나는 모호하게 대답하며 상황을 어물쩍 넘겼다. 주변에 있던 남자들이 솔선하여 왕자님을 도와 사피나를 소파로 옮겼다. 걱정스러운 얼굴로 그 광경을 지켜보던 내 시야 한구석에 이쪽을 보며 웃고 있는 왕자님의 모습이 비쳤다.

"레이포스 님 왜 그러세요?"

"아니, 옷차림이 신선한 것 같아서."

나는 전속 재봉사에게 시켜서 만든 일본의 학교 교복을 쳐다보았다. 분명 주변 사람들이 입은 옷과 비교해 독창적이긴 했다.

"제가 디자인하여 제작을 맡겼어요……. 이상한가요?"

나는 두 팔을 살짝 벌리고서 옷을 쳐다보았다. 이래 봬도 나는 전생 때 병실에서 만화나 애니메이션의 캐릭터 등을 따라서 그리곤 했다. 그래서 그때 그렸던 교복을 이 세계에서 최대한 재현할 수 있었다. 아, 애니메이션 요소가 담겨 있어서 조금 팬시한가?

"아니, 전혀. 늠름하면서도 귀여운 디자인이야……. 너와 아주 잘 어울려. 멋져."

"레이포스 님……. 그건 또 국왕 폐하께 물려받은 버릇인가요?"

"어이쿠, 이러면 안 되는데. 요즘에 아무도 지적해주질 않아서 말이야……. 나도 모르게 그만…… 하하핫."

내가 반쯤 농담투로 지적하자 왕자님이 하하핫, 하고 웃었다. 그 얼굴에서는 아까와 달리 또래다운 귀여움이 묻어 나왔다. 그와 동시에 저 멀리서 부정적인 시선들이 내 등을 자꾸만 찌르는 것 같았다.

왕자님이 웃으며 사피나가 누워있는 소파의 맞은편에 앉았다. 나는 그 모습을 지켜보다가 사피나의 옆에 앉았다.

"그래서 내게 무슨 볼일이야? 메어리 양이 이렇게 직접 온 걸 보니 아주 중요한 일이겠군."

(……무언가 기대하는 듯한 그 눈빛이 아주 눈부시네요, 왕자님. 사리사욕을 채우고자 온 제 눈에는 무척이나 눈부십니다.)

왕자님의 기대를 저버린 것만 같아서 마음이 켕겼다. 그래서 나는 왕자님에게서 시선을 돌린 채 용건만 전하기로 했다.

"이터널 소드라……. 으음…… 그런 얘기는 들어본 적이 없군."

왕자님의 대답을 듣고 나는 놀랐다. 이터널 소드와 관련해 여러 설들이 있긴 하다. 국왕 폐하가 나라의 모든 대장장이를 불러 모아 만들게 했다는 설과 공주님의 기도를 들은 신께서 내려 주셨다는 설 등이 있다. 그러나 결국 왕가와 연관이 있는 건 분명하다. 그런데 들어본 적이 없다니 무슨 영문인지 모르겠다.

"메어리 양과 마기루카, 그 외 다른 사람의 얘기를 들어보면 아주 중대한 사건인 것 같은데 왜 전승되지 않았는지 모르겠군. 희한한데……."

"무슨 뜻이죠? 그럼 제가 보고 들은 얘기는 전부 공상이었다는 건가요?"

"글쎄……. 온 나라의 대장장이들을 소집한 건 사실인 것 같으니 그걸 실마리로 삼으면 되지 않을까……. 왕실 어용 대장장이가 드워프이니 물어보면 무언가 알 수 있을지도 몰라."

(왕, 왕실 어용 대장장이……. 대단한 직책이네! 게다가 드워프! 무지 만나보고 싶어.)

내가 어지간히도 눈빛을 반짝이며 기대했는지 왕자님이 키득 웃고서 황당한 소리를 했다.

"그럼 이번 휴일에 함께 가볼까? 왕도 안에 있으니 금방 다녀 올 수 있을 거야."

아마도 늘 어울리는 멤버끼리 다 함께 가자는 의미일 테지만, 오해를 불러일으키는 그 말 때문에 저 멀리서 나를 찌를 듯이 쳐다보던 시선들이 더욱 날카로워졌다. 나는 식은땀을 흘리며 하하핫, 하고 헛웃음을 터뜨렸다. 저런 시선 공격도 무효 스킬 로 없애주면 좋겠다고 절실하게 바랐다.

휴일.

나는 튜테와 함께 마차를 타고 아틀리아 학원으로 향하고 있었다. 서로가 잘 아는 그곳에서 모이기로 약속해서였다.

"현대 일본이었다면…… 휴일에 친구들과 함께 번화가로 놀러 가는 길이라고 할 수 있겠지. 즐겁긴 하지만 왕자님과 함께 격식 있는 곳을 둘러본다고 생각하니 속이 쓰려."

"뭐, 아가씨, 일상다반사잖아요? 이제 슬슬 이 패턴에 적응하시는 게……. 게다가 검이에요, 검! 어쩌면 전설의 검의 진상을 알아낼 수 있을지도 모른다고요."

내가 울적한 표정으로 창밖을 바라보며 중얼거리자 튜테가 반쯤 체념한 투로 위로해주었다. 그 덕분에 어두운 심정이 조금 누그러졌다.

"그렇지! 우울해하고 있을 때가 아니야! 검의 진상을 밝혀내 그 검을 손에 넣거나, 제작할 수 있다면 내 미래는 장밋빛이야!"

"그래요! 아가씨!"

나는 억지로 기분을 끌어올리고자 뭐든지 술술 잘 풀리는 미래를 상상하며 방긋 웃었다.

그리고 때마침 마차가 멈추었다. 우리는 학원에 도착했다.

(다들 벌써 와 있으려나?)

나는 튜테를 데리고 약속 장소인 교사 밖 카페테라스로 향했다. 그곳은 오픈 카페 형식이라서 야외에 수많은 탁자와 의자가 비치되어 있었다.

(평일이 아니라서 역시 사람이 별로 없구나.)

평일이었다면 손님이 꽤 많아서 자리를 확보하는 것도 어려웠을 테지만, 오늘은 휴일이라서 그런지 손님이 적었다. 덕분에 나는 곧바로 탁자 하나에 둘러앉아 있는 마기루카와 자하, 사피나를 찾을 수 있었다.

(다행이다…… 왕자님은 아직 안 왔나봐…… 아무리 약속 시간보다 일찍 왔다고 해도 왕자님보다 늦는 건 추태니까.)

무리 속에 왕자님이 없어서 나는 일단 안심하며 그곳으로 향했다.

(헉!? 잠깐! 전설 속에서나 나오는 그 이벤트의 대사를 내 입으로 말할 수 있는 때가 왔잖아!)

그 사실을 깨달은 나는 두근거리는 가슴을 안고 들뜬 발걸음으로 가볍게 뛰어갔다.

"미~안! 많이 기다렸지이이…… 으아아아아앗!"

나는 반짝이는 웃음을 흩뿌리며 모두가 앉아 있는 탁자로 가려고 했다. 그런데 도중에 가게 안에서 나온 사람의 옆을 지나가려는 순간 표정이 굳어버렸다.

그 사람은 다름 아닌 왕자님이었다.

"아니, 전혀. 조금 전에 왔어."

왕자님이 시원하게 웃으며 내 말에 순순히 대답해줘서 나는 더 큰 대미지를 입었다.

"정말로 황송합니다아아앗!"

무심코 바닥에 넙죽 엎드릴 뻔했지만, 차마 여기서 할 수 없어서 최대한 고개만 숙였다. 여러 의미를 담아서……

"아냐, 아냐. 내가 들떠서 약속보다 일찍 온 거야. 약속에 맞춰서 온 메어리 양이 사과할 일이 아냐."

"아뇨, 여러 의미로 죄송했습니다."

내가 갑작스럽게 사과를 하자 왕자님은 곤혹스러워하며 그렇게 대답해주었다. 하지만 이미 공황 상태에 빠져 귀까지 새빨개진 나는 연신 사과만 했다.

"다들 모였으니……. 이제 번화가로 가도록 하시죠. 전하."

마기루카가 지금도 고개를 숙이고 있는 내 어깨를 부드럽게 감싸며 일으켜주고서 왕자님에게 진언했다. 왕자님이 고개를 끄덕이고서 걸어나갔다.

"고마워, 마기루카."

"아뇨, 아뇨……. 이쪽으로 달려오는 메어리 님의 얼굴이 아주 귀여웠답니다♪"

"그건 잊어줘……."

나를 부축해주는 친구에게 나직이 말하자 그녀는 짓궂게 웃으며 내 수치심을 자극했다.

그리고 우리는 다 함께 번화가로 향했다.

　사람들로 북적거리는 번화가를 걸으니 흥미로운 것들이 너무 많았다. 그때마다 저도 모르게 그쪽으로 이끌렸지만 꾹 참고서 목적지로 향했다.

　"여기야."

　내가 유혹과 싸우는 동안에 왕자님은 발걸음을 멈추고서 한 가게를 소개해주었다. 그 가게의 크기를 보고 나는 무심코 입을 헤 벌리고 말았다.

　(엄청 크다…… 가게라고 해서 RPG에서 자주 보는 작은 무기점을 상상했는데 여긴 커다란 공장 같아. 가게가 아닌 것 같아.)

　우리는 왕자님을 따라 견고한 벽에 둘러싸인 공장 안으로 들어갔다. 그러자 우리를 기다리고 있었는지 옷을 말쑥하게 차려입은 아저씨가 긴장한 얼굴로 이쪽으로 다가왔다.

　"전하, 기다리고 있었습니다. 오늘 이렇게 왕림해주셔서 대단히 황공합니다."

　"음……. 오늘은 '장(長)'한테 볼일이 있어서 왔는데…… 있나?"

　(음? 저 사람이 책임자가 아닌가……? 앗, 그리고 보니 드워프라고 했었지……. 저 사람은 인간이니 아닌가…….)

　유혹과 싸우느라 정작 중요한 드워프를 잊어버리고 있었다.

　"이런, 이런. 누가 왔나 했더니만 도련님이었군?"

건물 안에서 걸걸한 목소리가 들리더니 어떤 사람이 나타났다. 나는 감탄한 나머지 숨을 멈춘 채 그를 응시했다.

그곳에는 한 여성이 있었다. 짧게 다듬은 붉은 머리에, 피부는 햇볕에 그을려 갈색에 가까웠다. 근육질 체구에서 강한 힘이 물씬 느껴졌다. 하지만 풍모는 어른처럼 보이지만 몸집은 아주 작았다. 굳이 말하자면 열 살짜리인 나와 비슷했다.

(오오오옷, 저 사람이 드워프! 게다가 여자! 수염은 나지 않았지만, 얼굴 형태는 게임에서 자주 보는 캐릭터와 판박이야! 까아~, 진짜야! 카, 카메라, 카메라 없나!)

나는 내심 흥분했다. 모두 드워프를 처음 보았는지 멍한 표정으로 그녀를 보고 있었다. 왕자님만이 쓴웃음을 지으며 그녀에게 다가갔다.

"하하핫, 도련님이라고 그만 불러주면 안 되나? 데오도라……. 나도 어엿한 열 살인데."

"내 눈에는 여전히 도련님이야. 와하하핫."

데오도라라고 불린 여자 드워프가 넉살 좋은 아줌마처럼 웃으며 왕자님의 등을 팡팡 때리는 게 아닌가?

(저렇게 불손한 짓을……. 역시 드워프.)

나는 희한한 이유로 감동하고서 그녀를 더욱 가까이서 보려고 다가갔다.

"어라? 꽤 귀여운 아이들을 데리고 왔네. 폐하처럼 얼굴을 엄청 밝히는구먼!"

"아, 아냐! 쟤네들은 친구야."

데오도라는 부끄러워하며 정정하는 왕자님을 힐끔 보고는 우리 곁으로 다가왔다. 나는 두근거리며 숙녀의 예를 표했다.

"안녕하세요……. 메어리 레가리야라고 합니다."

"난 데오도라. 인간의 딱딱한 인사치레는 질색이야. 편하게 대해줬으면 좋겠어. 너희들도 내게 예의를 차릴 필요는 없을 테니까."

그녀가 이를 내보이며 웃었다. 수더분한 아줌마로밖에 보이지 않는 아담한 그녀는 다른 친구들과도 인사를 마친 뒤 우리를 공방 안으로 안내했다.

"그래서……. 용건은 편지를 봐서 대강 알고는 있지만, 뭘 묻고 싶니?"

그녀는 각자 마음대로 앉으라고 권하고는 의자에 앉아 그렇게 물어봤다.

참고로 백은의 기사에 무척이나 흥미가 많은 마기루카와 사피나는 무슨 영문인지 내 뒤에서 가만히 이야기를 들으려고 했다. 왕자님은 내 옆에서 내가 무엇을 물어볼지 보고 있었다. 튜테는 공방 사람에게서 차와 과자를 받아 모두에게 내놓을 준비를 하고 있었고, 자하는 자기 방인 것처럼 주변에 아무렇게나 놓여 있는, 데오도라가 제작했을 무기들을 흥미진진하게 구경하며 돌아다니고 있었다.

(응? 나보고 물어보라는 건가? 뭐, 내가 말을 꺼냈으니.)

데오도라도 모두의 시선이 나에게로 쏠려 있는 걸 눈치챘는지 나를 보고 대답을 기다렸다.

"어, 그게……. 이터널 소드에 관해…… 아시는 게 있다면 알려주셨으면 합니다."

"흐~음……. 이터널 소드라. 그거 말하는 거지? 옛날에 국왕 폐하께서 내 아버지를 비롯한 다른 대장장이들한테 제작하라고 지시했다는 그 용도 꿰뚫는다는 단단한 검 말이지?"

데오도라가 그다지 흥미가 없다는 얼굴로 말했다. 하지만 그 내용은 그야말로 내가 듣고 싶었던 것이었다.

"예, 그 검이요! 백은의 기사님에게 하사했다는 그 검 말이에요!"

"역시 그거구나…… 으음~."

내가 기대가 담긴 눈으로 쳐다보자 무슨 영문인지 데오도라는 뺨을 긁적이며 말끝을 흐렸다. 그러고는…….

"그건 실패로 끝났어."

데오도라가 하하핫, 하고 헛웃음을 내뱉자 내 사고가 몇 분 동안 정지해버렸다.

10 수수께끼가 풀렸습니다

"시, 실패? 그렇다면 국왕 폐하께서 백은의 기사님한테 검을 하사하시지 않았다는 건가요?"

뒤에 서 있던 마기루카가 사고가 정지된 나를 대신해 데오도라에게 물었다.

"그래, 당시에 난 아직 제몫을 못하는 어린애라서 아버지 곁에 붙어있기만 해서 자세한 상황은 잘 모르지만, 그 누구도 백은의 기사가 가지고 있던 무기를 뛰어넘는 검을 만들어내지 못했어."

대범한 데오도라마저도 쓴웃음을 지을 만큼 괴로운 기억이었나보다. 일류라고 자부하는 대장장이를 한데 모아서 재료와 비용을 아끼지 않고 만들어낸 무기들이 기사가 이미 가진 무기보다 뒤떨어졌으니까. 어떤 의미에서 흑역사라고 할 수 있겠지. 당시에 좌절한 사람도 있었을 것 같다.

"전국의 대장장이들을 총동원했는데도 실패로 끝났으니 아무도 언급하길 꺼렸던 거군요. 그래서 후일담이 모호해졌고……. 그럼 그 검은 애초부터 없었다는 건가요?"

내 뒤에서 듣고 있던 마기루카가 골똘히 생각하며 중얼거렸다.

"그, 그럼 공주님, 공주님이 이터널 소드를 하사했다는 이야기는?"

내 뒤에 있던 사피나가 참지 못하고 다른 가능성을 언급했다.

"공주님? 당시에 아직 어린애였던 공주님이 이터널 소드를? 하핫, 그럴 리 없어. 그때 난 한가하기도 했고 또 같은 여자라서 공주님과 곧잘 놀아드렸는데, 공주님이 그렇게 멋진 검을 백은의 기사한테 건네는 장면은 본 적도 없고, 얘기도 못 들었어."

데오도라가 하하핫, 하고 웃자 사피나는 충격을 받고 한 걸음 물러났다.

"음? 아니, 잠깐만. 그러고 보니 공주님이 백은의 기사한테 검 한 자루를 선물한 적이 있었던가?"

데오도라가 문득 폭탄 발언을 하자 나는 무심코 달려들었다.

"어, 그게 이터널 소드!?"

"아니, 아니. 그건 아냐. 국왕 폐하께서 기사한테 검을 하사하려고 하자 공주님께서 자기도 주겠다며 내 도움을 받아 스스로 만든, 그야말로 어설픈 장난감이었다고."

"그 부분을 자세히 알려주세요. 혹시 검을 제작하던 도중에 어떤 신비로운 사건이 있었다거나."

그래도 포기를 할 수 없었던 나는 일말의 가능성에 걸어보았다.

"음~ 우선 공주님이 검 모양을 디자인했고, 내가 그걸 보고 거푸집을 만들었지. 그 동안에 공주님은 '백색광(白色鑛)'을 잘게 부수어 물에 녹인 뒤에 거푸집에 부었어. 그걸 굳혀서 만들어낸 검이란 말이지. 자, 대체 어디에 신비로운 이야기가 끼어들 수 있을까?"

데오도라가 두 팔을 벌려 호언장담했다. 분명 그녀의 이야기에서 기적이나 신비로운 느낌은 눈곱만큼도 느껴지지 않았다. 다시 말해 공주님이 기사에게 검을 하사했다는 사실만을 뽑아내 누군가가 각색한 이야기……라는 말인가? 내가 그렇게 생각하며 포기하려고 했을 때였다.

"그거예요! 메어리 님!"

"그게 뭔데요?"

뒤에서 마기루카가 흥분하여 말하자 나는 무심코 심드렁하게 되물었다.

"데오도라 님, 공주님께서는 순수한 '백색광'만 써서 그 장난감 검을 만드신 거죠?"

"어? 그래. 공주님이 백은의 기사처럼 새하얀 검이 좋겠다고 해서 그거 말고는 아무것도 섞지 않았어. 그게 왜?"

"저기~, 말을 잘라먹어서 대단히 죄송한데 '백색광'이 뭐죠?"

이야기를 이해할 수가 없어서 나는 흐름을 깨는 것도 아랑곳하지 않고 기본적인 질문을 했다.

"백색광은 희귀 광석 중 하나야. 새하얀 빛을 내는 아주 가벼운 결정석이지. 아이가 망치로 때려도 부서질 만큼 아주 무르고. 재밌게도 그 녀석을 가루로 부수고 불에 달구어 수분을 날린 뒤에 다시 물과 섞으면 응고하는 성질이 있어. 그래서 우리는 주로 장식품이나 예술품을 만들 때 쓰지."

(흐~음, 석고 같은 건가?)

데오도라의 설명을 듣고 나는 고개를 끄덕이며 마음속으로 납득했다.

"하지만 아까 말했다시피 이 녀석은 물러. 망치로 쉽게 부술 수 있는 검이 전설의 검일 리가 없잖나?"

"없잖나?"

데오도라가 손사래를 치자 나는 뒤에 있는 마기루카를 돌아보며 그녀의 말을 앵무새처럼 되뇌었다.

"이건 최근에 인접국에서 발견되었고, 아직 우리 후툴리카가가 관할하는 연구기관에서도 확실하게 밝혀내지는 못한 정보이긴 한데, 그 백색광에는 재밌는 특색이 하나 더 있다고 해요."

"그게 뭐야?"

마기루카가 뜸을 들이자 데오도라도 흥미를 갖고 물었다.

"순도가 높은 백색광에는 마력을 흡수하는 성질이 있다는 건 일찍부터 알려져 있었는데, 그 마력 수치가 일정량을 넘어서면 백색광의 경도가 그 마력치에 따라 늘어난다는 걸 알아냈어요. 그런데 그 일정량이 문제예요. 평범한 사람의 마력으로는 효과를 전혀 발휘할 수가 없죠. 3계급 마법을 쓸 수 있는 사람이 마력을 투입해도 고작 조금 딱딱해지는 수준이라서 여태껏 알려지지 않았던 거예요."

"그렇구나, 백은의 기사님의 마력은 4계급 마법도 구사할 수 있는 영웅급. 공주님이 하사한 검이 장난감 검이라고는 하지만,

그 마력을 흡수하여 단단해질 수도 있겠네."

그녀가 왜 그런 말을 꺼냈는지 의도를 알 것 같아서 나도 비로소 이야기에 낄 수가 있었다.

"예, 가설이지만 마력만 있다면 오리하르콘이나 아다만타이트 수준으로 단단해질 수도 있다고 해요."

"그렇구나……. 그래서 검을 수여했다는 이야기에 살이 붙어서 백은의 검, 즉 이터널 소드 이야기가 탄생한 거구나."

놀랄 만한 사실을 듣고 데오도라는 신묘한 표정으로 고개를 끄덕였다. 우리는 모두 숨을 삼켰다. 한동안 정적이 이곳을 지배했다.

"으음, 그건…… 다시 말해…… 전설의 이터널 소드는 백은의 기사 본인이 스스로 만들어냈다는 건가?"

"".............""

마기루카의 놀라운 이야기에 감동할 새도 없이 지금껏 입을 다물고 있던 왕자님이 평소답지 않게 찬물을 끼얹었다. 분위기는 싸늘하게 식어버렸고, 전설의 검의 진상은 이로써 밝혀졌다.

"♪ ♪ ♪"

지금 나는 공방을 나와 마차를 향해 걷고 있었다.

"이터널 소드의 전설이 우연에서 비롯되었다는 사실이 밝혀졌는데도 기분이 꽤 좋아 보이는군요? 메어리 님."

마기루카가 어이가 없다는 얼굴로 신이 난 나에게 말을 걸었다.

"응, 아주♪"

나는 그녀에게 활짝 웃어 보인 뒤 콧노래를 흥얼거리며 마차로 걸어갔다.

실은 나는 그 진상에 대단히 만족했다. 나도 그 전설의 검을 만들 수 있다는 걸 알아냈으니까……

아까 공방을 나오기 전에 나는 데오도라에게 은밀히 백색광으로 검을 한 자루 만들어달라고 발주했다. 내가 돈을 아끼지 말라고 하자 데오도라는 웃음을 터뜨리면서도 흔쾌히 수락해주었다. 추후에 집으로 보내주기로 했다.

(아아, 여러 일이 있었지만 드디어, 드디어 검 문제가 해결됐어! 고마워요, 옛날에 살았던 공주님! 고마워요, 백색광! 고마워요, 백색광의 특색을 발견해낸 사람이여!)

나는 당장에라도 춤을 추고 싶은 마음으로 마차에 올라탔다. 이터널 소드에 얽힌 수수께끼는 이것으로 해결되었다.

훗날.

내 방에 기대하던 그 물건이 도착했다. 나는 산타클로스에게 선물을 받은 아이처럼 들뜬 마음으로 나무 상자를 열었다.

그리고 굳어버렸다.

그 안에는 내가 발주한 대로 검 끝이 무뎌서 살상능력이 없는 레이피어형 세검이 틀림없이 담겨 있었다. 그런데 도신에서부터 자루까지의 디자인이 너무 호화로웠다. 마치 애니메이션에 나오는 전설의 용사의 검 같았다. 아마도 데오도라는 내가 전설의 이터널 소드(망상)를 방에 걸어두고자 발주했다고 착각한 거겠지. 그래서 최대한 전설의 검처럼 보이도록 만들었나?

"이, 이렇게 부끄러운 검을 들고 이제부터 수업을 받으란 말이야아아아아아!"

누구에게도 하소연하지 못하고 나는 방에서 커다란 목소리로 외쳤다.

학원에서는 자기가 쓸 훈련용 모조검을 스스로 마련하여 들고 와도 된다. 그런데 전설급으로 호화로운, 누가 봐도 돈을 퍼부은 것처럼 보이는 물건을 학원에 들고 가는 녀석이 세상에 어디 있어…….

(아아아……. 이제부터 모든 클래스메이트들이 나를 다른 의미로 뜨뜻미지근하게 쳐다보겠네……. 아아아, 왜 이렇게 된 거냐고오오오오.)

내가 침대 위에서 굴러다니며 몸부림을 치고 있으니 튜테가 방에 들어와 사형을 선고하듯 학원에 갈 시간이라고 말해주었다.

 **11 어? 대회?**

"왜 이 세계는 내게 상냥하지 않은 거야아아아……."

학원에서 돌아온 나는 침대에 벌러덩 엎어져 푸념을 내뱉으며 몸부림쳤다.

"검은 망가지지 않은 것 같은데요. 잘 된 거 아닌가요?"

튜테가 베개에 얼굴을 묻고서 지르퉁해하는 나를 위로하며 오늘 유일하게 좋았던 일을 언급했다.

"그야 잘 됐지……. 내가 자루를 힘껏 쥐었는데도 금 하나 가지 않았고, 마력이 빨려든다는 감각도 전혀 느껴지지 않았고……. 하지만……!"

우선 허리에 찰 수 있도록 검집과 벨트를 만들어달라고 했다. 거기까지는 좋았다.

그리고 도신부터 자루까지 온통 새하얘서 너무 눈에 띄고, 또한 백색광으로 된 검이라는 게 들키면 나중에 성가셔질 것 같아서 레가리야가 전속 화가에게 칠을 해달라고 부탁했다. 쉽사리 벗겨지지 않도록 해달라고도 덧붙였다. 거기까지도 좋았다.

혹 화가가 너무 공을 들일까봐 시간도 짧게 사흘만 주었다. 완벽하다고 생각했다.

(그런 줄 알았어……. 설마 그 화가가 검의 모양새에 감명을 받아 예술혼을 불태워 사흘 내내 작업에 몰두할 줄은 몰랐어.)

내 시야에 있는 모조검은 백색광으로 만들어진 줄 모를 만큼 완벽하게 평범한 검처럼 보였다. 그렇게 보이는 것이 가장 큰 문제였다.

(왜냐면 원체 디자인이 전설의 검 같았다고……! 그 위에 위화감 없이 색을 칠했으니 그야말로 전설의 검의 모형 같잖아! 성취감을 드러내며 만족스러워하는 화가 아저씨한테 어떻게 다시 칠해달라고 부탁하겠어~!)

그리고 오늘 그 검을 들고 갔고, 클래스메이트들이 반응을 보였다. 나는 쥐구멍에 들어가고 싶었다. 모두 나를 배려하고자 웃음을 참아주었지만, 철저히 숨기지는 못했다.

가장 최악의 반응을 보인 사람은 내 상대였던 자하였다. 내 검을 보자마자 '뭐야, 그 쓸데없이 화려한 검은? 너 무슨 용사야? 어디서 성검이라도 뽑았어? 너 올해 몇 살이야?' 하고 말하며 박장대소를 했다. 나중에 분노를 담아 그 녀석을 날려주었다. 그래도 마음이 풀어지지 않아서 한동안 말을 섞지 않는 형벌을 내렸더니 몇 분 뒤에 고개를 숙이기에 용서해주었다.

참고로 모두에게 높은 평가를 받아왔던 자하가 내 공격을 맞고 어이없이 날아가서 평가가 다소 떨어질 줄 알았다. 그런데 모두가 차마 입 밖으로 꺼낼 수 없었던 말을 용기 있게 대변해주고, 그리고 상대의 분노를 순순히 받아주는 그 시원스러운 성격을 높이 샀다. 뭐, 나에게는 어찌 되든 상관없는 일이지만 일단 말해두겠다.

"소문은 시간이 흐르면 잦아들기 마련이에요……. 곧 흥미를 잃고 평범하게 받아들일 테니 그때까지만 참으세요. 아가씨."

튜테가 파이팅 자세를 취하며 나를 위로해주었다. 나는 몸을 일으켜 마음을 다잡으려고 했다.

"맞아! 고마워, 튜테. 나, 힘낼게!"

나는 그렇게 말하고서 책상에 놔뒀던 전설의 검(웃음)을 뽑아서 들어보았다.

"바로 그거예요, 푸훗!"

튜테가 맞장구를 쳐주려다가 도중에 참지 못하고 웃음을 뿜어냈다.

"너, 뭐야아아아! 방금 왜 웃었어어어! 이 배신자아아아아!"

나는 날이 서 있지 않은 전설의 검(웃음)을 마구 휘두르며 방 안을 도망다니는 튜테를 쫓았다.

그로부터 인내의 수개월이 지났을 즈음…….

"어? 방금 뭐라고 했어?"

"미, 미안합니다! 미안합니다! 그러니까 곧 시험이라고……."

"앗, 화낸 거 아니니까 그렇게 울먹이지 마, 사피나……. 그것보다 시험이 뭐 어쨌다고?"

"예? 그게, 저기……. 시험 때 무술대회가 열려요. 그래서 시합을 반드시 치러야 해서 너무 싫다고요."

"바로 그거!"

"히익! 미안합니다, 미안합니다!"

공부를 한 뒤에 담화실에서 사피나와 함께 잡담을 나누고 있던 때였다. 내가 험악한 얼굴로 몰아붙이자 사피나가 울먹이며 사과했다.

"시합이라……."

"올해 들어온 학생들의 실력을 겨뤄보기에 딱 좋은 방법이군! 크으, 너무 기대되는걸!"

나는 신음하고 있는데 자하는 평소보다 더 흥분해 있었다.

(크윽! 이 전투민족 녀석 같으니……!)

"더군다나 토너먼트 형식이니 상위에 오른 사람이 올해 성적 우수자가 되는 거야! 불타오르는 전개잖아?"

숨이 막힐 만큼 뜨거워진 남자가 다가오자 나는 손을 저어서 물리쳤다.

(성적우수자라……. 레가리야가의 영애로서 기필코 따내고 싶긴 하지만. 으음~, 눈에 띄는 건 싫은데……. 일단 한 번 정도 이긴 뒤에 져버릴까……. 시합을 여러 번 치르다가는 내 힘이 발각될까 두렵기도 하고.)

요 몇 개월 동안 대련을 하면서 모두의 실력은 대강 파악해두었다. 내가 살짝 제 실력을 발휘했을 때 버텨낼 수 있는 사람은 아마 자하뿐이겠지. 그리고 사피나는 내 공격을 피해줄 테니 어떤 의미에서 괜찮을 테지만, 혹여나 맞기라도 한다면 큰일이 날테니 방심할 수는 없다.

"토너먼트? 대진은 어떻게 정해질까?"

"이쿠스 선생님이 공평하게 제비뽑기로 정하겠다고 했어요."

(잘 됐다……. 또 귀족사회의 권력 관계에 얽혀 이상한 조에 들어가기라도 했다면 골치가 아팠을 텐데.)

"제비뽑기라~……. 메어리 님과는 되도록 결승전에서 자웅을 겨뤘으면 좋겠다!"

"그만둬……. 왜 날 네 라이벌로 여기는 건데……. 그런 건 남자들끼리나 해."

나는 더더욱 뜨거워진 자하를 매정하게 대하며 진심으로 불쾌한 표정을 지었다. 그런데 옆을 보니 사피나가 고개를 숙인 채 심각한 표정을 짓고 있었다. 나는 그녀의 작은 머리를 부드럽게 쓰다듬었다.

"사피나, 왜 그래? 뭐 걱정거리라도 있어?"

"메어리 님……. 그게……, 아……, 아무것도 아닙니다……."

그녀는 무슨 말을 하려다가 꾹 삼키고는 에헤헷, 하고 귀엽게 웃었다.

"하지만……."

"앗, 이제 곧 실기 강습 시간이에요. 어서 훈련소로 가죠."

내가 납득하지 못해서 뭐라고 말하려고 하자 사피나는 도망치려는 것처럼 평소에는 싫어하는 무술 훈련 수업에 스스로 가자고 했다. 나는 더더욱 그녀가 신경이 쓰였다. 그러나 타이밍을 놓쳐버려서 굳이 추궁하지 않고 훈련소로 향했다.

　훈련소. 교사 밖 평탄한 평지에 지어진 시설이다. 투기장과는 달리 관객석도 없을뿐더러 지붕이나 벽도 없다. 내 눈에는 학교 운동장처럼 보였다.

　평소처럼 각자 파트너를 찾아 검술이나 체술 훈련을 자발적으로 해나갔다. 선생님은 학생들을 둘러보다가 지적할 점이 있으면 조언해주었다. 또한 학생들이 옆을 지나는 선생님에게 궁금한 점을 물어보았다.

　지금 나는 사피나와 함께 한창 훈련하고 있었다. 왜 그녀를 파트너로 택했느냐면 그녀가 클래스 안에서 회피능력이 가장 뛰어나서였다.

　나는 그녀를 상대로 마음껏 검을 휘둘렀고, 또한 전생 때 봤던 만화나 애니메이션 속 기술을 구사할 수 있을지 시험해보았다. 실제로 몇몇 기술이 성공해서 무척 기분이 좋았다. 너무 신을 내다가 상대를 때리기라도 한다면 대참사가 벌어질 수 있어서 회피능력이 높은 사피나에게 파트너가 되어 달라고 요청했던 것이다.

　"자, 이번에는 대회를 위해 필살기라도 고안하도록 해볼까."

　"피, 필살기!"

　내가 무심하게 중얼거린 말을 듣고 사피나가 당장에라도 도망칠 것처럼 부들부들 떨기 시작했다.

"사피나, 진정해! 늘 말하지만 네 반사속도는 발군이야. 메어리 님의 공격쯤은 간단히 피할 수 있을 테니 자신감을 가져."

멀리서 우리를 보고 있던 자하가 부들부들 떨고 있는 사피나에게 의욕을 북돋아 주었다.

(메어리 님의 공격쯤은? 또 날려버려줄까……. 아니, 자칫 모두가 나를 높이 평가할지도 모르니 그만두자…….)

나는 한숨을 내쉬며 전설의 검(웃음)을 뽑아 자세를 취했다.

"풋! 그나저나 몇 번을 봐도 저 검은 너무 화려한데."

시야 한구석에 비웃고 있는 자하의 얼굴이 비쳤다. 속에서 화가 울컥 치밀었다.

"말을 섞지 않는 형벌을 내리겠어."

내가 원한을 담아 말을 툭 내뱉자 자하는 황급히 입을 틀어막았다. 그때 나는 머릿속에서 어떤 생각이 떠올라 자세를 바꾸어 보았다.

오른손으로만 검을 쥔 채 상대를 바라보며 오른쪽 다리를 뒤로 뺐다. 그러고는 몸을 옆으로 틀고 살짝 굽힌 뒤 검 끝을 왼손 엄지와 검지 사이에 댔다.

(만화에서 봤던 모 막부지사가 분명 이런 자세로 찌르기 공격을 퍼부었었지.)

현재 내 검술은 찌르기 공격이 주류다. 검이 레이피어라서 그렇기도 하지만, 휘두르는 것보다는 찌르는 것이 힘을 절약하기에 좋다.

"어쩐지 멋있어! 이 자세, 무지 멋져! 후후훗, 이 일격필살의 찌르기로 대회에서 연승행진을 해볼까나 ♪"

"……대회에서…… 이긴다……."

나는 스스로의 모습에 도취되어 사피나가 내 말을 듣고 침울해하는 것을 알아차리지 못한 채 힘껏 파고들었다.

"사피나!"

그리고 그녀가 내 행동에 전혀 반응하지 않음을 알아차렸을 때는 이미 찌르기 공격이 그녀의 몸으로 들어가고 있었다.

"!"

나의 외침을 듣고서 사피나가 비로소 제정신을 차려 공격을 피하려고 했지만 이미 늦었다. 내 공격이 몸을 옆으로 비튼 사피나의 왼쪽 어깨에 정통으로 들어가버렸다.

❦12❦ 너무 우쭐거렸습니다

그 뒤로 무슨 일이 벌어졌는지 나는 전혀 파악할 수가 없었다. 선생님들이 멍하니 서 있는 나를 밀쳐내고서 꿈쩍도 하지 않는 사피나에게로 달려갔다.

(아아…… 너, 너무 우쭐거렸어……. 그동안 자하가 내 공격을 받고도 멀쩡하게 일어서서 어느새 그게 평범한 반응인 줄 알았어. 하지만 이게 현실이야.)

나는 떨리는 시야로 훈련소 밖으로 실려 나가는 사피나의 왼쪽 팔이 이상한 방향으로 틀어져 있는 광경을 보고 큰 충격을 받았다.

(난, 사람을 다치게 했어……. 아니, 죽일 뻔했어.)

그 현실이 조금 전까지 반쯤 장난으로 검을 휘둘렀었던 자기 자신을 짓눌렀다. 다리가 떨려 서 있을 수가 없었다. 숨이 가빠왔다. 나는 스스로가 극도의 공황 때문에 과호흡 상태가 되었다는 것조차 인지하지 못했다.

"메어리 님, 왜 그래! 정신 차려!"

"……자…… 자하……."

자하가 내 이변을 눈치채고 말을 걸어주었지만, 나는 고통 때문에 말이 나오질 않았다.

"나…… 사피나……를……."

"진정해. 그 정도 부상은 의무실에서 회복마법을 받으면 금세 나을 수 있어! 저길 봐, 선생님들이 의무실로 데리고 가잖아. 우리도 가자!"

그는 내 손을 잡고는 억지로 의무실로 끌고 갔다. 그때 나는 마음이 조금 놓여서 지푸라기라도 붙잡는 심정으로 자하의 손을 무심코 세게 쥐고 말았다. 힘이 조금 들어갔는데도 자하는 개의치 않고 그대로 의무실로 향했다.

의무실에 도착해 밖에서 수십 분 기다렸다.

어디서 이야기를 듣고 왔는지 마기루카뿐만 아니라 왕자님도 의무실로 달려왔다. 마기루카를 본 순간 참았던 감정이 흘러넘치기 시작했다. 나는 울먹이며 그녀에게 매달렸다.

"마기루카아아…… 나……, 사피나를……."

"진정하세요, 메어리 님. 얘기를 들어보니 괜찮을 거예요. 그 정도 부상이라면 여기 있는 회복마법 선생님께서 금세 치료해 줄 거예요."

마기루카는 매달리고 있는 나를 안고는 머리를 부드럽게 쓰다듬었다. 내 마음이 상당히 가라앉았다.

바로 그때 의무실 문이 열리고 안에서 로브를 걸친 선생님이 나타났다.

"어라? 전하 아니십니까?"

"인사는 됐어. 그래서 그녀는 지금 어떻지?"

선생님은 복도에 서 있는 학생 중에 왕자님이 있다는 것에 놀라고는 황급히 인사하려고 했다. 왕자님은 제지하고서 환자의 상태를 물었다.

"예, 문제없이 회복되었습니다. 후유증도 없습니다. 다만 정신적인 충격이 너무 큰지 의식이 피폐해져 있습니다. 한동안 안정을 취해야 합니다."

"면회가 가능한가?"

"예, 괜찮습니다."

왕자님과 선생님의 대화를 지켜보던 나에게 왕자님이 어서 들어가라며 길을 터주었다.

마기루카는 머뭇거리는 내 손을 잡고서 방 안으로 들어갔다. 의무실은 의외로 넓었고, 수많은 침대가 질서정연하게 놓여 있었다. 그중 하나에 낯이 익은 밤색 머리 소녀가 누워 있었다. 나는 그 곁으로 달려갔다.

"사피나!"

"……음……. 앗…… 메어리 님?"

내 목소리에 반응하여 그녀가 감고 있던 눈꺼풀을 떴다. 비취색 눈동자가 이쪽을 쳐다보았다.

"미안해, 사피나……. 나……, 나……."

나는 반은 안도해서, 반은 죄책감 때문에 눈물을 글썽였다.

사과밖에 할 수 없는 제 자신이 한심했지만 그래도 뭐라 말을 하려고 했다. 그러자 사피나가 몸을 일으켜 이쪽을 쳐다봤다.

"아, 아니에요. 사과하지 마세요, 메어리 님. 멍하니 서 있었던 제 잘못이니까……."

내가 울먹이자 사피나는 더욱 울먹이며, 아니, 울면서 황급히 말했다. 내 뒤에서 세 친구들이 안도의 한숨을 내뱉고는 우리 곁으로 다가왔다.

"큰 부상이 아니라서 다행이야, 사피나 양."

"아, 아니…… 저, 전하께서……."

왕자님이 온 걸 이제야 알아차렸는지 사피나가 황급히 침대에서 나와 인사하려고 했다.

"아, 아니, 그대로 누워있어요. 무리하지 말고. 선생님이 안정을 취하라고 했으니까."

"아, 예……. 황송합니다."

사피나는 황송해하며 그대로 침대에서 윗몸만 일으킨 채 앉아 있었다.

"저기, 다들 안도하고 있는 상황에서 미안한데 말이야. 나도 치료를 받고 와도 될까?"

지금까지 입을 다물고 있던 자하가 상황이 진정되자 자신의 오른손을 모두에게 내보였다. 그의 손가락이 보라색으로 심하게 변색되어 있었다.

"자하 씨, 그 손 왜, 왜 그래요?"

나는 자신이 그랬다는 걸 전혀 눈치채지 못한 채 무심코 되물었다.

"……아니, 손을 보니 어느새 이렇게……. 선생님한테 잠깐 진찰 좀 받고 올게."

모두의 걱정을 아랑곳하지 않고 자하는 홀로 선생님에게 가버렸다.

자하의 손가락 때문에 이곳의 분위기가 조금 누그러졌다. 그 덕분에 내 정신도 다소 차분해졌다.

"그래도 정말로 미안해, 사피나. 다친 데는 괜찮아?"

"예……, 보시다시피."

내가 걱정하는 눈으로 쳐다보자 사피나는 왼팔을 가볍게 돌리며 괜찮다는 걸 과시했다.

(역시 회복마법……. 현대의학은 명함도 못 내밀겠네…….)

"그나저나 사피나, 왜 그랬던 거야? 실전 중에 멍하니 있다니 평소답지 않아."

벌써 다 나았는지 오른팔을 붕붕 돌리며 자하가 이곳으로 돌아와 그렇게 말했다.

"어……, 앗…… 그게…… 죄, 죄송합니다……. 생각을 하느라."

사피나가 당장에라도 울음을 터뜨릴 듯 울먹이자 나는 자하를 쏘아봤다.

"생각? 무슨 고민이라도?"

"저기……, 그게……."

자하에 뒤이어 마기루카가 그렇게 묻자 사피나는 당황하기 시작했다.

"그, 그거구나. 고민이라면 그래, 대회! 시합하는 게 싫다고 했었지. 그럼 그딴 대회는 참가하지 않으면 되잖아?"

"그럴 순 없어요!!"

어떻게든 도와주려고 내가 무심코 내뱉은 말에 사피나는 평소답지 않게 큰 목소리로 외쳤다.

그녀답지 않은 행동에 순간 분위기가 얼어붙었다. 본인조차도 자신이 큰 소리를 냈다는 걸 뒤늦게 알아차리고는 얼굴이 새빨개졌다.

"죄, 죄송합니다……."

사피나는 그렇게 말하고서 이불을 쥐고 고개 숙인 자신의 얼굴을 가렸다.

"휴우~……. 뭐, 사람은 제각기 고민을 떠안고 있는 법이죠. 괜히 추궁해서 미안해요."

"아~, 여하튼 사피나 양이 무사하니 잘 됐잖아? 이 뒤에도 수업이 있으니 사피나 양은 이대로 누워서 안정을 취하도록 하고, 우리는 그만 나가자."

무언가 짐작 가는 바가 있는지 마기루카가 사과했다. 그리고 왕자님이 상황을 잘 수습해주었다. 나는 떨떠름한 마음으로 사피나를 남겨두고 의무실을 나왔다.

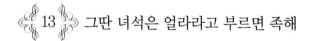

13 그딴 녀석은 얼라라고 부르면 족해

어느 날 오후, 평소처럼 나는 담화실에서 사피나가 수업을 끝내고 돌아오길 기다리고 있었다. 모두 같은 수업을 듣는 것은 아니다. 그녀만 듣는 수업이 있으면 이렇게 한가롭게 기다리곤 한다.

"다들 무술대회가 가까워지자 표정들이 퍽 진지한데."

"그러네……."

자하가 들뜬 얼굴로 주변을 둘러보자 나는 건성으로 대답했다. 솔직히 대회보다는 종종 무언가 때문에 고민하는 사피나가 더 신경이 쓰였다.

(하지만 마기루카가 관여하지 말라고 신신당부를 했었지. 우우, 신경 쓰여……. 궁금해.)

오늘이야말로 그녀에게서 고민을 듣고 말겠다는 일념으로 나는 사피나를 기다렸다. 하지만 그녀는 좀처럼 담화실에 나타나지 않았다.

(이상하네. 평소였다면 수업을 마치자마자 우리한테 왔을 텐데…….)

나는 걱정이 되어 담화실을 나가기로 했다. 자하는 입으로는 너무 걱정하지 말라고 하면서도 따라 나왔다.

담화실을 나가자 복도 끝에 사피나가 있었다.

(너무 걱정했나…….)

나는 안도했다. 그녀를 조금 지나치게 걱정하는 것 같아서 쓴 웃음이 나왔다. 나는 그녀의 곁으로 가려다가 발걸음을 멈췄다. 왜냐면 어떤 남자가 사피나를 벽에 몰아세우고서 무언가 말하고 있었기 때문이다.

"아니, 어라?"

내가 대단히 불쾌한 목소리로 말하자 자하가 진지한 얼굴로 눈을 가늘게 뜬 채 내 옆에 섰다.

"무슨 말을 듣고 있는 것 같아. 내용은 잘 들리지 않지만 사피나가 겁을 먹고 떨고 있어."

남자가 도망치려고 하는 사피나의 팔을 붙잡자 나의 불쾌지수가 극에 달했다.

"자하 씨."

"응."

내가 뭘 원하는지 말하지 않아도 안다는 듯이 자하가 대답을 하고서 사피나에게 다가갔다. 그러고는 가타부타 남자의 팔을 비틀어 올렸다.

"으아아앗!"

사피나의 손을 붙잡고 있던 팔이 느닷없이 뒤로 꺾이자 남자가 비명을 질렀다. 나는 차가운 눈으로 쏘아보며 다가갔다.

"무, 무슨 짓이야! 엇, 넌, 에렉실!"

"그건 내가 할 말이에요. 내 친구한테 뭘 하는 건가요?"

"……칫, 레가리야잖아……."

남자는 혀를 차고서 자하에게서 벗어나고자 몸부림을 쳤다. 하지만 자하도 화가 났었는지 팔을 쉽사리 놔주지 않았다.

"이 자식, 이거 놔!"

결국 남자는 팔을 풀고자 실력행사에 들어갔다. 그가 재빠르게 팔꿈치를 날리자 자하는 무심코 손을 놓고서 뒤로 물러났다.

(응? 저 자세는?)

내 앞에서 그 남자가 무술 자세를 취하고 있었다. 몸에 달고 있는 배지를 보니 그도 소르오스 소속임을 알 수 있었다. 그런데 남자의 그 자세는 무척이나 눈에 익었다.

(사피나와 똑같아…….)

"흥! 어떠냐? 내가 마음만 먹으면 네 구속 따윈 쉽게 풀 수가 있지. 에렉실, 겁먹었나?"

나는 의기양양하게 웃는 상대를 차가운 눈으로 쳐다보며 자하에게 물었다.

"지인?"

"글쎄? 모르는 사람이야."

우리가 무시근하게 반응하자 남자는 얼굴을 새빨갛게 물들인 채 노려봤다.

"나, 난!"

"사피나, 괜찮아? 다친 데는 없고?"

나는 격앙된 남자를 무시하고서 사피나를 안은 뒤 남자가 쥐었던 팔을 살펴보았다.

"앗……, 예……. 저기……, 괜찮습니다."

사피나는 나와 남자를 번갈아 보며 일단 괜찮다고 대답했다. 하지만 겁을 먹은 것으로 보아 내가 오기 전부터 여러 소리를 들었던 것 같았다.

"그래, 다행이네. 그럼 다음 수업도 있으니 가볼까?"

나는 아무 일도 없었다는 듯이 웃으며 그녀의 손을 잡고서 그곳을 떠나려고 했다.

"잠깐! 그 여자와 아직 할 얘기가!"

남자가 우리에게, 정확하게 말하자면 내 손에 끌려가는 사피나의 어깨를 붙잡으려고 손을 뻗자 자하가 그 손을 쥐어 저지했다. 나는 그 광경을 곁눈으로 확인했다. 이번에는 팔을 꺾지 못하도록 힘을 바짝 주고 있는지 두 사람은 그 자세를 유지하며 대치했다. 그리고 나는 사피나를 '그 여자'라고 험하게 부르는 저 남자를 보고 불쾌함을 넘어 분노가 치솟았다.

(어떻게 해줄까? '진심'으로 뺨이라도 후려갈겨서 버르장머리를 고쳐줄까?)

나는 사피나의 손을 놓은 뒤 남자 쪽으로 몸을 돌려 한 걸음 앞으로 나아가려고 했다. 그런데 사피나가 나에게 매달려 만류했다. 화들짝 놀라 사피나를 쳐다보자 그녀는 눈물이 그렁한 눈으로 나를 올려다보며 무언가 호소하듯 고개를 연신 가로저었다.

"너희들 뭐하고 있는 거니? 학교 안에서는 좀 참아주지 않을래?"

일촉즉발의 상황에서 누군가가 뒤에서 가벼운 투로 말을 걸었다.

"카리스 선배."

나에게 매달려 있는 사피나가 클래스 마스터의 이름을 외치자 내 분노가 가라앉기 시작했다.

"쳇!"

상황이 불리해지자 남자는 혀를 차고는 자하가 쥐고 있는 팔을 크게 뿌리쳤다. 자하도 카리스 선배의 등장으로 더는 다툼을 벌일 이유가 없다고 판단했는지 순순히 손을 놓았다. 구속에서 풀려나자 남자는 사피나를 힐끔 보고는 그대로 발걸음을 돌려 가버렸다.

"뭐야? 저 녀석은?"

나는 남자가 가버린 방향으로 시선을 돌렸다.

"글쎄?"

"이봐, 정말로 몰라? 이번 무술대회에서 자하, 너의 최유력 라이벌 후보잖아."

"어? 저요?"

"에엥~."

우리가 실없는 대화를 나누고 있자 카리스 선배가 끼어들었다. 그 말을 듣고 자하는 놀랐고, 나는 불쾌했다.

"여기 있는 사피나 양의……, 아니, 카르샤나가의 무술을 익힌 자니까."

"'엥!?'"

그리고 카리스 선배의 말을 듣고 우리는 고개를 푹 숙이고 있는 사피나를 응시했다.

지금 우리는 학교 건물 밖 오픈카페에 있다.

담화실 근처에서 그런 소동을 벌인 터라 모두가 호기심 어린 눈으로 쳐다볼까 자리를 옮겼다. 탁자에는 나, 자하, 사피나, 세 사람이 앉아 있었다.

"그래서 저 불쾌한 남자는 뭐야?"

생각하는 것만으로도 불쾌해져서 말투가 조금 험악해졌다. 사피나가 겁을 먹고 몸을 흠칫 떨었다.

"내 라이벌이 될지도 모른다니 누군지 꼭 들어가야겠어."

자하도 평소답지 않게 사피나를 추궁했다.

"으음……, 저기……, 그게……."

"이런 상황인데도 외부인이니 빠지라는 소리는 하지 말아줘, 사피나. 요즘에 네가 고민하는 이유가 그 녀석 때문이야?"

그딴 녀석 때문에 내 친구가 고민하고 있을지도 모른다고 생각하니 가만히 내버려 둘 수가 없어서 나도 따져 물었다. 사피나는 우리를 한 번 쳐다본 뒤 결심을 굳히려는지 한숨을 깊이 내뱉고서 이야기를 시작했다.

"으음, 우선 그 사람의 이름은."

"그건 됐어! 듣고 싶지 않아! 그딴 건 그냥 '얼라'면 족하다고."

결심을 굳히고서 입을 연 사피나에게 나는 무심코 딴죽을 걸었다. 왜냐면 이름 따윈 기억하고 싶지 않았으니까. 그만큼 그의 인상은 최악이었다.

"그 얼라는 뭐야? 사피나의 가족이야?"

자하도 같은 심정인지 내 제안을 따랐다.

"아뇨, 그건 아닌데……."

"그런데 그 얼라는 너와 같은 자세를 취하고 있었어. 더욱이 카리스 선배도 그랬잖아. 카르샤나가의 무술을 익힌 거지?"

"우리 카르샤나가는 무술을 일족한테만 알려주지 않아요. 여러 사람에게 폭넓게 전수하고 있어요."

"카르샤나류 도장 같은 느낌인가?"

"도……뭐요???"

"아냐, 신경 쓰지 마……. 계속해."

내 나름대로 해석을 해보았지만 사피나가 이해하지 못하고 도중에 말을 멈추고 말았다. 나는 개의치 말라고 했다.

"다시 말해 그 얼라는 네 가문의 무술을 배운 학생이고, 꽤 강하다는 거지? 그래서 우쭐한 나머지 본가 사람한테 손을 대려고 했고."

자하의 해석을 듣고 나는 분노가 다시 끓어올랐다.

"역시 그때 내가 한 방 날려줬어야 했나……."

내가 살짝 진심으로 뺨을 갈겼다면 회복마법으로도 완전히 회복시키지 못할 만큼 다쳤겠지. 아니, 재기불능이 되었을지도 모른다. 최근에 사람을 다치게 하는 것이 얼마나 무서운지 깨달았는데도 저 남자에게만은 그런 감정이 솟질 않았다. 그래서 나는 진심으로 고민하기 시작했다.

"아까부터 자꾸 박살 내겠다는 말만 하고. 메어리 님, 무섭다……."

자하가 본인답지 않게 내 말에 딴죽을 걸었다.

"……자하 씨의 말대로 그는 본가 사람인 절 얕보고 있어요. 하지만 어쩔 수 없습니다……. 그만한 실력도 있고, 아버님께서도 저보다 한 수 위로 쳐주고 있으니까……."

자학하듯 웃는 사피나를 보고 나는 분노를 가라앉히고자 주문한 홍차를 들이켰다.

"그런데 저딴 녀석은 네 주변에 없었잖아? 왜 갑자기 얼씬거리게 된 거야?"

자하가 의문을 표하자 나도 고개를 끄덕였다.

"그게……, 최근에…… 저기…… 얘기가 나와서……."

아무래도 내뱉기가 어려운 이야기인지 사피나가 말을 더듬었다.

분노가 꽤 가라앉아서 나는 홍차를 즐길 수 있는 여유가 생겼다.

"약혼 후보자……로."

"컥! 콜록."

사피나가 황당한 이야기를 하자 나는 무심코 홍차를 벌컥 들이키고 말았다. 그 바람에 살짝 사레가 들렸다.

이 세계의 귀족 영애에게는 일찍부터 약혼담이 오간다고는 들었다. 하지만 설마 가까운 사람에게서 그런 소리를 들으니 조금 충격이었다.

"과연……. 그래서 그 얼라가 더 우쭐해져서 널 자신의 소유물로 착각하고 손을 대려고 한 거구나."

빠직!

자하가 수긍한다는 얼굴로 그렇게 말하자 내 감정을 대변해주듯 들고 있던 컵이 빠지직 부서졌다. 나는 컵이 바닥에 떨어져서 깨진 것처럼 꾸미고자 황급히 손에서 컵을 놓았다.

"미, 미안해……. 놀라서 컵을 떨어뜨렸네."

컵을 떨어뜨리는 소리를 들었는지 카페 종업원들이 내 주변을 청소하러 와주었다.

몇 분 뒤 종업원들이 청소를 끝마치고 돌아갔다. 그 시간은 마음을 가라앉히기에 딱 좋은 냉각기였다. 나는 완전히 냉정함을 되찾았다.

"……하지만 가문과 가문 사이의 이야기이니 우리가 이러쿵저러쿵 참견할 문제가 아니잖아."

"엥? 자하 씨, 무슨 소릴 하는 거야? 얘기가 나왔을 뿐이야. 정식으로 결정된 게 아니잖아. 그렇지, 사피나?"

자하가 결론을 말하려고 하자 나는 곧바로 이의를 제기했다.

"아, 예……. 하지만…… 전 딱히 누군가의 약혼자가 되는 걸 고민하지 않아요……. 어렸을 적부터 각오했으니까요."

귀족계의 어두운 면모를 보고 기분이 언짢아졌다. 하지만 이 것만은 나도 어쩔 수가 없었다. 나도 언제 저런 신세가 될지 모르니…….

"그럼 뭐가 고민이야?"

"……그는 약혼자 '후보'라는 처지가 싫다며 조건을 내걸었어요. 이번 무술대회에서 자기가 우승하면 정식 약혼자로 삼아달라고요. 그리고 이듬해부터 제가 이 학원을 그만두고 신부수업에 전념해야 한다는 조건도 달았고요."

"그게 뭐야!"

나는 엉겁결에 일어서 험악한 목소리로 외쳤다. 주변 사람들이 황당해하며 쳐다봤다. 종업원들이 곤혹스러운 표정을 지으며 다가오려고 하자 나는 황급히 자리에 앉았다.

"그딴 조건을 승낙하지는 않았겠지?"

내가 기세등등하게 묻자 사피나는 쓴웃음을 지어 보였다.

"원래부터 전 이 학원에 딱 1년만 다니기로 되어 있었기에 아버님 입장에서는 별로 당혹스러운 조건은 아니었어요."

"무슨 소리야?"

"저기…… 그게 말이죠. 카르샤나 가문은 대대로 무술이 뛰어난 인재들을 배출해왔어요. 물론 그 대상은 남녀를 불문하지 않아요. 저도 철이 들었을 적부터 무술의 기초를 주입받아왔죠."

사피나가 자기 이야기를 시작하자 나는 일단 분노를 가라앉히고서 가만히 듣기로 했다.

"하지만 보시다시피 전 어리숙한 겁쟁이라서 자꾸 도망만……. 검술도 자연스럽게 공격을 받아내거나 도망 다니는 쪽으로 발달해서 아버님께서도 저에 대한 기대를 거두시고 가문 밖 사람을 열심히 지도하셨는데……."

"그 결과, 얼라가 탄생했다?"

자하가 말하자 사피나는 쓴웃음을 지으며 수긍했다.

"아버님께서 그를 마음에 들어 하셔서 그가 학원에 다닐 수 있도록 자금을 지원해주겠다는 말까지 하셨어요. 그래서 저와 함께 학원에 입학하게 된 건데, 역시나 두 사람분의 학비를 모두 댈 만한 재산은 없어서 1년만 함께 학원에 다니고, 그 뒤에는 둘 중 성적이 나쁜 사람이 이듬해부터 학원을 그만두기로 했던 거예요."

"" ………… ""

"전…… 그래도 상관없었어요……. 딱 1년만 참으면 이토록 무서운 곳에서 나갈 수 있으니……."

"마, 말도 안 돼……. 사피나……."

사피나의 말에 충격을 받아 몸에서 힘이 스르륵 빠져나갔다.

"하지만…… 그건 입학하기 전 심정이고 지금은 아니에요…….
메어리 님과 만나고, 모두와 함께 수업을 듣고……, 무서운 추
억도 있었고……, 울고도 싶었지만……, 그래도, 그래도 지금은 다
함께 이 학원에 있고 싶어요……. 민폐가 될지도 모르겠지만……
그러고, 싶어요."

"사피나……. 난 요만큼도 민폐라고 생각지 않아."

그녀의 독백을 듣고 방금 전에 느꼈던 충격이 어디론가 날아
가버렸다. 나는 탁자 위에 놓인 사피나의 손을 꼬옥 쥐었다.

"그렇다면 문제는 그 얼라인가……."

자하의 말을 듣고 결의에 찬 사피나의 얼굴이 점점 어두워졌다.

(그렇구나……. 사피나가 이듬해에도 학원을 계속 다니려면
그 얼라를 어떻게든 처리해야 하는구나.)

"그 얼라 말이야. 그렇게 강해?"

"글쎄? 그래도 카르샤나 경과 카리스 선배가 높이 쳐주고 있
으니 나름의 실력은 있지 않을까?"

내가 묻자 자하가 의문형으로 대답했다.

"으음~, 아~, 진짜~! 여기서 골치 아프게 생각해봤자 소용
없잖아. 이렇게 된 이상 정공법으로 나갈 수밖에 없어!"

나는 주먹을 불끈 쥐고서 자리에서 일어섰다.

"정공법이라니…… 그게 뭔가요?"

"특훈이야!!"

사피나가 조심스럽게 묻자 나는 큰소리로 외쳤다. 그런데 점장으로 보이는 사람이 당혹스러운 표정으로 다가와 우리를 가게 밖으로 내쫓……. 아니, 우리는 가게를 나왔다.

14 이게 ○○○이에요!

며칠 뒤.

오늘의 수업을 마친 우리는 평소처럼 귀가하지 않고 왕자님이 마련해준 개인 훈련소를 빌렸다.

(역시 왕자님. 선생님에게 개인 훈련을 할 만한 공간이 없냐고 물어봤을 뿐인데 이런 대우를······.)

교사에서 조금 떨어진 곳에 세워진 그 시설의 넓이는 현대의 무술 도장만했다. 돌로 된 벽이 세워져 있고, 마루도 깔려 있고, 지붕까지 얹혀 있는 꽤 튼튼한 공간이었다.

"자, 사피나······. 이제부터 대회 날까지 여기서 맹렬히 특훈하는 거야!"

"아, 예! 잘 부탁드리겠습니다!"

내가 말하자 사피나가 예의 바르게 대답했다.

"그래서? 사피나 양한테 어떤 특훈을 시키겠다는 거지?"

장소를 제공해준 왕자님이 흥미로워하며 물었다. 사피나의 사정은 이미 말해두었다.

"카르샤나가의 검술은 이미 완성되어 있어. 새삼스레 뭘 훈련할 수 있을까? 그 검술로 그를······."

"아니에요, 레이포스 님. '얼라'예요."

"음, 아아, 그랬었지······. '얼라'······였지······."

내 지적을 듣고 역시나 왕자님도 말끝을 흐렸다.

"내 생각으로는 말이야……. 사피나는 검술보다는 근본부터 바뀌어야 하지 않을까?"

왕자님 옆에 있던 자하가 골똘히 생각하며 말했다.

"맞아요. 카르샤나가의 검술의 근본은 힘으로 밀어붙이는 게 아니에요. 다채로운 기술과 스피드를 조합해 쉴 새 없이 공격을 펼쳐나가는 검술……. 사피나 씨는 스피드는 우수하긴 하지만, 상대를 치고 들어가는 부분은 회의적이네요."

"입이 있어도 할 말이 없습니다……."

더욱이 마기루카까지 말을 보태자 사피나는 침울해했다.

"그래서! 난 사피나에게 딱 맞는 검술을 가르쳐주려고 해요."

의기소침해하는 사피나를 북돋고자 모두에게 말했다.

"어? 메어리 님이 검술을? 지금 농담?"

"어? 괜찮을까요? 무리 아닐까요?"

"언제 두 사람과 시간을 내서 내가 어떤 인물인지 허심탄회하게 대화를 나눌 필요가 있을 것 같네."

자하와 마기루카가 내심 불안해하며 묻자 나는 도끼눈을 뜨고서 그렇게 말했다. 두 사람은 시선을 회피하고서 입을 다물었다.

"으~음, 뭐, 분명 메어리 님은 훈련 시간 때 종종 이상한……. 아니, 본 적이 없는 행동을 하곤 하니까……. 독창적인 기술을 만드는 재능은 있다고 생각하지만."

도중에 내가 째려보자 자하는 실례되는 말을 하려다가 도중에 말을 바꾸었다.

(뭐, 독창적인 기술이 아니라 전생에서 애니메이션이나 만화를 보고 알아낸 지식이긴 하지만.)

나는 우리의 대화를 이해하지 못한 채 입을 헤 벌리고 있는 사피나 쪽으로 시선을 돌리고서 이야기를 이어나갔다.

"뭐, 가르쳐주겠다고 말하긴 했지만 어디까지나 이론뿐이야. 그걸 흡수해서 승화시키는 건 사피나, 네가 하기에 달렸어."

"아, 예!"

"그래서 그녀에게 맞는 검술은?"

내 말을 다 이해하지 못하고 대답을 하는 사피나와 나를 번갈아보며 왕자님이 물었다.

"홋홋홋! '발도슈울'이에욧!"

"앗, 씹었다……."

"씹었네요……."

"하핫……. 뭐, 귀엽잖은가?"

내가 손으로 입을 가리고 귀까지 새빨개진 채 부들부들 떨고 있는데, 세 사람의 말이 가차 없이 내 수치심을 건드렸다.

"어험……. 다시 말해 '발도술'이에요!"

"우와, 방금 건 없었던 일처럼 지워버리고서 다시 말했어."

"장해요, 장해. 이번에는 제대로 말을 끝마쳤군요."

"이제 그만 좀 빈정거려 줄래요? 끼~잉!"

나는 전설의 검(웃음)을 뽑아 달아나는 자하와 마기루카를 쫓았다.

"하하핫……. 그래서 그 '발도술'은 어떤 기술이지? 들어본 적이 없군."

우리를 시원스러운 표정으로 지켜보던 왕자님이 나에게 물었다. 두 사람을 쫓던 나는 검을 거두고서 멈췄다.

"말보다는 행동으로. 레이포스 님, 지금 보여드리겠습니다. 자하 씨, 상대 좀!"

"에~엥."

내가 부르자 자하가 싫어하면서도 거리를 두고 대치했다.

"잘 봐둬, 사피나."

"예, 메어리 님."

나는 내 뒤로 와서 거리를 띄우는 사피나에게 그렇게 말하고서 대치하고 있는 자하를 쳐다봤다.

"훗훗훗! 잘도 사람들 앞에서 창피를 주었겠다. 각오해요."

"앗, 역시 앙갚음도 포함된 건가?"

"자하 씨, 어서 검을 들고 덤벼요."

나는 오른쪽 어깨를 앞으로 조금 내민 채 무릎을 살짝 굽혔다. 왼손으로는 검집을 쥐고, 오른손으로는 전설의 검(웃음)의 자루를 쥐었다.

순간 정적이 흐르고…….

"그럼 간다아!"

자하가 모조검을 고쳐 쥐고서 나를 향해 달려들었다.

그리고……..

자하는 벽으로 보기 좋게 날아가버렸고, 나는 검을 휘두른 채로 제자리에 서 있었다.

"이게 바로 발도술이에요!"

""""…………."""

자하를 제외한 나머지 세 사람이 침묵했다. 뭐라 형언할 수 없는 분위기가 감돌자 내 얼굴이 순식간에 새빨개졌다.

이튿날 수업이 끝난 뒤.

나는 사피나를 데리고 데오도라 공방으로 향했다. 발도술을 하려면 무기 역시 그걸 쥐어야만 폼이 살기 때문이다.

"어이구, 오늘은 두 사람이 옷을 맞춰 입고 왔군. 희한한데."

공방에 도착한 우리를 맞이해준 데오도라가 나와 사피나가 같은 교복을 입고 있는 걸 보고 놀라워했다. 개성을 중시하는 영애의 패션계에서 같은 옷을 입는 건 대단히 드문 일이다. 나중에 그 사실을 알고 사피나에게 억지로 입을 필요가 없다고 했지만, 그녀는 나와 똑같은 옷을 입는 것을 대단히 기뻐했다.

"그래서 오늘은 무슨 용건이니?"

"데오도라 님은 '도(刀)'라는 무기를 아시나요?"

내가 에두르지 않고 단도직입으로 묻자 데오도라는 고민하며 신음하기 시작했다.

(역시 이 세계에는 도가 없나?)

"이름만 들어서는 잘 연상이 되질 않는데, 어떤 모양이지?"

데오도라가 종이와 펜을 건네자 나는 만화를 보고 따라 그려본 적이 있는 일본도를 얼추 그려냈다.

"흐음······. 이게 도라는 무기인가? 검과는 형태가 조금 다르구나······. 그래도 이건······ 동쪽 대륙에 있다고 하는 무기와 조금 닮은 것 같기도 한데······. 파괴력보다는 예리하게 베어내는 데 중점을 둔 무기라고 여행을 하던 드워프 동료한테서 들어본 적이 있어."

(나왔구나! 판타지 특유의 동쪽 대륙 설정. 이 세계에도 있었네.)

"그걸 만들 수 있나요? 이 아이의 무기로 쓰려고요."

"부, 부탁드립니다······."

내가 사피나를 언급하자 뒤에 서 있던 그녀가 귀엽게 쪼르르 달려와 데오도라에게 고개를 숙였다.

(꽤 긴장하고 있네······. 역시 같이 오길 잘 했네.)

"으~음······. 만들어줄 수야 있긴 하지만, 나도 잘 모르는 무기라 기대에 부응하지 못할지도 모르는데?"

"그래도 상관없습니다. 잘 부탁드립니다! 저 아이한테 딱 맞는 무기로 부탁드려요. 돈은 아끼지 마시고요!"

"메, 메어리 님!"

"하하핫, 여전히 호탕하구먼~♪ 알았다, 만들어주마!"

"하, 하지만 전 그만한 돈이……."

사피나가 당황하며 두 손을 마구 저었다. 내가 사피나의 손을 꼭 감싸 가슴까지 올리자 그녀는 다소 안정을 되찾고서 나를 쳐다봤다.

"괜찮아. 내가 선물해줄게! 그 대신에 사피나는 얼라를 엉망진창으로 박살내줘야 해."

"아, 예!"

내가 짓궂게 윙크하며 말하자 사피나는 환해진 얼굴로 대답해주었다.

(좋았어, 무기도 오케이! 이제는 기술을 습득하기 위해 단련만 하면 되겠어!)

그리하여 우리의 특훈은 시작되었다.

참고로 대회까지 3주도 채 남지 않았다는 것을 그때 나는 전혀 알지 못했다.

15 특훈 중입니다

대회가 가까워졌다. 수업과 수업 사이마다, 그리고 휴일까지 쉴 새 없이 사피나와 특훈하기로 했다. 이는 언제라도 쓸 수 있는 이 개인 훈련소를 확보한 덕분이기도 하다.

"도(刀)도 아직은 시험제작품이긴 하지만 그럭저럭 제 모습을 갖췄고, 사피나의 발도도 그럴듯해졌어."

나는 자하를 상대로 발도 연습에 매진하고 있는 사피나를 보고 만족스럽게 고개를 끄덕였다.

"도신의 길이, 무게, 자루의 모양까지 사피나 씨의 몸에 맞춰서 제작했다고 데오도라 남한테서 들었어요······. 대체 얼마나 든 거죠? 메어리 님."

내 옆에서 사피나를 보고 있던 마기루카가 기가 막힌다는 얼굴로 이쪽을 쳐다봤다.

"음? 왜 듣고 싶어? 얼마나 들었는지 정말로 듣고 싶어?"

"아뇨······. 사양하도록 하죠."

내가 사악하게 웃으며 추궁하자 마기루카는 한 발자국 물러나 항복했다.

"아얏!"

우리가 실없는 말을 주고받고 있을 때 뽀각, 하는 소리와 함께 사피나의 귀여운 비명이 실내에 울려퍼졌다. 그쪽으로 고개를 돌리자 아직 발도를 하지 못한 사피나의 정수리에 자하의 모조 검이 직격했다.

"안 되겠네요……. 공격을 하지 못하고 받아내기만 하지만, 반사속도는 빠른 사피나 씨한테는 발도술이 안성맞춤인 줄 알았는데. 설마 닥쳐오는 상대가 무서워서, 더욱이 결단력이 없는 성격 때문에 검을 뽑는 걸 주저할 줄은 몰랐어요. 그래서 검의 속도가 늦어졌죠……."

마기루카가 한숨을 내뱉으며 사피나가 지금까지 보여준 성과를 분석했다.

"……하지만…… 그런 배짱이 있었다면 애당초 특훈을 할 필요가 없었을 거야."

"……그렇죠."

이번에는 둘이서 한숨을 내뱉었다.

(하지만 포기할 수는 없어. 대회가 코앞이니…… 어떻게든 해야 해.)

"으~음……. 잠깐 생각해봤는데 말이야. 지금 사피나 양이 조금 안이하게 생각하고 있는 게 아닐까? 대련 상대가 자하니까 자신이 실수하더라도 알아서 봐주리라 무의식중에 여기고 있는지도……. 실제로 실수를 하더라도 머리를 가볍게 얻어맞는 수준에 그치고 있으니 말이지."

우리가 머리를 싸매고 고민하고 있으니 뒤에서 보고 있던 왕자님이 엄한 얼굴로 말했다.

"안이하다 이 말씀인가요……? 다시 말해 사피나 씨가 좀 더 위기감을 가져야 한다는 말씀이군요?"

"어? 뭐? 근데 자하 씨한테 진심으로 때리라고 할 거야? 대회가 얼마 안 남았는데 특훈을 하다가 크게 다치기라도 하면 그거야말로 혹을 떼려다가 혹을 붙이는 꼴이라고."

마기루카의 제안에 나는 바로 이의를 제기했다.

"후훗, 괜찮아요. 내게 생각이 있어요. 잠깐 교사로 돌아가서 채비하고 오죠……. 그럼 이따가."

마기루카가 의기양양하게 우리를 남기고 훈련소를 떠났다. 나는 사피나를 쉬게 했다. 그 뒤에 나머지 수업을 끝마치고 다시 훈련소로 돌아온 우리를 마기루카가 맞이해주었다.

"오래 기다렸죠? 이게 비밀병기예요!"

그녀가 몸을 한 바퀴 빙 돌고서 들고 있던 병을 높이 쳐들자 나와 사피나는 입을 벌리고서 그 병을 쳐다보고 말았다.

"뭐야? 그게?"

"그러니까 비밀병기랍니다."

마기루카가 마개를 힘껏 뽑아 우리 앞으로 병을 내밀었다. 나와 사피나는 얼굴을 가까이 대고서 그것을 쳐다보려고 했는데…….

"냄새! 이게 무슨 냄새야!"

"아으으으으윽!"

병에서 새어 나오는 이상한 악취에 우리는 부리나케 뒤로 물러났다.

"후후훗……. 이건 냄새에 민감한 몬스터를 격퇴하기 위해 제가 개발한 냄새 주머니의 원액이에요. 뭐, 악취가 너무나도 심한 나머지 들고 있는 본인마저도 타격을 받는 물건이라서 결국 창고 신세가 되긴 했지만."

마기루카는 의기양양하게 가슴을 내밀며 마개를 닫아 냄새의 근원을 차단했다. 하지만 그 냄새가 너무나도 최악이라서 나는 제자리에 서서 그녀에게 물었다.

"왜 그런 이상한 물건을 가지고 왔어?"

"당연하죠! 이걸로 사피나 씨를 특훈시킬 겁니다!"

"미안. 무슨 소리를 하는 건지 전혀 모르겠는데……. 똑바로 설명해줘……."

창고 신세가 된 자신작이 현 상황에서 도움이 되리라 믿고 흥분하고 있는 마기루카에게는 참 미안하긴 하지만, 나는 뒤에 매달려 있는 사피나가 겁을 먹고 있어서 그녀에게 설명을 요구했다.

"간단해요. 이 원액을 듬뿍 적신 천을 대련 상대의 검에 감싸고서 사피나 씨를 공격하게 하는 거죠. 만약에 제대로 반격해 내지 못하면 이 원액이 사피나 씨의 머리 위에 떨어질 거고…… 그 강렬한 악취가 사피나 씨의 몸에서……."

"히익!"

"무, 무서워……! 이토록 무시무시한 발상을 해내다니!"

마기루카는 병을 우리에게 내밀고는 수상쩍게 큭큭 웃으며 한 소녀를 참담하게 더럽힐지도 모를 무시무시한 계획을 들려주었다. 너무나도 비도덕적인 행위라서 나는 경악했다. 그리고 사피나는 비명을 살짝 내질렀다.

"앗, 참고로 물로 씻어내지 않는 한 이 냄새는 계속해서 몸에 남아 있을 테니 바짝 긴장하도록 하세요. 자, 시간은 금이에요. 당장 시작하도록 하죠! 메어리 님, 액을 적신 천으로 검을 감싸 주세요."

"엥! 왜 내가! 그렇게 더러운 역할은 자하 씨의 몫이잖아."

"그는 아직 수업이 더 있어서 오지 못해요."

나는 서둘러서 준비 중인 마기루카에게 항의를 해봤지만, 가장 중요한 그 더러운 역할을 맡을 사람이 오질 않아서 어쩔 수가 없었다.

(젠장⋯⋯. 평소에는 부르지 않아도 멋대로 나타나면서 가장 중요한 순간에는 나타나지 않다니이이이이!)

나는 쏟아낼 길 없는 분노에 몸을 떨면서도 마기루카가 자꾸 재촉하자 준비에 들어갔다.

그리고 몇 분 뒤.

불쾌한 표정을 짓고 있는 나와 이미 반쯤 울고 있는 사피나가 대치하고 있었다.

"크윽! 구려! 이 냄새 내 검에 배는 건 아니겠지?"

"글쎄요?"

"글쎄요, 라고!? 그게 뭔 소리야!"

도신의 중간에 둘러놓은 천에서 뿜어내는 최악의 냄새에 나는 얼굴을 찡그리며 물었다. 마기루카가 모호하게 대답하자 나는 그쪽을 보며 버럭 외쳤다.

"쓸데없이 검 좀 휘두르지 말아요. 액이 자꾸 이쪽으로 튀잖아요."

마기루카가 오물을 보는 듯한 눈으로 뒤로 슬금슬금 물러났다.

(저 녀석~! 다 끝난 뒤에 이 검으로 흠씬 때려줄까보다…….)

일단 복수는 뒤로 미루고서 나는 다시 사피나를 쳐다봤다.

"자, 사피나. 뭐가 뭔지 잘 모르겠지만 이렇게 됐으니 내게 공격을 받기 전에 이 궁지에서 벗어나도록 해. 벗어나지 못하면 사피나, 넌 숙녀로서 끝장이니까."

"그, 그럴 수가~."

사피나가 내 협박에 겁을 먹었다.

(이 방법이 정말 괜찮은 걸까? 하지만 다치게 하지 않으면서도 결코 실수해서는 안 된다는 묘한 긴장감을 심어주는 데는 성공한 것 같네. 이제 사피나도 주저하지 않고 검을 뽑을 배짱이 생기면 좋으련만…….)

내가 엄한 마음으로 검을 잡고 자세를 취하자 사피나도 각오를 굳혔는지 머뭇거리면서도 발도 자세를 취했다.

"……간닷!"

잠시 침묵이 흐른 뒤 나는 땅을 박차고서 사피나를 향해 달려

들었다.

 그리고 지금 우리는 학원에서 몸을 씻는 곳, 이른바 샤워실에 있었다.

 이유가 뭐냐고? 당연하다. 냄새의 원인을 씻어내기 위해서다.

 소르오스는 몸을 활발하게 움직이기에 땀을 많이 흘린다. 그래서 몸을 깨끗하게 씻어낼 수 있는 시설이 마련되어 있다. 지금 우리가 있는 샤워실 말이다.

 나와 사피나는 소녀의 무언가를 걸고서 한 시간쯤 특훈했다. 사피나는 정말로 필사적이었다. 그렇게 필사적인 표정은 지금껏 본 적이 없었다. 그녀는 진심으로 주저하지 하지 않고, 안이한 마음을 버리고 도를 뽑았다. 특훈 후반부에는 히스테릭해졌을지도 모르겠⋯⋯다. 내 검을 여러 번 맞은 뒤 공포를 이겨내지 못하고 도를 마구 휘둘렀으니까.

 (처음에는 엄청 초조했는지 내가 달려들기 전에 도를 뽑았지. 그 순간을 뭐라 표현해야 좋을지 모르겠네. 사형을 선고받은 공주님한테 사형을 집행하려는 집행자의 심정이었다고 해야 할까. 뭐, 그래도 어설프게 봐주는 건 의미가 없어서 그대로 검을 휘둘렀는데⋯⋯. 막상 한 번 휘두른 뒤에는 전혀 망설이지 않고 마구 휘둘렀지. 사람이란 참 무서운 존재야⋯⋯.)

 나는 악몽 같았던 그 특훈을 돌이키며 몸을 바르르 떨었다. 참

297

고로 나도 지금 몸을 씻고 있었다.

"후후후후훗……. 설마 그렇게 될 줄은 예상치 못했어요. 그래도 괜찮아요! 갈아입을 옷도 마련해놓았으니 여러분 몸을 다 씻은 뒤에 다시 특훈하죠! 우훗, 우하하하하핫!"

간단하게 말하자면 이렇다. 특훈하던 도중에 사피나는 내가 아니라 내가 든 검을 적으로 여기게 되었다. 설마 그녀가 내 검을 향해 발도를 할 줄은 생각하지 못했다. 그래서 내 검이 날아가, 정확하게 말하자면 내 검에 둘렀던 악취 나는 천이 날아가 멀찍이 떨어져 있던 마기루카의 얼굴에 정통으로 떨어졌다. 사태는 거기서 끝나지 않았다. 정신이 나가버린 마기루카가 들고 있던 원액 병을 우리를 향해 던져버렸다. 그 뒤에는 그야말로 지옥도가 펼쳐졌다.

무언가가 망가져버린 마기루카가 이상하리만치 열을 내며 그렇게 말했다. 나는 하하핫, 하고 힘없이 웃으며 그 모습을 쳐다보았다.

"……무리예요……."

사피나는 절망했는지 눈동자에 빛을 잃어버린 채로 몸을 다 씻고 나왔다.

"사……, 사피나?"

"……무리예요……. 싫어요……. 모르겠어요……. 특훈을 해서 몸에 냄새가 배게 하라는 건가요? 검을 휘둘러서 악취를 몸에 묻히라는 말인가요? 애당초 특훈이란 악취인가요……. 이게 뭔가요……. 누군가요. 이런 말도 안 되는 생각을 한 사람이……. 이제 무리예요……, 무리예요……, 무리예요……, 무리……, 무리……, 무리……."

사피나는 빛을 잃은 눈동자로 허공을 응시한 채 감정이 느껴지지 않는 말들을 더듬더듬 쏟아냈다.

(앗! 사피나도 부서졌어…….)

상태가 이상해진 두 사람을 바라보며 나는 조용히 웃을 수밖에 없었다.

그리하여 우리의 위험한 특훈은 남자들에게 알려지지 않은 채 영원히 봉인되었다.

이튿날 두 사람은 원 상태로 되돌아왔다. 그리고 사피나도 무슨 영문인지 주저하지 않고 발도를 할 수 있게 되었다. 이번 특훈은 성공……이라고 해야 하려나? 내가 그때 이야기를 꺼내려고 하자 두 사람 모두 언동이 약간 이상해졌다. 그래서 더는 언급하지 않았다.

❧ 16 ❧ 대전상대예요

무술대회라는 시험을 사흘 앞둔 오늘, 모두 자유연습을 하며 무술을 연마하고 있었다. 우리 '장난꾸러기 트리오'도 모이지 않았다.

(자하도, 사피나도 열심히 노력하고 있겠지. 나도 열심히 해야 해. 주로 필기시험을…….)

나는 무술대회에서 눈에 띄지 않도록 일찍 패배할 예정이다. 하지만 그래서야 레갈리야 공작가 영애로서 낯을 들 수가 없기에 필기시험에서는 1등을 거머쥘 계획이다. 물론 그런 계획을 세운 것은 전생 때 쌓은 학력 덕분이다. 카리스 선배에게 작년까지 출제되었던 문제지를 보여 달라고 부탁했다. 하지만 맥이 빠지게도 모두 여유롭게 풀 수 있는 문제들뿐이었다.

(누가 왔으려나~.)

담화실에서 누구와도 만나지 못했던 나는 개인 훈련소로 향했다. 안을 들여다보니 뜻밖의 인물들이 대련을 하고 있었다.

(자하랑 카리스 선배? 희한한 조합이네. 자하가 상급생한테 대련을 부탁하다니.)

내가 입구에서 멍하니 바라보고 있자 카리스 선배가 대련하던 손을 멈추고서 이쪽을 쳐다봤다. 그러자 자하도 비로소 나를 알아보고 검을 멈췄다.

"좋아, 오늘은 이쯤 하도록 하자. 친구도 왔으니."

"고맙습니다. 카리스 선배."

호흡이 가라앉자 두 사람은 서로 예를 표했다. 카리스 선배는 챙겨온 수건으로 땀을 훔치며 이쪽으로 다가왔다.

"카리스 선배, 안녕하세요. 별일이네요. 선배가 하급생을 상대해주다니."

내가 숙녀의 예를 표하자 선배가 웃었다. 그는 클래스 마스터를 맡은 학생답게 실기, 필기 모두 성적이 뛰어나다. 그런 성적 우수자가 하급생을 상대하는 건 드문 일인데······.

"저 아이는 강해. 나날이 실력이 늘고 있어서 같은 또래는 연습 상대도 되지 못할 정도지. 뭐, 너희들이 말하는 '얼라' 빼고는······."

카리스 선배가 의미심장하게 윙크를 했다.

"······저기······. 그렇게 강한가요? 그 얼라?"

"그래, 강해. 예전에 반쯤 농담으로 두 사람을 대련시켜본 적이 있었는데 말이야······. 뭐, 진심은 아니었다고 하지만 서로 부상을 입힐 만큼 호각이었지."

"선배, 뭐예요! 왜 그런 걸 시켜요!"

카리스 선배가 태연한 얼굴로 놀랄 만한 발언을 하자 나는 놀라서 큰소리로 외쳤다.

"괜찮아. 살짝 긁혔을 뿐이니까······. 게다가 대회를 치르기 전에 얼라의 실력을 조금이라도 엿볼 수 있어서 선배한테 고마울 지경이야."

내가 항의하자 자하가 다가와 옹호해주었다.

"흐~음……. 뭐, 그렇다면 상관없지만……. 그래서 붙어보니 어땠어?"

"선배가 말했다시피 얼라는 분명 강해. 자신의 검을 절대적으로 자신하고 있어. 훗……, 메어리 님과 만나기 전 나를 보는 것 같았지."

무슨 생각을 하는지 모르겠지만 자하가 자학적으로 실소했다.

"자하 씨……. 나 때문에 자신감을 잃었다는 말처럼 들리는데? 참 유감이야."

"아니, 아니, 아니, 철저하게 꺾어놨잖아."

"그랬던가?"

내가 고개를 갸웃거리며 귀엽게 얼버무리자 자하가 한숨을 깊이 내뱉고서 그 이후로는 아무 말도 하지 않았다. 그런데 그때 사피나와 마기루카가 함께 훈련소를 찾아왔다. 이 역시 희한한 조합이다.

(그리고 보니 요즘에 사피나와 마기루카가 둘이서 종종 훈련소를 오는 것 같은데, 어느새 저렇게 사이가 좋아진 걸까?)

"아, 카리스 선배."

사피나는 나와 대화를 나누는 상대가 선배라는 걸 알고서 예를 표했다. 선배와 면식이 없는 마기루카도 일단은 뒤따라서 예를 표했다.

"에구, 모두 다 모인 것 같으니 외부인은 이만 물러나도록 해볼까. 너희들도 오후에 늦지 않게 담화실에 모이도록 해."

그는 이를 내보이며 시원스럽게 웃고서 훈련소를 떠났다.

"오후에 담화실에서 뭔 일 있나?"

카리스 선배의 뒷모습을 지켜본 뒤 나는 의아해하며 사피나에게 물었다.

"어? 메어리 님, 오후부터 무술대회 대전상대를 정하는 추첨회가 있는데……."

"여전히 여유만만하구만, 메어리 님은."

내 말을 듣고 사피나는 깜짝 놀랐고, 자하는 감탄하며 나를 쳐다봤다. 나는 헛기침을 하고서 그 시선에서 도망치듯 몸을 다른 방향으로 틀었다.

"……어머, 당연히 농담이지……."

나는 입에 손을 대며 호호홋, 하고 웃었다.

그리고 오후.

우리는 담화실에 모여 있었다. 올해 입학생들이 오랜만에 모두 한자리에 모였다.

"그럼 지금부터 토너먼트 추첨을 시작하도록 하겠다. 호명된 사람은 여기로 나와 제비를 뽑도록."

담화실 안에 이쿠스 선생님의 목소리가 울려 퍼졌다. 떠들고 있던 학생들의 목소리가 뚝 그치고 고요해진 실내에 긴장감이 가득해졌다.

(드디어……. 1회전 때 자하나 사피나와 맞닥뜨리면 마음 편히 질 수 있을 것 같은데 말이지~.)

내가 불성실한 생각을 하는 동안에 추첨은 계속해서 진행되었다.

"다음 사피나 카르샤나."

귀에 익은 이름이 들리자 사고가 현실로 되돌아왔다. 이쿠스 선생님 쪽으로 시선을 돌리자 사피나가 긴장한 얼굴로 제비를 막 뽑고 있었다.

(부탁이에요 신이시여! 1회전에서 자하와 사피나가 맞붙는 그런 개그만은 제발 참아주세요!)

나는 자기 일처럼 하늘에 기도를 올리며 긴장한 얼굴로 사피나를 지켜봤다.

"사피나 카르샤나. 1회전 제8시합!"

사피나가 제비를 뽑자 담당자가 내용을 확인하며 읽었다. 그때 주변에서 웅성거리는 소리가 들리기 시작했다. 설마 최악의 전개인가 싶어서 토너먼트표를 보자 사피나의 상대가 이미 기재되어 있었다. 나는 황급히 대전상대의 이름을 확인했다.

"다행이다……. 자하가 아냐……. 아이 참, 사람 놀래지 좀 마."

안도한 나는 창백한 얼굴로 비틀거리며 돌아오는 사피나를 맞이했다.

"어디 보자, 상대는 '알렌 골드'? 엥? 누구야?"

"바로 나야."

내가 혼잣말처럼 중얼거리자 이쪽으로 다가오는 남자가 대답했다. 그 남자는 바로 '얼라'였다.

"마, 말도 안 돼!"

나는 그 사실에 경악하고 무심코 고개를 푹 숙였다. 그 모습을 보고 꽤 만족했는지 그 얼라가 의기양양하게 이쪽을 쳐다봤다.

"후훗, 그렇게 실망하지 마. 마침 잘 됐잖아, 사피나. 누가 더 우수한지 일찍 결판을 낼 수 있게 됐으니까……. 그렇지?"

"이럴 수가……. 그토록 철저하게 이름을 듣지 않으려고 했건만 이런 데서 허무하게 듣게 될 줄이야. 더군다나 '얼라'가 '알렌' 이라니 별 차이도 없잖아!"

충격이 큰 나머지 나는 무릎을 털썩 꿇고 말았다.

"어, 앗……. 아니? 으음? 그 부분에서 충격을 받은 거냐……."

'얼라', 즉 알렌이 어이없다는 표정으로 딴죽을 걸었다.

"음, 뭐……. 알게 됐으니 어쩔 수 없지. 마음을 새롭게 다잡 도록 하자."

나는 알렌을 애써 무시하고 스스로를 북돋운 뒤 다시 일어서서 그를 쳐다봤다.

"우리도 마침 잘 됐어요. 다른 누군가한테 져서 변명을 늘어놓는 것보다는 이렇게 확실하게 판가름을 내는 편이 낫죠."

"저기, 메어리 님……."

내가 의연한 태도로, 아니, 얕잡아보는 태도로 쳐다보자 알렌이 힘줄을 세운 채 분노를 드러냈다. 사피나는 부들부들 떨며 내 뒤에 숨어버렸다.

"흥! 자기 혼자서는 아무것도 못 하면서 권력이 있는 녀석한테 매달리기만 하다니 무능한 녀석 같으니. 내가 너 같은 벌레한테 질 이유는 눈곱만큼도 없어! 대회 당일에는 시간을 허비하지 않겠어. 바로 끝장내서 네 무능력을 모두한테 널리 알려줄 거야. 각오하라고."

알렌은 나를 전혀 개의치 않고 뒤에 숨어 있는 사피나를 노려보며 말했다. 그 말을 듣고 내 옷을 붙잡고 있던 사피나의 손이 스르르 풀린 것을 옷의 감촉만으로 알았다. 그 순간 내 감정은 절대영도로 얼어붙기 시작했다.

(저 녀석……. 우리의 우정을 저속한 관계와 도매금으로 취급하다니…….)

저 남자의 눈에는 나와 사피나의 관계가 권력을 가진 공작가 영애와 그 영애에게 알랑방귀를 뀌는 추종자로 비쳤을 것이다. 그렇게 생각하니 분노보다는 무언가 차가운 것이 내 마음을 파먹기 시작했고, 나에게서 감정을 빼앗아갔다.

"……아무래도 내가 진심으로 화가 난 모양이야. 오만이란 이름의 그 잘난 코를 당장 여기서 꺾어주겠어. 물리적으로…….""

""………….""

내가 싸늘하게 으름장을 놓자 옆에 있던 자하마저도 긴장한 얼굴로 이쪽을 쳐다봤다.

내가 한 발자국 나가려고 했을 때 누군가가 내 옷소매를 붙잡았다. 아까 떨어졌던 사피나의 손이 다시 나를 붙잡은 것이다. 그쪽으로 시선을 돌리자 그녀가 이곳에서 소란을 피우면 안 된다고 고개를 저으며 나에게 호소했다.

"여, 여하튼, 시합이 참 기대가 되네! 그땐 각오하도록 해. 레가리야의 똘마니야!"

내 박력에 짓눌린 알렌이 그 말을 내뱉고서 자리를 떠났다. 나는 차가운 눈으로 그 녀석을 계속 노려봤다.

"메어리 님…… 얼굴이 무서워."

자하가 불쑥 중얼거린 말에 얼어붙었던 내 감정이 점점 원래대로 되돌아왔다.

"……흐, 흥! 진짜 가증스러워 저 남자는!"

나는 몸을 홱 돌려 뒤에 있는 사피나를 봤다. 그녀는 다시 나에게서 약간 거리를 띄운 뒤 미안한 표정으로 고개를 숙였다.

(아까 저 녀석이 한 말 때문이구나…….)

나는 고개를 숙인 사피나의 두 손을 자신의 두 손으로 감싸고서 얼굴 앞으로 들어올렸다. 그러자 사피나도 그에 따라 고개를 들고서 이쪽을 바라보았다.

"사피나! 저딴 녀석한테 지면 안 돼. 알겠지! 반드시 이겨야 해."

"……메어리 님……."

격려도 해봤지만 그다지 효과가 없었는지 사피나가 어색하게 웃었다. 나는 그런 그녀에게 해줄 게 없을지 생각하며 안타까워했다.

"메어리 레가리야! 없나? 메어리 레가리야!"

"아, 아, 옙. 있습니다!"

이쿠스 선생님이 부르자 나는 화들짝 놀라 요상한 목소리로 대답했다. 그러자 주변에서 키득거리는 소리가 들렸다. 나는 아까 전과는 전혀 다른 이유로 새빨개진 얼굴로 황급히 이쿠스 선생님 곁으로 달려갔다.

# 17 앞으로…….

"드디어 내일……. 대회가 시작되네."

밤, 학원에서 돌아온 나는 방 창문으로 밤하늘을 바라보고 있었다.

"사피나 님께서는 1회전부터 운명을 건 시합을 하시겠네요……. 심정이 어떨지 짐작이 가네요……."

내 근처에서 대기하고 있던 튜테가 말하자 나는 추첨회를 떠올리고 말았다.

"있잖아, 튜테. 나랑 사피나의 관계가 공작가 영애와 그 추종자……처럼 타산적인 관계로 보여?"

"아가씨께서 그렇게 생각하신다면 그런 게 아닐까요?"

내가 그 뒤로 고민하던 것을 용기를 내어 털어놓았더니 튜테가 선선히 수긍하는 게 아닌가?

"내가 그런 생각을 할 리가 없잖아!"

나는 황당한 나머지 무심코 목소리가 험악해지고 말았다.

"그럼 된 거 아닌가요? 주변 사람들이 어떻게 생각하든 아가씨는 아가씨세요. 그게 아니라고 스스로 믿으신다면……."

튜테가 상냥하게 웃자 내 마음속에 있던 그늘이 순식간에 사라져갔다.

(그래, 고민할 게 뭐 있어. 내가 믿으면 그걸로 족하잖아. ……아

아, 나 참…… 그딴 녀석의 말에 동요하다니 한심하기는.)

"고마워, 튜테. 어쩐지 기운이 나는 것 같아……."

"예……."

내가 미소를 짓자 튜테가 공손하게 예를 표했다.

"그나저나 아가씨. 정말로 이 대본대로 진행하실 건가요?"

튜테가 화제를 바꾸고자 전에 내가 건네줬던 종이 다발을 내보였다.

"물론이야. 대회 때는 직접 작성한 이 대본대로 행동할 거니까 튜테도 단단히 연습해두도록 해."

"제……제가 해도 정말로 괜찮을까요? 대회 당일에는 사용인도 학원 안에 들어갈 수 있긴 하지만 더 적합한 분이 있지 않을까 싶은데……."

"아니. 이건 튜테가 해줬으면 좋겠어. 나와 너 사이니까 가능한 일이야! 자, 둘이서 성공시키자!"

나는 튜테에게 다가가 손을 꼬옥 쥐고서 반짝이는 눈동자로 그녀를 바라보았다.

"아, 예! 아가씨!"

튜테도 내 말에 의욕을 내주었다.

"그럼 숙련도를 더욱 높이기 위해 연습하자!"

"옙!"

그리하여 우리는 마치 연극 연습이라도 하는 것처럼 방에서 대본을 읽으며 동작과 위치 등을 논의하였다.

　드디어 오늘 무술대회 첫째 날이다. 마치 작은 운동회처럼 자기 자식의 모습을 지켜보려는 부모님들이 학원 문 앞에서 이제나저제나 기다리고 있었다.

　그저 널찍한 공터일 뿐이었던 훈련소(운동장)는 세 구역으로 나뉘었고, 각 구역마다 시합장이 마련되었다. 소르오스의 신입생들이 모두 참가하는 시험이기에 시간을 줄이고자 이와 같은 간이 시합장에서 일제히 시합을 치르는 거겠지. 8강전부터는 장소가 투기장으로 바뀌고, 본격적인 1대1 시합이 펼쳐진다. 수많이 관객들이 구경하는 이벤트가 될 것이다. 카리스 선배가 그렇게 말했었다.

　(투기장까지 가면 아무리 패배하더라도 눈에 띌 것 같으니 이 간이 시합장에서 끝내고 싶은데……. 그렇다면 관객들도 다 모이지 않은 1회전 때 패배하는 게 딱 좋으려나.)

　나는 시합장을 내려다본 뒤 시합이 펼쳐지는 광경을 떠올리며 불성실한 생각을 성실하게 했다.

　(일반인은 조금 이따가 학원에 들어올 테니까 튜테가 오면 마지막 점검을 해야겠네. 우와…… 어쩐지 긴장이 돼…….)

　마치 문화제 때 연극 공연을 앞둔 학생처럼 나는 초조한 마음을 억누르고자 심호흡을 했다. 그런데 요즘에 버릇이 되었는지 나는 어느새 그 개인 훈련소 앞까지 와버렸다.

(여기에 오는 것도 이번이 마지막이겠구나. 그건 그것대로 좀 쓸쓸하네.)

감상에 젖기에는 아직 이르지만 나는 실내를 무심히 들여다봤다. 그런데 먼저 온 사람이 있었다.

가만히 자세를 취하고 있는 그 모습이 아주 차분해 보였다. 이미지 트레이닝을 하고 있는지 눈을 감고 호흡을 가다듬다가 한순간 도를 뽑아 아름다운 궤적으로 허공을 갈랐다.

그 동작은 대단히 예리하고 아주 아름다웠다. 창문에서 새어든 빛이 때마침 역광이 되어 그 아름다움을 더욱 돋보이게 했다.

"……후~……앗! 메, 메어리 님!…… 계셨어요?"

사피나는 멈췄던 숨을 다시 내뱉고서 심호흡을 했다. 나는 문 앞에서 그 광경을 황홀한 눈으로 쳐다봤다. 내가 온 것을 보고 사피나가 도를 칼집에 넣으며 이쪽으로 졸랑졸랑 달려왔다.

(이런……. 발도가 너무나도 아름다워서 무심코 정신없이 쳐다봤네.)

헤 벌리고 있는 입을 손으로 가리고서 나는 애써 냉정한 척 대답했다.

"대단해, 사피나. 벌써 발도술을 완벽하게 익히다니! 이제 시합은 이긴 거나 다름없어."

"그, 그렇지 않습니다……. 하나도 안 대단해요. 시합도 제대로 치를 수 있을지……."

내가 칭찬하자 그녀는 겸손이라기보다 정말로 글렀다는 표정을 지으며 살짝 침울해했다.

"그렇지 않……."

나는 용기를 북돋아 주려고 사피나의 손을 꼬옥 쥐었다. 그리고 깨달았다. 그녀의 작은 손이 누가 봐도 느낄 수 있을 만큼 덜덜 떨리고 있다는 것을.

(……긴장……. 그럴 만도 한가? 첫 번째 시합에 그녀의 운명이 걸려 있으니 그 압박감이 얼마나 크겠어……. 이런 상태로 시합을 했다가는…….)

"에헤헤……. 한심하네요. 뭐라도 하지 않으면 짓눌려버릴 것 같아요. 무섭고…… 무서워서…… 어쩔 줄 모르겠어요."

사피나는 자학적으로 웃으며 내 손에서 자신의 손을 빼고는 그대로 훈련소를 나가려고 했다.

(그렇구나……. 아무리 기술을 연마하더라도 그녀의 마음이 강해지는 건 아니었네…….)

"괜찮아. 사피나라면 틀림없이 이길 거야."

어떻게든 용기를 주려고 내뱉은 그 말은 참 덧없었다. 진부한 표현이었다.

"……무리일지도……. 난 언제나…… 실전에는…… 약해서……이번에는 괜찮을 줄 알았는데…… 결국 평소처럼……."

나라는 타인의 존재가 사피나를 다시 약하게 만든 걸까? 그녀는 떨리는 손을 바라보며 되레 긴장감에 짓눌리고 말았다. 지금 그녀는 평소처럼 나에게 존댓말을 쓸 여유조차 없는 듯했다.

"괜찮아!"

"……그래도……."

"괜찮대도. 자기 자신을 믿지 않으면……. 지금까지 노력해온 넌 보상을 받을 수가 없어.

"……지금까지 노력해온…… 나?"

내 말을 듣고 사피나가 이쪽으로 고개를 돌렸다.

(한 번 더 북돋아 줘야 해……. 뭐라고 하지? 어떻게 말해야 그녀가 시합에 임할 수 있을까? 적어도 지금 내가 느끼는 수준으로 긴장을 누그러뜨려야……. 지금의 나?)

지금 나는 사피나처럼 진로가 좌우될 중대한 상황에 부닥쳐있지 않다. 애당초 시합에서 꼭 이겨야 하는 이유가 없어서 평소처럼 있을 수 있는 거 아닌가?

(내가 그녀와 같은 상황에 부닥친다면 과연 앞으로 나아갈 수 있을까……. 응? 앞으로?)

그때 나는 어떤 말을 떠올렸다.

"잘 들어. 사피나……. 누구든 실전에서는 긴장하기 마련이야. 나도 긴장하고, 자하 씨도……, 아마 긴장……하겠지?"

(그 전투민족은 긴장하기보다는 기대감에 두근거리고 있을지 모르겠네.)

장담할 자신이 없어져서 자하는 예시에서 빼기로 했다.

"여하튼 모두 마찬가지야. 다들 같은 출발지점에 서 있어. 차이가 나기 시작하는 건 그 뒤야."

나는 다시 자신의 손으로 사피나의 손을 감싸주었다.

"······그 뒤요?"

사피나는 놀란 눈으로 쳐다보면서도 내 말에 흥미를 느꼈는지 되물었다.

"그래, 용기를 내고 앞으로 나아가느냐, 망설이며 멈추느냐, 겁먹고서 도망치느냐, 차이는 거기서 비롯돼."

나는 월견초 축제 때 떠올렸던 그 말을 그녀에게 전했다.

"그럼······ 전 도망치려고······."

"아니, 그게 아냐! 사피나, 지금 넌 망설이고 있을 뿐이야. 넌 학원에 남기로 하고서 지금껏 노력해왔어. 싸우겠다고 결심했잖아. 절대 도망치지 않았어. 지금까지 노력해온 자기 자신을 믿어야 해."

"······메어리 님······."

"그러니 겁먹지 말고 앞으로 나아갈 용기를 내자······. 사피나, 알겠지?"

나는 그녀가 또다시 부정적인 생각을 품지 못하도록 그녀가 뭐라 대꾸할 새도 없이 말을 쏟아낸 뒤 손을 꼬옥 쥐었다. 기분 탓인지 떨림이 잦아든 것 같았다.

"······메어리 님······."

"······왜? 사피나."

"······아파요······."

"앗, 미안! 아하핫."

(조금 세게 쥐었네⋯⋯. 실수, 실수.)

사피나가 살짝 울먹이며 애원하자 나는 황급히 그녀의 손을 풀고서 얼버무리듯 웃어보였다. 그러자 사피나도 쓴웃음이긴 했지만 웃어주었다.

"⋯⋯메어리 님은 대단해요⋯⋯. 전 그렇게 생각해본 적이 없었어요."

"그게 말이야~. 실은 그 말은 크라우스 님이 한 말인데⋯⋯ 앗, 솔직하게 말하지 않았다면 내 주가가 올랐으려나?"

"후홋⋯⋯ 그랬겠죠."

내가 농담을 하자 이번에는 사피나가 살짝 웃었다. 그녀는 도를 들어 쳐다본 뒤 떨리는 손에 힘을 주었다.

"사피나?"

"⋯⋯지금까지의 자신을 믿고서⋯⋯ 남은 건⋯⋯ 앞으로 나아갈⋯⋯ 용기⋯⋯."

그녀는 손에 쥔 도를 쳐다보며 자기 자신을 타이르듯 중얼거렸다. 그 순간 무술대회의 시작을 알리는 종소리가 학원에 울려 퍼졌다.

드디어 대회가 시작되었다.

차례가 가까워진 선수는 대기실에서 대기해야 하지만, 나머지 학생들은 시합을 관전할 수가 있다. 나는 세 사람 중 순서가 가장 빠른 자하의 시합을 보러 갔다.

역시 에렉실이 자랑하는 새싹답게 시합장에는 이미 몇몇 관객들이 모여 있었다. 선배들의 모습도 군데군데 보였다.

그 안에 낯익은 사람이 있어서 인사했다.

"안녕하세요. 카리스 선배."

"오, 메어리 양도 보러 왔나?"

우리가 인사를 나누자 시합장에 모인 사람들이 수런거리기 시작했다. 드디어 선수들이 등장했다.

"그럼 1회전 제3시합을 시작합니다."

심판을 맡은 선생님이 말하자 자하와 상대 선수가 시합장에 들어왔다. 나는 오랜만에 본 자하가 진지한 표정을 짓고 있어서 걱정스레 지켜보았다. 그런데 내가 온 걸 알아차렸는지 자하가 이쪽으로 고개를 돌렸다. 그러고는 엄지를 척 세우고서 자신의 기합을 나에게 과시했다.

(아하하, 대단한 자신감이네. 저 남자는 긴장도 안 하나? 괜히 걱정했잖아.)

내가 어이없어하며 호응해주자 자하가 하핫, 하고 웃고서 시합장 가운데로 걸어갔다. 두 선수가 지정된 위치에 서는 것을 확인한 뒤 심판이 시합 개시를 선언했다. 그와 동시에 자하가 빠른 속도로 상대를 향해 달려들었다.

"!!"

"하아아아앗!"

허를 찔린 상대 선수가 뒤로 물러났다. 자하가 그대로 머리를 향해 검을 휘두르자 상대 선수가 들고 있던 검으로 공격을 막아 냈다. 그러나 자하가 휘두른 참격이 묵직했는지 검과 검이 맞부 딪치는 둔탁한 소리와 함께 상대 선수가 얼굴을 찡그리며 휘청 거렸다. 자하는 틈을 주지 않고 연이어 검을 옆으로 휘둘렀다. 상대 선수는 그 공격을 겨우겨우 막아내면서 또 휘청거렸다.

"역시…… 힘의 차이가 역력하군."

시합이 시작되자마자 일방적인 전개가 펼쳐지자 카리스 선배가 예상했다는 얼굴로 중얼거렸다.

"그런가요?"

나는 무심코 카리스 선배의 말에 대꾸했다.

"음? 에렉실의 검술은 힘으로 눌러버리는 것이 주류이니 말이야. 자하 군의 참격은 나조차도 막아내면 손이 찌릿해질 정도야. 장래가 참으로 기대가 되는 인재지."

카리스 선배가 진담인지 농담인지 모르게 익살을 떨며 말하자 커다란 환호성이 터져나왔다. 시합장을 보니 연이은 참격을 버

처내지 못한 상대 선수가 자하의 검을 맞고 날아가 공격불능상
태가 되어버렸다.

"끝났군……. 그래도 상대 선수도 잘 버텨낸 편이야. 시작하
자마자 당하지는 않았으니까."

"아, 예……."

별 어려움 없이 시합을 끝마친 자하는 상대와 인사를 나눈 뒤
시합장을 나왔다.

(순식간에 끝나버렸네. 저걸 보니 자하는 걱정할 필요가 없을
것 같네. 좋아, 사피나를 보러 가자. 아마 대기실에 있겠지.)

나는 카리스 선배에게 인사하고서 그대로 대기실로 돌아가기
로 했다. 대기실 안은 긴장감으로 가득해서 어쩐지 불편했다.
나는 그 안에서 벽 근처에서 웅크린 채 차례가 오기만을 기다리
고 있는 소녀를 발견하고서 그쪽으로 다가갔다. 그런데 나보다
도 먼저 그녀에게 다가간 남자가 있었다. 나는 그를 보고 언짢
은 표정을 지었다.

"흥! 그렇게 져놓고도 또 나랑 싸우려고? 주제를 좀 알아라.
넌 한 번도 날 이겨본 적이 없잖아."

알렌이 뻔뻔스럽게 웃으며 앞에 서서 내려다보자 사피나는 그
를 올려다보며 그저 몸을 웅크리기만 했다. 나는 그가 또 뭐라 말
하기 전에 두 사람 사이에 끼어들어 알렌을 조용히 노려보았다.

"쳇……. 또 레가리아."

알렌이 진심으로 불쾌해하며 사피나에게서 떨어졌다.

"사피나도 사피나지만, 너도 너다. 변변한 실력도 없으면서 아버지의 권력으로 으스대다니. 신물이 난다. 이 무능한 것들 같으니."

"!"

내가 끼어들어서 어지간히도 부아가 치밀었는지 알렌이 나에게도 욕설을 내뱉고서 떠나려고 했다.

"당장 저, 정정해주세요!"

내 뒤에서 사피나가 나름대로 크게 외쳤다. 알렌은 발걸음을 멈추고서 고개만 이쪽으로 돌렸다.

"허? 뭐라고?"

사피나는 두 손으로 자신의 도를 꼬옥 쥔 채 내 앞으로 나오더니 고개를 척 들고서 알렌을 쳐다봤다.

"제게 뭐라고 하는 건 참을 수 있어요. 하지만 메어리 님을 모욕하는 말은 정정해주세요. 메어리 님은 당신이 생각하는 그런 사람이 아닙니다."

"헷! 날 이기면 한 번 생각해보지. 뭐, 그런 일은 절대로 없겠지만."

사피나가 소리가 작긴 하지만 또렷한 말투로 항의하자 알렌은 콧방귀를 끼고서 그대로 대기실 밖으로 나가버렸다.

"사, 사피나……."

앞에 서 있는 작은 소녀를 보고 나는 놀랐다.

(사피나가 따졌어.)

"메어리 님은 그런 사람이 아냐……. 네까짓 게 뭘 알아……."

고개를 숙인 채 작게 중얼거리긴 했지만, 그녀는 평소답지 않게 화를 내고 있었다.

자신이 아니라 타인이 모욕을 당했는데도 분노를 내보였다. 그 감정이 그녀의 긴장과 공포를 능가하여 그녀가 한 걸음 앞으로 나아가게 한 걸까?

(그때 나도 튜테를 지키려고, 타인을 위해서 용기를 쥐어짜냈어. 사피나도 역시 자신이 아니라 타인을 위해서 분노하고 용기를 낸 건가?)

예상 밖의 전개에 당혹스러워하는 동안에 대회는 진행되었고, 어느덧 그녀의 시합이 시작될 시간이 되었다. 시합장으로 모이라는 선생님의 목소리가 들리자 그녀는 숙였던 고개를 들고서 밖으로 나가려고 했다. 나는 그녀의 뒷모습을 지켜보다가 딱 한마디밖에 해줄 수가 없었다.

"이겨, 사피나!"

"…………."

사피나는 내 말을 듣고 잠시 발걸음을 멈췄다가 이내 고개를 끄덕이고는 시합장으로 걸어갔다.

시합장으로 가니 마기루카, 자하, 그리고 왕자님까지 관전하

려고 와 있었다.

"아, 아니, 레이포스 님."

내가 황급히 예를 표하려고 하자 그는 손을 올려 제지했다.

"드디어 사피나 양의 시합이로군."

"아, 예."

"자, 어떻게 될지 지켜봐야겠어."

나와 왕자님이 대화를 나누고 있으니 카리스 선배가 흥미진진한 표정으로 다가왔다.

"그럼 지금부터 1회전 제8시합을 시작하겠습니다. 두 사람 앞으로."

심판을 맡은 선생님이 선언하자 두 사람이 시합장 안으로 들어왔다. 나는 자기 일보다 더 긴장하며 사피나를 지켜보았다.

"훗, 분수도 모르는 녀석! 바로 결판을 내서 두 번 다시 기어오를 수 없도록 해주지."

내 귀가 좋은 건지 아니면 그의 목소리가 컸는지 모르겠지만 무슨 영문인지 두 사람의 대화가 나에게 들렸다.

"……용기를 갖고 앞으로……. 용기를 갖고…… 앞으로…….
메어리 님을 모욕하다니 절대로 용서 못 해……."

사피나는 알렌의 도발을 무시하고서 자신을 필사적으로 북돋고 있었다.

(힘내, 사피나.)

나는 주먹을 쥐고서 침을 삼켰다. 심판의 신호에 두 사람은 시합창 가장자리로 이동하여 같은 유파인데도 각기 다른 자세를 취했다. 그 광경을 보고 주변에서 웅성거리기 시작했다.

"희한한 자세군. 하지만 무슨 짓을 해도 소용없어! 소용없다고!"

"……."

알렌이 호기롭게 비아냥거리자 사피나는 움직이지 않고 심호흡을 했다.

"그럼…… 시작!!"

심판이 시합 개시를 선언하는 목소리가 시합장에 퍼지자 알렌이 사피나를 향해 달리기 시작했다.

정적…….

그토록 시끄러웠던 시합장이 지금은 고요해졌다.

관객들은 숨을 삼키고서 한곳을 쳐다보고 있었다.

지금 시합을 치러야만 하는 다른 선수들조차 자세를 취한 채 그곳을 보고 있었다.

그 시선 끝에는 한 소녀가 있었다.

아름다운 도신이 햇빛을 받아 찬란하게 빛나고 있었다.

그리고 저 멀리 웅크리고 있는 물체가 꼴사납게도 입에 거품을 물고 눈을 뒤집은 채 기절해 있었다.

……일격…….

……딱 일격…….

불과 몇 초 전에 소녀가 뽑아낸 도가 남자의 옆구리를 가격했
고, 그는 쓰레기처럼 날아가버렸다.

소녀가 숨을 내뱉고서 도를 칼집에 집어넣자 끼잉, 하는 금속
음이 시합장에 울려퍼졌다. 그 소리에 멍하니 있었던 심판이 가
장 먼저 제정신을 차렸다.

"스, 승자! 사피나 카르샤나!"

심판이 승자를 알리자 시합장에서 환호성이 터져나왔다.

"이……이겼어?"

"예! 그래요, 메어리 님."

갑작스러운 나머지 내가 정신을 놓고 중얼거리자 옆에 있던
마기루카가 기뻐하며 나를 끌어안았다.

"놀랐어……. 불과 몇 초 만에, 더욱이 일격으로 시합을 끝내
다니. 내 기억으로는 사피나 양이 처음이야. 이거 엄청난 다크
호스구만."

카리스 선배가 놀라워하며 그렇게 중얼거렸다. 나는 사피나의
승리를 비로소 인식하고는 나를 끌어안고 있는 마기루카와 두
손을 맞잡고 기뻐했다.

"에헷……. 메어리 님이 엄청난 녀석을 만들어버렸군."

자하가 기뻐하는 우리를 곁눈으로 보며 그렇게 말하자 나는 그를 쳐다봤다.

"뭐예요? 에렉실가의 사람이면서 싫은가요?"

"헤헷! 그럴 리가 없잖아."

그는 진심으로 기뻐하는 얼굴로 나를 쳐다봤다.

(아, 그래……? 이 전투민족 같으니. 조금이라도 무서워하면 어디가 덧나나?)

내가 탄식을 하고 있으니 환호성의 근원이 비틀거리며 다가왔다.

"……메, 메어리, 님……. 제, 제……, 제가…… 이겨…….."

의심증에 걸린 그녀가 믿기지 않는다는 얼굴로 나에게 물었다.

"그래! 이겼어, 사피나! 네가 이겼다고!"

내가 그녀의 손을 잡고서 현실을 인식시키고자 승리했다는 사실을 여러 번 전하자 그녀는 비로소 받아들이기 시작했다. 눈에 눈물이 고였다가 이윽고 흐르기 시작했다.

팽팽했던 긴장의 끈이 풀어지자 그녀는 쏟아지는 환호성 속에서 내 가슴에 얼굴을 묻고 펑펑 울었다.

학원사상 최속으로 승리한 검사가 지금 탄생했다.

19 내 차례예요

"내 차례가 얼마 안 남았어."

"저…… 심장이 쿵쾅 뛰기 시작했어요……. 대본대로 잘할 수 있을까요?"

지금 나와 튜테는 대기실에서 그리 멀지 않은, 인적이 없는 곳에서 남몰래 서로 마주 보며 논의하고 있었다. 무슨 이유인지 두 사람 모두 쪼그리고 있었다.

"그나저나 아가씨? 왜 대기실에서 대기하시지 않는 건가요?"

"긴장감으로 팽팽한 곳에서 가만히 있으면 그 긴장감이 내 마음에까지 침투해버리니까."

"아, 예……. 그럼 제가 대기실에 가서 아가씨 차례가 되었는지 보고 올게요."

튜테가 일어서서 떠나려고 하자 나는 그녀의 치맛자락을 붙잡았다.

"호, 혼자 내버려 두지 마. 오히려 더 긴장되잖아."

"하지만 차례를……."

"괜찮아. 사피나한테 차례가 다가오면 여기로 와서 알려달라고 부탁해뒀으니까."

"……사피나 님한테 맡겨놔도 괜찮을까요?"

나는 튜테가 의문을 품은 이유를 이해하지 못하고 고개를 갸웃거렸다. 그때 마침 그 사피나가 허겁지겁 달려오는 게 아닌가?

"죄송합니다, 메어리 님! 이제 나가실 차례예요!"

사피나가 헐떡이며 그렇게 말했다.

"왜 아슬아슬하게 알려줘?!"

"아마도 언제 알려주러 갈지 고심하다가 시간이 지체된 거겠죠."

내가 소박한 의문을 던지자 튜테가 역시나 그럴 줄 알았다는 얼굴로 대답했다.

(그렇게 대단한 시합을 치렀는데도 여전히 판단력이 부족하네…… 뭐, 사피나다워서 좋긴 하지만.)

그때 튜테가 내 손을 붙잡고서 시합장으로 종종걸음으로 걷기 시작했다.

"자, 잠깐, 잠깐, 잠깐, 튜테. 뭐가 그렇게 급해?"

"무슨 말씀을 하시는 거예요? 사피나 님의 저 허둥대는 모습을 보니 다들 이미 시합장에 모여 있을지도 모른다고요! 자, 아가씨, 어서 서두르세요."

"자, 잠깐만. 마음의 준비가."

튜테의 손에 이끌려 시합장으로 가자 아니나 다를까 시합을 치러야하는 사람들이 모두 모여 있었다.

(우와…… 눈에 띄어…… 주목받고 있잖아…….)

나는 튜테를 남겨두고 슬그머니 시합장으로 갔다. 주변을 둘러보니 뜻밖에도 관객들이 많았다. 그 원인은 아마도 관전하러

온 왕자님, 마기루카, 자하, 사피나, 그리고 카리스 선배 때문이 겠지.

(모두 내 시합보다는 관객들을 보고 흥미진진하고 있구나…….
특히 자하와 사피나는 지금 가장 주목받는 사람이니까…….)

나는 심호흡을 하고서 대치하고 있는 상대를 쳐다보았다. 그는 무언가 탐색하는 눈으로 이쪽을 보고 있었다.

(여기로 허겁지겁 오느라 의식하지 못했는데……. 막상 대전 상대와 대치를 하니 새삼스레 시합을 앞두고 있다는 실감이 드네……. 우와, 긴장되라~.)

나는 허리에 찬 전설의 검(웃음)을 쥐고 있는 손에 힘을 주었다. 검이 딱딱해지는 것이 느껴졌다.

"그럼 시작!"

심판의 호령과 함께 환호성이 울렸다. 나는 결심을 굳힌 뒤 검을 뽑고 당당한 태도로 상대에게 겨눴다. 그도 호응하듯이 들고 있는 창으로 나를 겨눴다.

"후훗! 자, 이 경사스러운 무대에서 얼마나 춤을 잘 추는 한 번 봐볼까!"

내가 당당한 태도로 도발하자 상대방은 놀랐는지 창을 든 채로 상황을 지켜보았다.

(좋아, 대본대로 말했어! 우선은 예상대로 선제공격은 들어오지 않았어……. 근데 왜?)

내가 의아해하고 있을 때 관객석에서 카리스 선배가 쓸데없는 해설을 늘어놓았다.

"어? 일부러 그런 거라고요……? 이유가 뭔가요?"

카리스 선배의 말을 듣고 놀란 사피나가 되물었다.

"아아, 메어리 양의 상대는 너희들과는 유형이 달라. 기술도, 힘도 평균 수준이지만 계략에 능하지. 그녀는 상대를 철저히 조사한 뒤 손바닥 위에서 농락하다가 패배로 이끌어가는 방식으로 싸워."

"다시 말해 시합이 시작되자마자 메어리 님은 상대방의 스타일에 맞춰 싸우려고 저렇게 말한 거군요. 왜 쓸데없이 연기투로 저런 말을 할까 싶어서 진심으로 걱정했답니다."

카리스 선배가 해설하자 마기루카가 이상한 해석을 덧붙이며 안도했다.

"맞아, 대단한 자신감이야. 그 덕분에 상대의 기가 초장부터 꺾이고 말았어. 저 역시 메어리 양의 시나리오에 적혀 있을지도 모르겠군."

그때 나는 주변에서 그런 이상한 대화가 이어지고 있다는 것도 모른 채 가련하게 패배하기 위해 대본대로 움직이고 있었다.

(우선은 상대를 얕잡아보는 척 다짜고짜 공격하러 들어갔다가…… 상대의 카운터를 맞고…….)

나는 상대가 막아낼 수 있도록 단조로운 공격을 펼쳤다. 그러자 계속 막기만 하던 상대가 공격으로 전환했다. 나는 상대의 공격을 막아내자마자 얼굴을 찡그리며 뒤로 물러났다. 그것을

329

신호로 상대가 연속공격을 펼쳤다. 그때마다 나는 고통스러워하는 척 그 공격을 쳐냈다.

(좋았어. 대본대로 속수무책으로 당하고 있어……. 상대의 공격을 겨우겨우 막아내는 척하면서 무력함을 어필하는 거야!)

스스로도 놀랄 만큼 시합이 대본대로 진행되자 조금 기뻤다. 이따금 웃음이 터져 나올 뻔했지만, 간신히 참아내며 철저하게 방어만 했다.

카리스 선배가 그런 나를 보며 또다시 해설을 작열시켰다.

"상대가 초조해하고 있어. 시합 내내 메어리 양의 손바닥 위에서 놀아나고 있다고."

"제 눈에는 메어리 양이 압도당하고 있는 것으로밖에 보이지 않는데요."

"아니, 저건 명백히 연기야. 너무 과장됐어. 게다가 문외한은 잘 모를 테지만, 메어리 님은 상대의 공격을 완전히 예측하고서 미리 움직이고 있어. 그러니 상대는 자신이 조종을 당하고 있는 것 같은 착각에 빠지지."

흥분한 자하가 신이 나서 상황을 키워놓았다.

"게다가 메어리 님……. 이따금 웃음을 참고 있어요. 저 표정이 공격을 퍼붓고 있는 상대를 정신적으로 더더욱 내몰고 있어요."

내 행동을 유심히 보던 사피나가 더더욱 상황을 키워놓았다. 관객들이 오오~, 하고 감탄을 터뜨렸다.

"아아아앗!"

그런 줄도 모르고 나는 귀엽게 비명을 내지르며 튕겨나간 것처럼 뒤쪽으로 펄쩍 물러난 뒤 무릎을 바닥에 댔다.

"아가씨, 이제 그만두세요! 싸워봤자 승부는 뻔해요!"

튜테가 대본대로 나에게 손을 뻗으며 절박하게 외쳤다. 시합장에서 사람들이 수런거리기 시작했다.

(으~음. 튜테, 너무 연기 같지 않았어?)

사람들이 자신에게 뭐라고 하는지 눈치채지도 못했으면서 튜테의 연기를 걱정했다.

"놀랍군……. 설마 도우미까지 준비해놨을 줄이야……. 더군다나 저 메이드의 행동도 연기야. 그렇다면 미리 작전을 짰다는 건가? 자기 입으로 말하는 게 아니라 다른 사람한테, 더욱이 미리 지시해둔 말을 하도록 말이야. 지략으로 싸우는 상대한테 이보다 더 힘의 차이를 깨닫게 해줄 방법은 없지."

카리스 선배가 감탄을 넘어 경악한 얼굴로 해설을 계속 쏟아냈다.

"아니, 아직 끝낼 수 없어! 난 아직 더, 싸울 수 있어!"

내가 그렇게 말한 뒤 휘청거리며 일어서자 상대도 뒤로 물러나 다시 자세를 취했다.

(이 대목에서는 힘을 쥐어짜 내는 척…….)

"……몸을 내던지면서 날린 혼신의 일격에 카운터…….."

"!"

(에구……. 무심코 생각이 입 밖으로 나와버렸네. 카운터를

맞고도 내가 일어서려고 하면 튜테가 울먹이며 수건을 던진다. 그리고 TKO로 패배한다! 완벽한 전개야.)

나는 패배를 확신하며 검을 쥐고 자세를 취했는데…….

"항복합니다…….."

"엥?"

상대의 말을 듣고 아연실색했다.

"승자, 메어리 레가리야!"

심판이 드높이 선언하자 웅성거림이 환호성으로 바뀌더니 시합이 종료되었다.

"졌어. 완벽하게 졌다고. 나 참, 파고들 틈이 없었어. 역시."

상대가 후련한 얼굴로 나에게 악수를 청하자 나는 멍한 얼굴로 그에 응했다. 그가 시합장을 떠나자 나도 뒤에 대기하고 있던 튜테 쪽으로 걸어갔다.

그녀도 사태를 파악하지 못한 채 TKO용으로 준비해뒀던 수건을 든 채 당황하고 있었다. 그녀가 그 수건을 건네자 나는 일단 받아들었다.

"으~음……. 메이드의 대사 뒤 메어리 양은 '나는 아직 만족하지 못했어. 더 덤벼봐' 하고 도발을 했어. 상대는 계략이고 뭐고 다 내던지고서 혼신의 일격을 가하려고 했을 거야. 하지만 메어리 양의 혼잣말을 듣고 상대가 자신의 속내를 꿰뚫어 보고 있다는 걸 깨달았지……. 마무리를 지은 건 메이드의 저 수건이야. 메어리 양이 아직 지시를 내리지 않았는데도 승리한 주인의 땀을 닦으려고 준비하는 저 연출에 상대방은 시합 전체가 그녀의 계획대로 흘러갔다는 걸 깨닫고서 전의를 완전히 상실한 거지…….”

“메어리 님……, 무서워라. 굳이 상대가 자신하는 전법으로 철저하게 농락하다니…….”

“여, 역시, 메어리 님!”

아직도 경악을 감추지 못하고 있는 카리스 선배가 수수께끼 같은 해설을 늘어놓자 자하는 무서운 광경을 본 것처럼 두려워했고, 사피나는 황홀한 표정으로 한숨을 내쉬었다. 그리고 나는 모두의 환영을 받은 뒤에 비로소 상황을 파악할 수 있었다.

메어리 레갈리야, 1회전, 승리.

참고로 나중에 알게 된 것인데 이 세계에는 시합 중에 수건을 던져도 기권의 개념이 없다고 한다. 튜테는 왜 수건을 던지면 패배한다는 것인지 의미를 잘 몰랐지만, 굳이 묻지 않고 주인의 지시를 그저 따랐다고…….

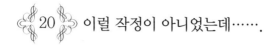

20 이럴 작정이 아니었는데…….

대회는 둘째 날에 접어들었다.

자하는 힘으로 무난하게 압승을 거두었고, 사피나는 저번 시합으로 망설임을 끊어냈는지 빠른 속도로 이겼다. 그리고 나는…….

"아아아…… 졸려……."

성가신 표정으로 시합장에 서 있는 내 눈 밑이 거뭇하게 번져 있었다. 어제 일을 반성하며 대본을 고치느라 밤을 새우고 말았다.

졸려 죽겠는데 귀에 관객들의 목소리가 쩌렁쩌렁 울리자 나는 더더욱 불쾌해졌다. 시합장 옆에서 대기하고 있는 튜테도 나를 돕느라 밤을 지새운 탓에 고개를 꾸벅거리고 있었다.

"그럼 제2회전을 개시하겠습니다. 두 사람 앞으로."

(졸려……. 아니, 아니, 정신 차려야 해! 이번에야말로 보기 좋게 져야만 한다고! 어제 카리스 선배가 시합 중에 이상한 소리를 해서 모두가 나를 눈여겨보기 시작했으니까.)

머릿속으로는 그렇게 생각하지만 실제로 나는 허리에 찬 검을 쥔 채 몸을 축 늘어뜨리고 있었다.

(자칫하면 어제의 전철을 밟을 테니 이번에는 시합이 시작하자마자 속공을 가하고…… 그 뒤에…….)

"시작!"

중얼거리며 시나리오를 확인하는 도중에 심판이 시합 시작을 선언한 것 같은 느낌이 들었다. 나는 고개를 들어 앞을 바라보았다. 그러자 대전상대가 나에게 속공을 가하고 있었다.

너무 요란한 환호성과 졸음, 그리고 상황이 마음먹은 대로 흘러가지 않아 치솟은 분노 때문에 불쾌한 아우라가 레벨업을 했다. 핏줄이 선 관자놀이가 꿈틀거렸다.

"하웃!"

나는 이상한 소리와 함께 한 걸음 앞으로 나아가며 상대를 향해 검을 뽑아 휘둘렀다. 상대를 견제하여 뒤로 물리기 위해 날린 일격은 사피나의 발도술과 무척 흡사했다. 그런데 내 힘을 흡수하여 아주 딱딱해진 전설의 검(웃음)이 상대의 몸통을 보기 좋게 가격하고 말았다.

"크헉!"

"앗……."

별안간 벌어진 사태에 화들짝 놀라 졸음이 싹 달아나버렸다. 그 대신에 일을 저질렀다는 당혹감이 머릿속을 지배하고 있었다. 완전히 카운터를 당한 상대는 땅바닥을 구르다가 엎어진 채 몸을 부들부들 떨고 있었다.

"바, 방금 건 무효예요. 일어나, 어서 일어나요! 이렇게 꼴사납게 끝내고 싶어요!? 당신은 소르오스의 전사잖아요. 근성을 좀 보여 봐요!"

나는 초조한 나머지 상대에게 얼토당토않은 요구를 했다. 대전상대는 내 말을 듣고 으그그그그, 하고 신음하며 어떻게든 일어서려고 했다.

"깜빡하고 있었군. 사피나 양의 그 검술은 메어리 양이 알려준 거였지. 그렇다면 당연히 메어리 양도 쓸 수 있을 텐데, 상대는 그 사실은 완전히 잊었던 모양이야. 메어리 양은 상대의 속공을 유도하고자 저렇게 무방비한 자세로 계속 서 있었던 거로군. 하지만 검만은 단단히 쥐고 있었으니, 상대는 그걸 경계했어야 했는데."

"저런 세검으로 발도술을 구사해 상대를 날려버리다니. 화려하기만 한 장난감 검이라고 생각했는데 그게 아닌 것 같네."

"확실한 이야기는 아니지만, 예전에 데오도라 님한테 도를 만들어달라고 부탁하러 갔을 때 메어리 님한테도 무언가를 만들어준 적이 있다는 소리를 얼핏 들었는데, 혹시 데오도라 님이 저 검을……."

"만약에 그게 사실이라면 얕잡아볼 수 없겠네. 왕도 최고의 대장장이인 데오도라 씨가 손수 만들었다면."

시합장 밖에서 카리스 선배, 사피나, 자하가 순서대로 쓸데없는 해설을 늘어놓았다. 관객들은 그 해설을 듣고 고개를 연신 끄덕였다.

(그만 좀 해애애애애! 또 요상하게 내 주가가 오르잖아아아아아! 난 그럴 생각이 전혀 없다고오오오옷.)

나는 희미하게 들리는 선배와 친구들의 요상한 해설에 속으로 딴죽을 걸며 대전상대가 일어나주기를 간절히 바랐다.

"끄응!"

대전상대가 이를 악물며 부들부들 떨리는 다리로 일어서자 나는 안도했다. 그러고는 그 뒤의 전개를 머릿속으로 그리고서 튜테를 쳐다봤다.

털썩!

내가 뒤를 돌아보자마자 무언가가 땅바닥에 쓰러지는 소리가 들렸다. 나는 설마, 하는 마음으로 조심스럽게 대전상대 쪽으로 고개를 돌렸다. 최악의 예상대로 여지없이 들어맞았다. 힘을 다한 대전상대가 땅바닥에 엎드려 있는 게 아닌가?

"끝장을 내지 않은 채 불쌍한 상대를 애써 질타하고 격려했어. 상대의 건투를 지켜보다가 그가 어떻게든 일어서자 메어리 양은 잘했다며 웃음을 보내줬지. 그런데 그 뒤에 대기하고 있던 메이드를 돌아볼 줄이야……. 그가 결국 힘을 다하고 쓰러지리라 미리 계산했던 거지! 하지만 덕분에 대전상대는 순살당했다는 불명예만은 피할 수 있었어. 역시 '하얀 희군'이라 불릴 만해. 저렇게 고상한 면모도 겸비하고 있었다니!"

감탄한 카리스 선배가 심각한 오해를 유발하는 해설을 쏟아내자 환호성이 터져나왔다.

"승자! 메어리 레가리야!"

(이, 이럴 작정이 아니었는데에에에! 대체 난 왜 밤을 샌 거냐

고오오오오!)

심판의 승리 선언과 내 마음속 절규가 서로 공명했다. 커다란 환호성에 비로소 제정신을 차렸는지 튜테가 몸을 흠칫 떨고는 주변을 두리번거리기 시작했다.

(너…… 선채로 잤던 거니?)

미안한 마음으로 튜테에게 다가가자 그녀는 창백해진 얼굴로 나에게 귓속말을 했다.

"이, 이기신 거예요? 아가씨…… 어쩌죠?"

"불가항력이었어. 괜찮아. 다음에야말로……."

"하지만 아가씨 다음 시합부터는…… 장소가 투기장으로 바뀌는데요."

"어?"

튜테가 왜 그런 말을 했는지 의도를 깨닫고서 나는 무너져 내리듯 무릎을 털썩 꿇었다.

"이……, 이럴 수가. 혹시 8강……에 들어갔다고? 어째서? 다음 시합은?"

"……그게 말이죠. 앞선 시합에서 승자가 부상을 당했는데 회복마법으로 치료를 받더라도 하루 정도 안정을 취해야한대요. 그래서 다음 시합을 기권했고, 다음 시합의 상대는 부전승을 거두게 됐죠. 그리고 그 시합의 상대가 바로 아가씨라서 그대로 8강으로…… 올라가시게 된 거예요."

시합을 시작하기 전에 그런 이야기를 들었던 것 같지만, 너무

졸려서 머릿속에 들어오지 않았다. 승자답지 않게 침울해하는 나를 아랑곳하지 않고 오늘 가장 큰 환호성이 터져나왔다. 8강 안에 처음으로 들어간 사람은 나로 결정되었다. 참고로 내가 무릎을 털썩 꿇는 장면을 보고 사람들은 감격해서 그랬다느니, 무서웠지만 의연하게 떨쳐내다가 긴장이 툭 풀려서 그랬다느니, 실은 병약한데 무리를 했다느니, 여러모로 미화를 한 모양이다.

"어쩌지! 어쩌면 좋으냐고! 나, 어떡해!"

"아, 아가씨! 지, 진정하세요! 머리를 흔들지 말아, 주세요오!"

나는 시합장을 떠난 뒤 늘 숨는 그곳에서 튜테의 어깨를 붙잡고 마구 흔들었다. 진짜 울고 싶어졌다.

튜테의 말을 듣고 나는 흔드는 것을 멈추었다. 하지만 그녀는 어지럼증이 가라앉지 않았는지 한동안 눈을 이리저리 굴렸다.

"이, 이렇게 된 이상……, 자하 님이나 사피나 님과 맞붙어 시작하자마자 패배하는 게 어떨까요? 그 두 분한테라면 일격에 패배하더라도 아무도 위화감을 느끼지 못할 거예요."

"그, 그래야겠지! 이렇게 된 이상 둘 중 한 사람한테 날 좀 도와달라고 부탁해야겠어!"

나는 튜테가 난처해하며 내놓은 제안을 덥석 받아들였다.

"하지만 자하 씨는 서툰 것 같고…… 사피나한테 부탁해야하나?

그 아이라면 도와줄 거야."

내가 그릇된 생각을 했을 때 튜테가 토너먼트표가 적힌 메모지를 보며 몸을 부들부들 떨기 시작했다.

"아, 아가씨. 자하 님과 사피나 님은…… 이대로 가면 준결승전에서 맞붙게 돼요. 그리고 아가씨는 두 분 중 한 분과 결승전에서 맞붙게 되시고요."

"…………."

잠시 침묵이 흘렀다.

"어쩌지! 어쩌면 좋으냐고! 나, 어떡해!"

"아, 아가씨! 지, 진정하세요! 머리를 흔들지 말아, 주세요오!"

그리고 우리는 루프에 빠졌다.

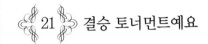 **21 결승 토너먼트예요**

나는 8강에 들어갔다. 그리고 이튿날에 모든 친구가 8강에 들어갔다.

그날 밤 부모님과 함께 저녁을 먹고 있었을 때였다.

"메어리, 다 들었단다. 대회에서 8강에 들어갔다면서? 너무 위험해서 참가시키고 싶지 않았지만, 그 소식을 들으니 어깨가 다 으쓱해지더구나. 역시 우리 딸이야."

"감……, 감사합니다. 아버님."

아버님이 대회를 화제에 올렸다. 나는 감사 인사를 하면서도 내심 이 화제가 더 확대되길 원치 않았기에 굳이 말을 더 하지 않았다. 하지만 아버님은 내 이야기를 듣고 싶었던 게 아니라 대회 이야기로 하고 싶은 말이 있었는지 개의치 않고 말을 이었다.

"그래서 말이다. 내일 투기장 시합부터 우리도 관전하기로 했단다."

"예!? 하, 하지만 아버님께서는 일이 있으신 게……."

예상 밖의 전개가 펼쳐지자 나는 황급히 아버님의 마음을 돌리려고 일 이야기를 꺼내보았다.

"괜찮다. 그건 네가 걱정할 일이 아니야. 네 시합을 꼭 참관할 수 있도록 업무를 조정해놓았으니까."

아버님이 하하하, 하고 웃으며 의욕을 보이자 나는 무슨 말을 해도 늦었다는 걸 깨달았다. 식사를 서둘러 마친 뒤 비틀거리며 방으로 돌아갔다.

"끝났네. 이제 도망칠 데가 없어져버렸어."

방으로 돌아오자마자 나는 침대에 앉아 고개를 푹 숙였다.

"그러네요. 기대하고 계시는 주인님과 사모님 앞에서 패배하는 모습을 내보일 수도 없고, 무엇보다 시합에 지각해서 부전패를 당한다는 계획도 물거품이 됐어요."

방까지 함께 따라온 튜테가 안타까워하며 말했다.

"어쩌, 지?"

내가 또 튜테의 어깨를 잡고 흔들려고 고개를 들자 그녀는 눈치챘는지 뒤로 스스슥 물러났다.

"잠깐, 왜 도망가?"

"에헴……. 그것보다 앞으로 어떻게 하느냐가 문제예요. 아가씨."

내가 달아난 튜테를 원망스럽게 쳐다보자 그녀는 시선을 돌리며 화제를 바꾸었다.

"왜 이렇게 된 거지? 눈에 띄지 않도록 계획을 짰건만 죄다 망해버리다니."

"혹시 애초부터 계획이 잘못됐던 게 아닐까요?"

내가 푸념을 하자 튜테가 손뼉을 짝 치며 말했다.

"무슨 뜻이야? 내 계획에 뭔가 부족한 점이라도?"

"아뇨, 아뇨. 애당초 계획을 세운 게 실수이지 않았을까요? 평소였다면 시합 도중에 당황한 나머지 머릿속이 새카매지셨을 텐데, 계획을 세운 덕분에 상대한테 농락당하지 않고 냉정하게 대처할 수 있었으니까⋯⋯."

튜테의 말을 듣고 나는 중대한 사실을 깨달았다. 대본을 만들어 그대로 따르는 데 전념했기에 평소였다면 경악하고 패닉을 일으켰을 사태조차 그럭저럭 대처해낼 수 있었다.

"이게 뭐야⋯⋯. 대본이 되레 독이 되다니."

"그러니 다음 시합 때는 흘러가는 대로 몸을 맡겨보는 게 어떨까요? 아가씨께서는 사소한 돌발 상황이 벌어지더라도 금세 당황하셔서 우스꽝스러운 행동을 하실 테고, 그러면 자연스럽게 패배하실 수 있지 않을까요?"

(으음, 가만히 흘려들을 수 없는 말이 들렸던 것 같은데⋯⋯ 뭐 굳이 따지지 말자.)

나는 튜테의 제안을 듣고 고민하다가 고개를 크게 끄덕였다.

"맞아! 흘러가는 대로 몸을 맡기면 금세 패배할 수 있을 거야. 게다가 허튼짓을 하지 않으면 이상한 오해도 사지 않을 테고."

"바로 그거예요! 아가씨께서는 두부 멘탈? 이시니까 우스꽝스러운 행동을 거듭하시다가 자멸하실 거예⋯⋯."

튜테가 맞장구를 치며 대단히 실례되는 말을 하자 나는 그 입을 막고자 그녀의 뺨을 꼬집어주었다.

"허튼소리를 내뱉은 게 바로 이 입이렷다?"

"아퍄, 아퍄요⋯⋯. 아가씨이이이이."

울먹이며 사과하는 튜테의 뺨을 더 꼬집어준 뒤에 풀어주었다.

나는 후련해진 마음으로 내일 시합에 임하고자 잠자리에 들었다.

이튿날

시합 장소가 투기장으로 바뀌자 관객 수가 급격하게 늘었다. 투기장에서의 시합은 이틀 동안 진행된다. 이를 결승 토너먼트라고 부른다. 8강전은 첫째 날에, 그리고 준결승전과 결승전은 둘째 날에 벌어질 예정이다. 학원측도 이틀간의 시합을 성대한 이벤트로 꾸미고 싶었는지 휴교까지 내렸다. 그래서 학생들이 투기장에 몰려들었고 관객 수가 늘어나게 된 것이다.

"우르르 몰려왔네."

"왔네요."

집합시간까지 아직 시간이 남아서 투기장 안을 살짝 봤다. 내가 감상을 말하자 튜테도 맞장구를 쳐주었다.

"보지 말걸 그랬어. 투기장 안을 가득 채운 관객들을 보니 오히려 더 긴장돼."

"하지만 대기실에 있으면 이상한 상상을 키워나가시다가 그 압박감 때문에 침울해하실 거잖아요?"

"…………."

(역시 튜테. 오랫동안 알고 지내서 날 너무 잘 아네.)

내 뒤에 서 있는 메이드를 보고 감탄하고 있으니 그보다 더 뒤에서 낯익은 얼굴들이 다가왔다.

자하와 사피나다.

"앗! 메어리 님!"

나를 알아봤는지 사피나가 기뻐하며 내 곁으로 달려왔다.

(음음, 멍멍이처럼 귀엽네.)

나는 웃으며 그녀를 맞이했다. 그리고 잘 왔다며 찰랑거리는 머리를 쓰다듬었다.

"자하랑 사피나도 시합장을 보러 왔어?"

"예."

"별일이네. 메어리 님이 시찰을 다 오다니. 평소였다면 어딘 가에서 숨어 있다가 시합에 지각했을 텐데."

사피나의 머리를 쓰다듬고 있으니 자하가 놀란 얼굴로 다가 왔다. 나는 사피나를 보며 웃으면서 들고 있던 검집으로 실언을 내뱉은 자하의 옆구리를 툭 찔러 주의를 주었다.

"자하 씨, 왜 그러세요?"

자하가 옆구리를 문대며 몸을 부들부들 떨자 사피나가 뒤를 돌아보며 희한하다는 눈으로 쳐다봤다.

"윽⋯⋯. 이제부터 시합을 해야 하는데⋯⋯ 대미지를 입히다니."

자하는 몇 분 동안 끙끙거리다가 원래대로 돌아왔다. 나는 사 과하지 않고 반쯤 뜬 눈으로 그를 쳐다봤다.

"시합 상대한테 딱 알맞은 핸디캡이죠. 당신은 너무 압도적이 에요."

자하와 사피나는 신입생 중에서 월등한 실력을 갖고 있다. 그래서 지금까지의 시합들은 모두 일방적으로 끝났었다. 하지만 저 두 사람은 8강전에서 승리한다면 준결승전에서 맞붙게 된다. 두 성적우수자 중 하나가 떨어져야만 하는 사태에 마음이 조금 아팠다.

"8강전에서 이긴다면 두 사람은 내일 준결승전에서 싸우게 되겠네요."

"맞아. 사피나한테는 미안하지만, 결승전에서 메어리 님과 싸울 사람은 바로 나야."

"아뇨, 결승전에서 메어리 님과 싸울 사람은 저, 접니다."

내가 말하자 자하는 자신감 넘치게 호언장담했고, 사피나는 머뭇거리며 되받아쳤다.

(훗, 사피나도 자기주장을 할 수 있게 됐구나. 기뻐. 하지만……)

"너희들, 왜 내가 결승전에 올라갈 거라는 전제로 얘기들을 하고 있어?"

"'엥?'"

두 사람은 무슨 뚱딴지같은 소리냐는 얼굴로 나를 쳐다봤다.

(제발 내가 결승전에 당연히 올라갈 거라는 눈으로 쳐다보지 마. 마음이 뜨끔해지니까. 저렇게 쳐다보면 패배하기가 거북해지잖아.)

나는 죄책감이 살짝 들어 무심코 시선을 돌려버렸다. 바로 그때 곧 시합이 시작된다는 담당자의 말이 귀에 들렸다. 나는 드디어 결승 토너먼트가 시작되었다는 것을 실감하였다.

(이번에야말로 패배할 거야!)

나는 새롭게 결의를 다지고서 대기실로 돌아갔다.

✤ 22 ✤ 잔재주는 부리지 않아요

결승 토너먼트가 시작되었다.

1회전 제1시합에서 자하는 고전하지 않고 쉽게 이겼다. 뒤이은 제2시합에서 사피나도 무난하게 승리를 거머쥐었다.

(두 사람, 진짜 강하네. 이럴 줄 알았다면 두 사람과 일찍 만났으면 좋았을걸.)

나는 안타까워하면서 대기실에서 제3시합이 끝나기를 기다렸다. 이윽고 멀리서 환호성이 들렸다. 시합이 끝났다는 걸 알자 긴장감이 커져갔다.

(우윽…… 대본이 없으니 이렇게 긴장이 되네. 하지만 대본이 없으니 깔끔하게 질 수 있을 것 같아.)

담당자가 나를 부르러 대기실로 돌아왔다. 나는 튜테의 격려를 받으며 시합 장소로 향했다.

투기장에 도착하자 더 커다란 환호성이 나를 감쌌다. 벌써 여러 시합을 경험했는데도 압박감에 짓눌릴 것 같아서 심호흡을 했다. 반대편에서 대전상대도 나왔다. 우리는 대치했다.

(자하도, 사피나도 그렇지만, 이 세계 사람들은 전생 때 봐왔던 사람보다 성장이 빠르구나. 몸을 보니 도저히 동갑내기인 것 같지 않아.)

나는 나보다 키가 크고, 전생 전에 봤던 스포츠 소년보다도 몸이 다부진 남자애를 바라보았다. 그러자 그는 들고 있던 검신이 넓은 양손검을 한 번 휘두르며 위협했다.

"후훗. 자, 날 무찌르기 위해서 이번에는 어떤 술책을 짜왔을까? 그 어떤 술책이든 죄다 깨부숴줄 테지만."

나는 자신감이 넘치는 늠름한 상대를 보고 패배를 기대했다. 그러고는 검을 뽑아 상대를 향해 내밀었다.

"오늘은 잔재주 따윈 부리지 않을 거예요! 정면에서 맞붙어 승부를 보겠어요!"

기세에 휩쓸려 내가 말을 내뱉자 시합장 주변에서 수런거리는 소리가 들리기 시작했다. 그런데 대전자가 깜짝 놀랐다가 이내 표정을 고치고서 고개를 깊숙이 숙이는 것이 아닌가?

"고맙다! 역시 하얀 희군이구나!"

(어? 뭐야? 왜 내게 고마워하는 거야? 누가 좀 알려줘. 플리즈!)

나는 그의 말을 듣고 머리 위로 물음표를 띄운 채 시합장 안에 있는 카리스 선배를 무심코 의식했다. 때마침 선배가 요상한 해설을 늘어놓고 있던 참이었다.

"역시 그렇게 마음을 먹은 건가? 상대와 정정당당하게 같은 무대에서 싸우겠다고 결심한 거로군."

"무슨 뜻이죠?"

카리스 선배가 진지한 얼굴로 말하자 마기루카가 궁금해하며 물었다.

"대전자는 보다시피 자하 군처럼 파워 타입 전사야. 힘으로 맞붙는다면 분명 메어리 양이 불리하지. 대신에 심리전이나 두뇌전은 저 대전자가 훨씬 약하니 그쪽으로 싸웠다면 메어리 양이 순식간에 승리했을 거야. 그래서 경계하려고 저렇게 허세를 떤 건데, 메어리 양은 상대의 불안감을 날려주고자 정면승부를 선언했어. 자신이 불리해진다는 걸 알면서도 말이지. 역시."

카리스 선배의 말을 듣고 수런거림이 우오오오오, 하는 환호성으로 바뀌었다. 물론 그때 나는 카리스 선배의 말을 전혀 듣지 못했다. 하지만 주변 사람들이 고개를 연신 끄덕이며 감탄하는 눈으로 일제히 나를 쳐다보자 또 오해를 샀다는 것만은 알아차렸다.

"그럼 결승 토너먼트 1회전 제4시합, 시작!"

내가 한숨을 깊이 내쉬자 심판이 큰소리로 시합 개시를 선언했다.

(이럼 안 되지. 시합 중에는 집중, 집중. 아버님과 어머님이 보고 계시잖아. 허무하게 패배하는 모습은 보여드릴 수 없지.)

나는 검을 들고 자세를 취하고서 상대를 쳐다봤다. 그도 경계하는지 조금씩 거리를 좁히며 상황을 엿보고 있었다.

(까아아아악! 어쩌지? 어쩜 좋지? 어떡해. 일단 흘러가는 대로 몸을 맡기도록 할까?)

상대의 역량을 잘 모르는 상황에서 괜히 예측하고 행동했다가는 이겨버릴 수도 있다. 나는 생각을 내던지고서 눈앞에 벌어진

일에만 전념하기로 마음먹었다. 이른바 임기응변 작전이다.

"하아아앗!"

마비에서 풀린 것처럼 대전자가 공격해왔다. 하지만 사피나에 비해 그 동작이 느리고, 자하처럼 단조로워서 나는 무심하게 대처할 수 있었다.

상대가 무기를 옆으로 크게 휘두르자 뒤로 물러나 피했고, 뒤이어 위를 향해 찌르자 옆으로 몸을 날려서 피했다.

(나도 공격을 해두긴 해야지. 이번에는 내가 갑니다!)

대전자의 움직임이 어쩐지 자하와 흡사해서 나는 자하와 대련을 하는 느낌으로 돌진했다.

"어설퍼!"

(어, 어라?)

내가 앞으로 내지른 공격을 상대가 양손검을 힘껏 휘둘러 옆으로 쳐냈다. 옆으로 날아가는 팔을 따라 내 몸도 덩달아 빙그르르 돌아갔고, 그대로 상대방을 향해 전진했다.

"아닛!"

내 공격을 쳐내고서 안심하던 상대는 내가 뒤이어 추가 공격을 가하는 줄 알고 화들짝 놀랐다. 나는 회전력을 억누르지 못하고 결국 그대로 상대의 몸통을 향해 검을 냅다 휘두르고 말았다.

(야, 잠깐, 머, 멈춰어어어어!)

"젠장!"

그는 양손검을 쥐고 있던 왼팔로 배를 가려 공격을 막아……

"끄아아아악!"

……내지 못했다.

나는 평상시 자하와 대련하던 것처럼 검을 힘껏 휘둘러 그를 날려버렸다.

(망했다아아아! 저 사람은 자하가 아니잖아! 무심코 평소 버릇대로.)

일을 저지르고 얼굴이 창백해진 나를 아랑곳하지 않고 관객석에서 커다란 환호성이 터져나왔다.

"대단해……! 큰 공격을 날리는 사람의 최대의 약점이 공격 직후라는 것을 아는 듯한 저 몸놀림 좀 봐! 게다가 원심력을 이용해 온몸으로 일격을 날렸어. 자세가 무너진 상태에서 아무리 방어를 해본들 온 몸을 던진 일격 앞에서는 아무런 의미가 없지. 체격 차이가 나는 상대와 힘으로 맞붙어서 저런 방식으로 승리를 거둘 줄이야! 크으, 놀라워!"

카리스 선배가 말하자 환호성이 더욱 커졌다.

"큭……. 이…… 이런 전투방식도 있었구나."

내 공격을 맞고 마비가 됐는지, 아니면 부러졌는지 대전자는 왼쪽 팔을 축 늘어뜨린 채 고통스러운 얼굴로 나를 쳐다봤다.

(망했어, 망했어, 망했어! 이 흐름은 대단히 좋지 않아! 다음, 그래, 다음 공격을 맞고 그냥 패배하자! 그래, 패배하는 거야!)

지금까지의 흐름으로 보아 이대로 놔뒀다가는 승리할 것 같은 불길한 예감이 들었다. 나는 억지로라도 시합을 끝내고자 다음 공격을 그냥 맞고 패배하자고 결심했다.

"하지만! 아직 끝나지 않았어!"

그는 내 기대에 부응하려는 것처럼 오른손으로만 검을 쥐고서 내 머리를 향해 내리쳤다. 그러나 나는 그 기백에 놀라서 엉겁 결에 검을 옆으로 뉘어 공격을 막으려고 했다.

(뭐하는 거야, 이 바보야! 막아서 뭘 어쩌자는 거야. 상대의 공격을 그냥 맞으라고! 그리고 쓰러져서 이 시합을 끝내라고! 상대가 불굴의 기백으로 승리를 따낸 것처럼 시합을 끝내면 관 객들도 그럭저럭 납득할 거야. 아직 늦지 않았어.)

검이 날아오는 동안에 나는 그렇게 생각했다. 그의 검과 내 검 이 맞부딪친 순간 나는 방어 자세를 풀려고 검을 비스듬하게 아 래로 내렸다. 그런데 그의 검이 내 검을 따라 미끄러지더니 땅 바닥에 처박혀버렸다.

(어, 어라?)

정신을 차려보니 나는 엉겁결에 그가 날린 혼신의 일격을 멋 지게 흘려버렸다. 승리를 따낼 수 있는 최적의 자세로 상대와 대치한 상태에서 내 사고가 정지했다.

한순간 정적이 흘렀다.

내가 검을 흘려내는 자세로 멈춘 채 당혹스러워하자 그는 땅으로 떨어진 자신의 검을 쳐다본 뒤 한 번 눈을 감았다가 다시 나를 봤다. 그 눈동자에는 아까와 같은 기백이 느껴지지 않았다.

"항복이다."

그는 또렷하게 말하고서 들고 있던 검에서 손을 뗐다.

"승자! 메어리 레가리아!"

굳어버린 나를 내버려둔 채 심판이 멋대로 승리 선언을 해버렸다. 그러자 환호성이 폭발했다.

"훌륭해. 메어리 양은 마지막까지 포기할 수 없다는 상대의 그 의지를 인정하고서 최후의 일격을 피하지 않고 그대로 받아냈어. 그나저나 검을 흘려내는 저 기술은 굉장하군! 메어리 양은 상대가 완전히 무방비 상태가 되었는데도 공격, 아니 끝장을 내지 않고 스스로 항복하게끔 유도했어. 멋을 아는 전사야!"

"무서워라……. 메어리 님, 진짜 무서워어어어……."

"가차 없는 메어리 님도 멋있습니다."

카리스 선배가 놀라워하며 요상한 해설을 늘어놓자 자하는 더더욱 두려워했고, 사피나는 황홀해했다. 세 강자가 나누는 대화를 듣고 관객들이 박수와 환호성을 아끼지 않고 쏟아냈다. 나는 멋지게, 준결승에 진출하고 말았다.

(왜 이렇게 된 거야아아아아! 신께서는 너무 짓궂어어어어어!)

23 준결승전이에요

"정했어! 내일 시합 때 꼼짝도 하지 않을래! 철저하게 무저항으로 임하겠어."

준결승 진출을 결정지은 그 날 밤에 시합을 관전했던 부모님께서 저녁 식사 자리에서 감당할 수 없는 정도로 칭찬을 쏟아내셨다. 식사를 마치고 방으로 돌아와 나는 그렇게 선언했다.

"하지만 누가 봐도 일부러 패배한 것처럼 보일 텐데요?"

나는 그 선언에 이의를 제기하는 튜테를 쳐다보았다. 그러고는 눈물이 그렁한 눈으로 침대 위에서 마구 구르기 시작했다.

"하지만 뭘 하든 이겨버리잖아! 그렇다면 아무것도 안 할래! 무조건 아무것도 안 해."

내가 떼쟁이처럼 팔과 다리를 바둥거리자 튜테가 한숨을 내쉬고서 달래기 시작했다.

"잘 들으세요, 아가씨. 사피나 님처럼 여러 생각을 품고서 이 대회에 임하는 사람들이 있어요. 아가씨와 시합을 했던 분들도 진지하게 시합에 임했을 거예요. 가만히 서서 진다는 건 그런 분들을 모욕하는 게 아닐까요?"

"……흑……, 미안해요……."

지극히 당연한 의견에 나는 침대 위에 똑바로 앉아 고개를 푹 숙이고 사과했다.

그래도 이길 생각은 없기에 나는 이불 속으로 들어가 어떻게 해야 모두가 납득할 패배를 할 수 있을지 고민했다. 하지만 아무것도 떠올리지 못한 채 그냥 잠들어버렸다.

그렇게 대회 마지막 날이 찾아왔다.

대회 마지막 날이라서 그런지 어제보다 관객 수가 늘었다. 나는 앞으로 펼쳐질 자하와 사피나의 대승부를 관객석에서 보고 있었다. 시합을 앞둔 선수라는 처지에서 잠시라도 도피하고 싶어서였다.

"메어리 님, 이런 데 있어도 괜찮나요?"

"응, 괜찮아."

옆에서 마기루카가 걱정하며 묻자 나는 활짝 웃으며 대답했다. 그녀는 쓴웃음을 짓고서 내가 여기에 있는 것을 더는 추궁하지 않았다.

"이 시합은 볼만하겠군. 누가 이길까? 난 짐작도 안 가는 걸."

"물론 자하 군입니다. 전하."

"물론 사피나 씨죠. 전하."

왕자님이 살짝 흥분하여 시합의 향방을 묻자 근처에 있던 카리스 선배와 마기루카가 거의 동시에 진언했다. 그러자 말을 끝낸 두 사람이 의아해하며 서로의 얼굴을 쳐다봤다.

"아니? 마기루카 양은 사피나 양을 밀고 있나? 안타깝지만 결승전에서 메어리 양과 싸울 사람을 자하 군이야."

"아뇨, 아니죠. 결승전에서 메어리 님과 싸울 사람은 사피나 씨랍니다."

두 사람은 분명 웃고 있었지만 밝은 분위기는 풍기지 않았다. 두 사람 사이에서 정체를 알 수 없는 압박감만이 흘렀다.

(그러고 보니 특훈 때 카리스 선배는 자하한테 여러모로 지도해주었고, 마기루카도 사피나와 자주 함께했었지. 뭐, 서로 자신이 도와준 상대가 이기길 바라는 게 당연하지만.)

"그런데 왜 여러분들은 내가 결승전에 올라갈 거라는 전제로 얘기를 하는 건가요?"

내가 지적을 하자 두 사람 모두 의아해했다.

"그만, 그만. 자, 이제 시작하려는 모양이야."

내가 더 항의하려고 하자 왕자님이 제지하고자 시합장을 가리켰다. 때마침 시합이 시작하려고 했다. 시합장에 선 심판을 사이에 두고 양쪽에서 자하와 사피나가 들어왔다.

(헉! 난 어느 쪽을 응원해야 하지? 자하도 건투하길 바라고, 사피나도 건투하길 바라는데!)

주변의 환호성에 이끌려 응원을 하려다가 비로소 자신이 난처한 처지임을 깨닫고서 입을 다물었다.

"두 분을 모두 응원하시면 되잖아요?"

내가 망설이자 뒤에서 대기하고 있던 튜테가 속내를 꿰뚫어 본 것처럼 나직이 조언해주었다.

"튜테……. 너, 사람 마음을 읽을 줄 아니?"

"아가씨 마음만요."

내가 진심으로 두려워하는 얼굴로 튜테를 보자 그녀는 새침한 얼굴로 대답했다. 그 사이에 심판이 개시 선언을 했고 시합이 시작되었다.

투기장 안이 일제히 조용해졌다. 나는 두 사람을 번갈아 보았다. 사피나는 제자리에서 발도 자세를 취하고 있었고, 자하는 검으로 중단을 겨눈 채 조금씩 거리를 좁히며 지그재그로 움직였다. 그때마다 사피나는 몸을 그쪽으로 돌려 자하와 대치했다.

"희한하네. 천하의 자하 씨가 상대를 경계하며 다가가다니."

지금까지 그는 시합이 시작되자마자 거리를 확 좁혀서 일방적으로 공격을 퍼부어왔었다. 그래서 단세포인 줄 알았는데 의외로 생각하면서 싸워왔던 모양이다. 나는 솔직히 놀라웠다.

"그만큼 자하한테 사피나 씨가 위협적인 존재라는 거죠. 메어리 님."

내가 중얼거리자 마기루카가 으스대는 얼굴로 대답했다.

"과연 그럴까? 실은 사피나 양이야말로 압박감을 느끼고 있을지도 모르지. 그녀의 정신 상태로 과연 저 균형을 몇 분이나 유지할 수 있을까? 저러다가 압박감을 견뎌내지 못하고 빈틈을 보일 수도 있다고."

마기루카의 말을 반박하며 카리스 선배가 의미심장하게 웃었다.

"앗! 자하한테 요망한 꾀를 알려준 사람이 바로 선배였군요!

저 남자한테 저런 전법을 구사할 만한 머리가 없는데 어쩐지 이상하더니만."

"하하핫, 나는 좋은 선배로서 조언을 해줬을 뿐이야."

마기루카가 따지자 카리스 선배가 시원하게 웃으며 대답했다. 시합장 밖에서도 이상한 싸움이 시작되었다. 나는 두 사람에게서 조금 거리를 둔 뒤 애써 무시하기로 했다.

그때 환호성이 나왔다. 나는 시합장 밖 싸움에서 시합장 안 싸움으로 의식을 되돌렸다.

"아닛?!"

사피나가 발도 자세를 유지한 채 낮게 도약하여 거리를 좁혀 오자 자하가 화들짝 놀랐다. 그가 거의 무의식적으로 뒤로 펄쩍 물러나자 사피나의 검이 허공을 갈랐다.

자하와 마찬가지로 카리스 선배도 놀랐다. 마기루카가 으스대며 선배의 얼굴을 쳐다보았다.

"이동 발도술이라니……. 앗, 그렇다면 네가 알려준 거야?"

이번에는 카리스 선배가 마기루카에게 따져 물었고, 그녀는 오호호, 하고 웃어보였다.

"원래는 메어리 님과의 전투에 대비해 마련한 최종병기라서 지금 내보이는 건 뼈아프긴 하지만, 하는 수 없지요."

"최종병기라니? 내가 무슨 몬스터야?"

무시하기로 했지만 결코 흘려들을 수 없는 말이어서 지적할 수밖에 없었다. 사피나가 공격을 퍼부으며 우세를 점하자 환호성이 더욱 커졌다. 자하가 거리를 벌리려고 하면 그녀는 순발력을 살려서 단번에 파고들어 발도했다. 그가 공격으로 전환하려고 하면 일격필살의 발도 자세를 다시 취했다. 완벽한 포진이었다. 사피나보다 행동이 한 박자 느린 자하는 막기에 급급했다.

(잠깐 못 본 사이에 사피나가 엄청 성장했구나. 이거 장래가 무서운데.)

엄청난 검사를 탄생시킨 게 아닌가, 하는 자화자찬과 불안감이 뒤섞인 마음으로 나는 시합을 펼치고 있는 그녀를 바라봤다.

두 사람은 일단 공방을 멈추었다. 호흡을 가다듬으려는지 거리를 벌린 채 상대의 움직임을 경계하고 있었다.

(어쩔 거야, 자하? 사피나는 네 생각보다 훨씬 강해.)

나는 평소답지 않게 궁지에 몰린 자하를 보았다. 그리고 대치하고 있는 두 사람을 보며 침을 삼켰다.

바로 그때 자하가 무슨 생각이 떠올랐는지 검으로 상단을 겨누었다. 그가 '이제부터 상단을 공격하겠다'고 미리 알려주는 것 같은 자세를 취하자 사람들이 수런거리기 시작했다. 대치하던 사피나는 경계하며 다시 발도 자세를 취했다.

두 사람이 몇 초간 서로를 노려보았다.

자하는 심호흡을 한 번 한 뒤 함성과 함께 그대로 돌진했다.

무모한 돌진……. 모두가 그렇게 생각했을 것이다.

하지만 자하가 사피나의 간격 안으로 들어갔을 때 나는 알아차렸다.

자하가 절대 포기하지 않겠다는 표정을 짓고 있었다는 것을.

그리고 그는 중얼거렸다.

"바디 프로텍터."

사피나가 발도한 순간, 자하의 말에 호응하여 그의 몸이 순간 빛에 휩싸였다.

나는 예전에 저것과 비슷한 장면을 본 적이 있었다. 그래, 입학 초에 카리스 선배와 싸웠을 때 선배가 썼던 마법과 흡사했다.

파키이이이이이이잉!

사피나가 뽑은 도가 자하의 무방비한 몸통에 들어간 순간 옅은 빛의 막이 깨지면서 검의 속도가 느려졌다.

"마법!"

"하핫! 바로 그거야. 메어리 양과의 전투에 대비한 비장의 수라고!"

마기루카가 가장 먼저 사태를 이해했다. 카리스 선배가 의기양양한 표정으로 으스댔다.

(그러니까 내가 무슨 몬스터냐고.)

이 세계에서 마법을 쓰는 건 결코 놀랄 만한 일이 아니다. 하지만 자하가 쓴 마법은 2계급 마법, 생활마법이 아니라 전투마법이었다. 소르오스에 들어간 학생은 1년차에는 철저히 기본만 익힌다. 2년차가 되면 기본을 응용하는 법과 약간의 마법을 배운다. 그런데 설마 1년차 신입생이 마법을 쓸 줄은 그 누구도 예상하지 못했기에 모두가 경악했다.

"이겼다아아아아!"

승리를 선언한 자하가 사피나가 휘두른 도를 몸으로 받아내면서 동시에 그녀를 향해 검을 휘둘렀다. 자하의 체격과 마법 때문에 사피나의 공격력은 절반 이하로 떨어졌을 것이다. 갈비뼈 한두 개쯤은 금이 갔을지도 모르겠지만, 자하의 기세를 막기에는 역부족이다.

모두가 사피나의 패배를 확신했다.

"사피나 씨! 어서 써요!"

그런 와중에 마기루카의 외침이 사피나의 귀에 닿았다.

"액셀 부스트."

사피나가 무슨 말을 읊자 그녀의 몸이 빛에 휩싸였다.

그 순간 자하의 검이 허공을 가르고 땅바닥에 내리꽂혔다.

"엇!"

놀란 자하의 눈앞에서, 아까 있었던 지점에서 반보쯤 옆으로 이동한 사피나가 도를 칼집에 넣고 다시 발도 자세를 취했다.

"그녀의 다리가 한순간 가속했어!"

카리스 선배가 경악한 얼굴로 마기루카를 쳐다봤다. 그녀는 입가를 가리고 오호홋, 하고 웃으며 의기양양해했다.

"자하만 마법을 쓸 수 있는 게 아니랍니다!"

"큭! 마기루카 양이 아레이오스 학생이라는 걸 깜빡했군!"

"아, 예……. 그 역시 저와 싸울 때를 대비한 거겠죠."

"물론이죠!"

장외에서 펼쳐지는 두 사람의 격렬한 싸움을 보고 나는 한숨을 내쉬며 빈정거렸다. 마기루카는 몸을 뒤로 젖혀 가슴을 활짝 펴고서 더욱 의기양양했다.

두 사람이 저러는 동안에 사피나가 다시 도를 뽑아 자하에게 휘둘렀다.

"큭! 바디 프로텍터."

회피할 수 없다는 걸 깨달은 자하가 다시 마법을 써서 왼팔로 사피나의 공격을 억지로 막아냈다.

"액셀 부스트!"

자하가 다시 반격을 가하려고 하자 사피나가 가속하여 피했다.

그리고 모두가 이 싸움이 장기전으로 흘러가리라 예상했을 때 그 끝이 별안간 찾아왔다.

털썩!

시합장에서 누군가가 쓰러지는 소리가 들렸다.

아무런 징조도 없이 무대에 서 있었던 두 사람이 마치 정신을 잃은 것처럼 무너져내렸다.

"""앗!!"""

관객석 곳곳에서 그런 목소리들이 들려왔다. 쓰러진 두 사람은 아직도 일어날 기미가 없었다.

어떻게 된 거지? 나는 의아해하며 마기루카와 카리스 선배를 쳐다봤다. 두 사람은 창백해진 얼굴로 식은땀을 흘리는 것이 아닌가?

"이런……. 알려준다는 걸 깜빡했어……."

"마력이 고갈……됐네요……."

"엥?"

두 사람이 중얼거리자 내 머릿속에서 물음표가 떠올랐다.

"마법을 연달아 쓴 바람에 두 사람의 마력이 잠시 고갈돼버렸어요. 마력은 정신과 밀접하게 연관되어 있어서 마력이 고갈되면 의식이 혼탁해지거나, 최악의 경우에는 기절할 수도 있죠."

마기루카가 내 물음에 자세히 대답해주었다.

"으~음……. 그래서 무슨 뜻이야?"

그래도 나는 상황이 이해가 되질 않아서 또 물어보았다. 그때 심판이 내 물음에 답해주었다.

"두 사람 모두 전투불능! 따라서 이 시합은 무승부!"

심판의 목소리를 듣고 관객들은 영문은 잘 모르겠지만 일단 지르고 보자며 환호성을 터뜨렸다. 나는 멍한 얼굴로 기절한 두 사람을 바라보았다.

❧24❧ 끝났습니다……. 모든 게

투기장 안이 소란스러워졌다. 우승후보인 두 사람이 동시에 의무실에 실려 가는 사태가 벌어지리라 그 누구도 예상하지 못했기 때문이다. 들것에 실려 나가는 자하와 사피나를 살피고자 나는 황급히 두 사람 곁으로 달려갔다.

"자하 씨! 사피나!"

들것에 실려 있는 두 사람에게 다가가 불렀지만 눈을 뜰 기미가 없었다. 이게 바로 마력 고갈이라는 거구나. 나는 공포에 몸을 떨었다.

"급해요."

담당자가 말하자 나는 뒤로 물러났다. 선생님들과 담당자가 들 것을 고쳐 들고서 의무실 쪽으로 걸어갔다.

나는 그 뒷모습을 보며 뒤따랐다. 부상이 잦은 곳이라 투기장 안에는 간이 의무실이 마련되어 있다. 부상자들은 우선 그곳으로 실려간다. 두 사람 역시 간이 의무실로 옮겨졌다. 나무문이 열리고 사람들이 그 안으로 들어갔다. 그리고 내 눈앞에서 문이 다시 닫혔다.

"괜찮으려나……."

나는 마력 고갈이 어떤 것인지 정확하게 몰라서 몹시 불안했다. 혹시나 두 사람이 이대로 눈을 뜨지 못할지도 모른다는 불길한 생각이 들어 기도하듯 두 손을 모았다.

"괜찮아요. 자고 있을 뿐이니까. 마력이 회복되면 자연스레 눈을 뜰 거예요."

내가 걱정하자 마기루카가 괜찮을 거라며 위로해주었다.

"맞아. 뭐, 시간은 걸리겠지만 생명에는 별 지장이 없을 거야."

자하에게 마법을 일러줬던 카리스 선배도 책임을 느끼는지 우리를 따라왔다. 그때 닫혀 있던 문이 열리더니 안에서 선생님이 나왔다.

"선생님, 두 사람은?"

때마침 근처에 있던 나는 선생님 곁으로 황급히 다가가 상황을 확인했다.

"아아, 괜찮아. 사피나 씨는 특별한 외상은 없고, 자하 군은 갈비뼈와 왼쪽 팔에 약간 금이 가긴 했지만 회복마법으로 치유할 수 있는 수준이니 별문제 없어."

선생님이 웃으며 대답하자 나는 안도의 한숨을 내쉬고서 긴장을 풀었다.

"다만 고갈된 마력은 내 회복마법으로도 어떻게 할 수가 없어. 오늘은 못 일어날 것 같으니 대회 운영 책임을 맡은 선생님과 논의를 하고 올게."

선생님은 우리를 남기고 시합장으로 걸어갔다. 선생님의 말을 듣고 냉정함을 되찾은 나는 상황을 정리하기 시작했다.

(어디 보자. 우선 두 사람의 승부는 무승부로 결판이 났으니

다음 시합에도 나갈 수가 없을 거야. 오늘은 준결승과 결승을 한 번에 치르니 내일은 더는 시합이 없을 테고……. 여기까지는 정리가 됐어. 응? 그럼 내 시합이 끝난 뒤에 결승은 어떻게 되는 거지?)

나는 머릿속으로 순서대로 따져보다가 상황이 대단히 난처해졌다는 걸 깨닫고서 식은땀을 흘리기 시작했다.

(잠깐만……. 다시 말해 앞으로 치러질 준결승 제2시합이 사실상 결승전이라는 거잖아? 진짜?)

상황을 파악한 나는 이대로 이곳에 있으면 다음 시합을 얼렁뚱땅 넘길 수 있지 않을까, 하는 못된 생각에 휩싸였다. 나를 부르러 오는 사람이 있나 싶어서 주변을 두리번거렸다. 다행히도 현재 시합장에서 오는 사람은 보이지 않았다.

내 행동을 무척이나 이상한 눈으로 보고 있던 튜테가 입을 열었다.

"그러고 보니 아가씨께서는 이곳에 계시면……으읍."

튜테가 해서는 안 될 말을 하려고 하자 나는 그 입을 막아버렸다. 그러고는 그녀를 으슥한 곳으로 끌고 간 뒤 귓속말을 했다.

"잘 들어. 다음 시합을 얼렁뚱땅 넘기기 위해서 난 여기서 친구를 걱정하는 학생인 척 굴 거야. 잘하면 이대로 부전패를 할 수 있을지도 몰라."

"아가씨, 여기까지 올라오셨으니 지든 이기든 별 차이가 없을 것 같습니다만."

"아니, 있어. 여하튼 난 지고 싶어!"

이미 집착증에 걸린 나는 패배를 간절히 바랐다. 왜냐면 지금까지 상황이 내 뜻대로 흘러간 적이 단 한 번도 없었기 때문이다. 패배해야만 마음속에 쌓인 이 울분을 풀 수 있을 것 같았다.

"그러니 튜테는 시합장으로 돌아가서 대회가 어떻게 진행되고 있는지 슬쩍 보고 와줘."

"하아……. 알겠습니다."

튜테는 의아해하면서도 내가 시키는 대로 시합장으로 돌아갔다. 나는 마음속으로 쾌재를 불렀다.

그리고 몇 분 뒤.

태연한 얼굴로 모두와 함께 있던 내 곁으로 튜테가 황급히 달려왔다.

"아, 아아아, 아가씨, 큰일났어요!"

어지간히도 다급했는지 튜테가 큰소리로 나를 불렀다. 그래서 주변 사람들도 내 존재를 깨달았고, 모두 놀란 얼굴로 나를 쳐다봤다.

"어? 앗, 메어리 님, 여기서 뭘 하고 있는 건가요? 시합은?"

"그, 그건 아무래도 좋아. 그것보다 튜테, 왜 돌아왔어?"

마기루카가 놀라서 내뱉은 말을 흘려들은 뒤 나는 달려오는 튜테에게 항의했다. 그러자 그녀는 새파래진 얼굴로 고개만 연신 가로저었다.

(튜테가 저러면 대체로 내게 이롭지 못한 전개가 펼쳐지던데.)

불길한 예감이 들어서 그녀의 말을 더는 듣고 싶지 않았다. 그런 내 심정도 모른 채 튜테는 시합장에서 무슨 일이 벌어지고 있는지 허겁지겁 설명하기 시작했다.

"큰일났어요, 아가씨. 준결승전 상대가 시합을 포기했어요. 실력 차가 역력해서 상대가 되지 않는다는 이유로요."

"엑?"

튜테의 말을 듣고 목소리가 뒤집어졌다.

"그리고 친구들이 걱정되어 이길 수 있는 시합을……, 눈앞의 영광을 태연히 던져버린 아가씨의 마음씨에 대단히 감동했노라고 시합장 안에서 열변을 토했어요."

"뭐, 뭐라……."

내가 없는 곳에서 또 이상한 미화가 진행되고 있는 모양이다. 튜테의 말에 따르면 시합장 안에서 이의를 제기한 사람은 거의 없었다고 한다. 또한 진행 책임을 맡은 선생님들 사이에서도 그에 동조하는 분위기가 퍼졌을 가능성이 있다고도 한다.

"그, 그래서……. 어떻게 됐어? 설마 선생님들이 그런 요청을 받아들일 리가……."

묻고 싶지 않았지만 물을 수밖에 없었다. 내 목소리가 떨리기 시작했다.

"만장일치로 부전패를 받아들였어요. 지금 시합장 안에서 사람들이 순순히 떠나는 대전자를 박수로 보내주고 있어요."

튜테의 말에 눈앞이 새카매졌다.

모든 수단이 통하지 않는 이 현실은 충격 그 자체였다. 내 연약한 정신으로는 감당할 수 없는 충격이었기에 나는 자포자기한 심정으로 의식을 내던져버렸다.

나중에 돌이켜보니 그러지 말았어야 했다.
기절하지 않고 시합장으로 가서 이의를 제기했다면 시합이 그대로 끝나지 않았을지도 모른다. 그러나 기절해버렸기에 그럴 기회마저도 스스로 포기해버린 셈이었다.

정신을 차렸을 때는 이미 늦었다.
나는 싸우지도 않고 대회에서 우승한 전대미문의 학생으로서 학원 역사에 새겨지게 되었다.

그리하여 올해 신입생 무술대회는 얼토당토않은 전개 속에서 막을 내리게 되었다. 여담이지만, 충격이 몹시도 컸던 나는 깨어난 뒤에도 2주쯤 방에 틀어박혀 학원을 결석했다.

25 일이 성가시게 됐습니다

나는 대회가 끝난 뒤 2주쯤 방에서 틀어박혔다. 밥도 제대로 먹지 않고, 그저 이불 속에서 자포자기했다.

평범한 일개 학생으로서 누구에게도 주목받지 않고 살고 싶었다. 사람들의 기억 속에 흐릿하게 남는 존재가 되고자 임한 대회에서 나는 연승을 거듭했고, 결국 우승까지 해버렸다. 더욱이 대회 중간부터 나를 '하얀 희군'이라 부르는 사람도 나왔다.

강호인 자하와 사피나와 싸우지 않고 싱겁게 우승했으니 틀림 없이 모두 납득하지 못하겠지. 나를 이상한 사람으로 여기거나, 혹은 묘한 기대감을 품고 있을지도 모르겠다. 한가로운 인생을 구가하고 싶었기에 사람들이 나를 가만히 내버려두길 바랐다. 머릿속에서 부정적인 생각이 자꾸만 커져갔고 결국 나는 이불 속에 숨은 채 밖으로 나가길 거부했다.

하지만 2주가 지난 그날, 나는 헝클어진 머리로 이불 밖으로 나왔다. 이유는 지극히 간단하다. 오늘부터 필기시험이 시작되기 때문이다.

흐리멍덩한 얼굴로 나무창에서 새어드는 아침 햇살을 바라보고 있으니 누군가가 문을 노크했다. 내가 건성으로 대답하자 내 방에 유일하게 들어올 수 있는 튜테가 갈아입을 옷과 빗, 세면 도구 등을 들고 들어왔다.

"오늘은 필기시험 날이라서 아가씨께서 슬슬 일어나실 줄 알았어요."

"역시 내 메이드야."

내가 한숨을 내뱉으며 미소를 짓자 튜테는 공손히 고개를 숙인 뒤 내가 방에서 나갈 수 있도록 몸치장을 시작했다. 익숙한 손놀림으로 세면도구로 얼굴과 몸을 닦고서 옷을 갈아입혔다. 내가 우울해하며 의자에 앉자 머리를 빗어주기 시작했다. 요 2주 동안 이불 속에만 있었더니 튜테가 아침마다 나를 위해 얼마나 정성을 써주는지 새삼스레 깨달았다. 돌이켜보니 2주 동안 튜테는 내 억지를 뭐든지 받아주었고, 끈기 있게 위로해주었다.

"고마워……. 튜테."

"아가씨, 왜 그러세요? 갑자기."

"음…… 그냥……, 말해보고 싶었어."

거울 앞에서 우리는 대화를 했다. 몸치장이 다 끝나자 나는 튜테를 대동하고서 먼저 식당으로 향했다. 요 2주 동안 내가 충격에서 헤어나오기를 가만히 지켜보며 걱정하던 부모님에게 사과해야겠다고 생각했기 때문이다.

나는 식당으로 이어지는 복도에서 집사와 대화를 나누고 있는 아버지, 페르디드와 맞닥뜨렸다. 아버님은 군복 같은 업무복을 말쑥하게 차려입고서 엄한 표정으로 무언가 지시를 내리고 있었다. 나는 마음의 준비가 되지 않아서 어떻게 할지 망설였다. 그러자 아버지가 나를 보고는 활짝 웃으며 엄청난 기세로 이쪽으로 달려왔다.

"메어리이이이이이이! 내 귀여운 천사여어어어어어!"

아버님이 그렇게 외치며 돌격해 나를 힘껏 끌어안았다. 그리고는 갑작스러운 사태에 몸이 굳어버린 나를 두꺼운 팔로 들어올렸다.

"이제 괜찮으냐? 학교에 갈 수 있겠어?"

아버님이 나를 껴안고서 얼굴을 똑바로 바라보자 내가 얼마나 걱정을 끼쳤는지 새삼스레 깨달았다. 나는 공손히 고개를 숙이고서 대답했다.

"예, 아버님. 걱정을 끼쳐서 죄송했습니다."

내가 웃으며 말하자 아버님은 기쁜 나머지 울먹이며 내 몸을 다시금 껴안고서 뺨을 비비기 시작했다.

"아아아, 내 천사. 다행이다. 정말로 다행이야. 네가 방에 더 틀어박혀 있었다면 학원에 쳐들어가 박살을 내려고 했었는데."

(응? 아버님, 방금 뭐라고? 뭔가 무시무시한 말을 들은 것 같은데.)

격한 포옹 때문에 말이 잘 들리지 않아서 아버님이 무슨 소리를 했는지 알 수가 없었다. 아버님이 한동안 그러고 있자 뒤에서 누군가가 헛기침을 했다. 아버님과 내가 그쪽을 돌아보니 어머님이 온화한 표정으로 이쪽으로 보며 서 있었다.

"어머님!"

아버님의 포옹에서 해방된 나는 그대로 어머니, 아리에스의 곁으로 달려갔다. 그녀도 무릎을 꿇고서 뜨겁게 포옹해주었다. 어머님의 풍만한 언덕이 내 얼굴을 압박하였다.

(앗, 부드……러운 게 아니라 숨 막혀!)

나는 어머님의 품에서 얼굴만이라도 탈출시키려고 발버둥을 쳤다. 그리고 어떻게든 고개를 빼서 어머님의 얼굴을 올려다보는 데 성공했다.

"메어리……. 이제 몸을 다 추스른 거야? 괜찮은 거니?"

"예, 걱정을 끼쳐서 죄송했습니다."

상냥한 웃음 속에 아직 숨겨져 있는 어머님의 근심을 말끔히 지우기 위해서 나는 활기차게 대답했다.

(맞아. 날 이토록 걱정해주는 사람들이 있는데 언제까지고 침울해하고 있을 수만은 없어. 또 실패하지 않도록 반성하고 주의하면 돼.)

나는 따뜻한 부모님과 함께 아침밥을 먹으러 식당으로 향했다.

아침 식사를 끝마치고 나는 오랜만에 교복을 입은 뒤 현관 앞에 세워져 있는 마차에 올라탔다. 나와 튜테가 탄 것을 확인한 마부가 마차를 앞으로 몰았다. 나는 쓰린 위를 부여잡으며 학원으로 향했다. 2주씩이나 학원을 쉬었는데 동급생들을 어떤 얼굴로 봐야 좋을지 모르겠다. 학원이 점점 가까워지자 나는 걱정에 휩싸였다. 오늘 아침에 했던 결심이 흔들리기 시작했다. 나는 참 못 말릴 사람이다.

그러나 마차는 나를 아랑곳하지 않고 무사히 학원에 도착했다. 평소처럼 정류소에 멈춘 뒤 우리를 내려주었다. 나는 심호흡을 한 번 한 뒤 등을 꼿꼿이 세우고서 학교 건물을 봤다.

"괜찮으세요? 아가씨, 낯빛이 좋지 않아요."

"괜, 괜찮아. 담화실로 가볼게."

튜테가 걱정 어린 눈으로 나를 쳐다봤다. 나는 더는 걱정을 끼치고 싶지 않아서 애써 태연한 척 대답한 뒤에 다시금 심호흡하고서 담화실로 향했다.

도중에 학생들이 나를 보고 뭐라 속닥거렸다. 나는 그들을 애써 무시하고, 쿵쾅거리는 심장을 달래며 목적지에 도착했다. 나는 오늘 몇 번째인지 모를 심호흡을 또 하고서 담화실 출입구에 섰다.

그 순간 마음이 술렁거려서 이곳에서 달아나고 싶어졌다. 하지만 뒤에 서 있는 튜테가 재촉하여 결국 마지못해 방 안으로 들어갔다.

안으로 들어가자 저편에서 멍멍이, 아니, 나와 같은 옷을 입은 소녀가 밤색 머리를 휘날리며 엄청난 속도로 달려왔다.

"메어리이이이이이니이이이이이임!"

그녀가 태클을 걸듯 내 배를 향해 뛰어들었다. 하지만 공격 무효 스킬이 발동하여 나는 사피나를 받아내는 데 성공했다.

(아니, 스킬이 발동할 만한 충격을 주다니……. 내가 어지간히도 걱정을 끼쳤나보네.)

내가 이미 반쯤 울며 매달려 있는 사피나의 머리를 쓰다듬어주자 자하도 다가왔다.

"메어리 님, 이제 나와도 되는 거야? 몸은, 괜찮고?"

평소답지 않게 그가 걱정하는 눈으로 쳐다봤다. 나는 약간 의문을 느끼면서도 걱정을 끼쳤다는 죄책감 때문에 웃어보였다.

"괜찮아. 걱정을 끼쳐서 미안해. 자하 씨와 사피나도 건강해보여 다행이야."

두 사람과는 마력 고갈로 쓰러진 이후로 오랜만에 만났다. 새삼스럽긴 하지만 두 사람이 건강해서 안도했다.

"전 마력만 고갈된 거라서 그날 바로 눈을 떴으니 걱정하지 마세요. 그나저나 메어리 님, 엄청나게 걱정했어요. 왜 말씀해주시지 않았어요?"

(응?)

나는 아직도 매달려 있는 사피나를 떼어놓으며 말했다. 그런데 사피나의 말이 마음에 걸렸다. 그녀의 말에 따르면 나는 무언가를 사람들에게 숨기고 있었다는 뜻인데.

(어? 설마 내 치트 능력이 발각됐나…….)

등에서 식은땀이 흐르기 시작했다.

"어? 뭐, 뭐가?"

애써 냉정한 척 굴었지만 동요를 감출 수가 없었다. 내가 떨리는 목소리로 말하자 두 사람이 걱정스러운 눈으로 쳐다봤다. 내가 대회에서 벌였던 일을 생각해보면 모두가 내 힘이 이상하다는 걸 깨닫는 건 시간문제다. 더욱이 저 두 사람과는 가까운 사이이니 더더욱.

"아가씨……."

사태를 파악했는지 튜테도 걱정스러운 목소리로 나를 불렀다. 나는 그녀를 돌아보며 고개를 끄덕인 뒤 각오를 굳히고서 두 사람을 다시 쳐다봤다.

"미안해. 하지만……."

"역시 메어리 님은 감추고 있었군요. 병약하다는 사실을."

"엉?"

결심을 하고 두 사람에게 능력을 털어놓으려고 입을 연 순간, 내 말을 가로막고서 사피나가 엉뚱한 소리를 했다.

"그랬구나……. 마기루카가 가져온 정보를 반신반의했는데 그 말을 들으니 모든 게 이해가 되네."

"어, 저기, 뭐가?"

두 사람이 마치 다른 세상의 이야기를 하고 있는 것 같았다.

"하늘은 두 가지 재능을 내려주지 않는다는 말이 맞는가 봐. 메어리 님은 천재적 재능과 능력을 갖추고 있는데 몸이 그걸 따라가질 못해 족쇄가 되다니. 그렇다면 지금까지 왜 그 능력을 마음껏 발휘하지 못했는지 이제야 납득이 되네."

"헤? 엥?"

자하가 의미심장하게 말했지만, 무슨 소리인지 도통 이해가 되지 않았다. 머릿속이 혼란스러워졌다.

　"내색은커녕 자신보다 절 걱정해주고, 또 사람들의 기대에 부응하고자 몸을 혹사하다니……. 시합 전에 모습을 감췄던 이유는 병에 시달리는 모습을 감추기 위해서였군요."

　눈물이 그렁한 눈으로 사피나가 위로하듯 내 손을 부드럽게 쥐고서 가슴에 가져갔다. 그녀가 어째서 감동했는지 알 수가 없었다.

　"그래서 우승이 결정되고 본인의 역할이 끝나자 쓰러지셨던 거군요. 그리고 지금껏 생사의 고비를 헤매다가 비로소 학교에 나오신 거고요."

　결국 눈물샘이 터져버린 사피나가 엉엉 울기 시작했다.

　"잠깐, 사피나! 누가 그런 소릴! 그건 헛소문이야."

　"이제 감추지 마. 마기루카가 그랬어. 네가 쓰러져 있는 동안에 레가리야 경과 학원장이 그런 얘기를 나누는 걸 들었다고."

　자하가 웃으면서 다 안다는 얼굴로 내 어깨에 손을 올렸다. 하지만 나는 더더욱 사태를 파악할 수가 없었다.

　"어? 아버님과 학원장?"

　아버님이 학교에 왔다고? 나는 자하의 말이 맞는지 확인하려고 뒤에 있는 튜테를 돌아봤다. 그러자 그녀가 고개를 끄덕였다. 아버님이 학교에 왔다는 말은 사실이었다.

　"레가리야 경께서 말씀하셨어요. 옛날부터 딸이 연약하고 섬

세하고 무른 아이라고 말이에요. 메이드 없이는 일상생활조차
도 어려워하던 딸이 못 본 사이에 무술대회에서 연승하는 걸 보
고 영락없이 건강해진 줄 착각했다고 하셨지요. 주위의 기대에
부응하고자 제 몸에 채찍질하며 대회에 임했다는 사실을 깨닫
지 못해 아버지로서 한스럽다고 하셨고, 또 그 사실을 알아차리
지 못한 학원도 비난하셨죠. 딸이 건강을 되찾을 때까지 결석하
겠다는 뜻도 전하셨고요."

어디서 소문을 들었는지 마기루카가 금발 롤머리를 흔들며 담
화실에 들어왔다. 그 옆에는 왕자님도 있었다.

"학원장과 이야기를 끝마친 뒤에 방에서 나온 레가리야 경한
테 우승이 결정된 순간 메어리 양이 쓰러졌다고 전하자 그 아이
는 마음씨가 고와서 모두한테 민폐를 끼치지 않으려고 끝까지
숨겼을 거라며 눈물을 흘리셨지. 레가리야 경의 그런 모습은 처
음 보는 것 같더군. 그 뒤에 경은 네가 온종일 잠에 빠져 방에서
한 발자국도 나올 수 없는 상태라고 알려주었지. 걱정을 끼치지
않으려고 부모조차 방에 들어오는 못하도록 막은 채 약해진 자
신을 숨기려고 했다며 신음하시더군."

마기루카의 말에 보충하듯이 왕자님이 말했다. 주변 학생들이
흥미진진한 표정으로 귀를 기울였다.

(오~ 마이 갓! 아버님, 왜 이상한 방향으로 일을 끌고 가셨나요!
성가시게 됐잖아요!)

마기루카와 왕자님이 걱정하며 말하자 나는 메마른 헛웃음밖

에 나오질 않았다. 그때 튜테가 나에게 슬며시 다가와 귓속말을 했다.

"두 분의 말씀은 사실이에요. 그 증거로 저번에 주인님께서 제가 아가씨 곁에서 시중을 드는 특례를 학교에서 인정해주었다고 말씀하셨어요."

튜테의 말을 듣고서야 나는 비로소 원래는 뒤에 있어서는 안 되는 존재가 있다는 것을 깨달았다. 그리고 상황을 파악했다. 치트 능력이 발각되지 않아 다행이긴 하지만, 돌이킬 수 없을 정도로 상황이 꼬여버려서 속으로 한탄했다.

(어째서 이렇게 일이 꼬여버린 거야아아아아!)

그로부터 며칠이 지났다. 오늘은 필기시험 결과가 나오는 날이다. 나는 튜테와 둘이서 담화실 출입구 부근 하얀 벽에 붙은 A4용지 크기의 양피지 두 장을 눈으로 훑어보고 있었다.

"있어요, 아가씨. 아가씨는 5위인 것 같네요."

"으~음, 10위 정도를 노리고 있었는데. 뭐, 지금까지 있었던 일들을 생각하면 1위가 아니라서 다행이라고 해야 하려나."

튜테가 벽보에서 내 이름을 찾아내 거기에 적힌 순위를 읽었다. 나는 안도하면서도 예상했던 순위와 약간 달라서 다소 불만스럽기는 했지만, 지금까지 벌어졌던 일들을 돌이켜보니 필기시험에서도 1위를 하지 않은 게 어디냐는 생각이 들었다. 신께서 얄궂은 장난이라도 쳐서 필기마저도 1위를 했다면 실기와 필기에서 모두 1등을 거머쥔 학생으로 학교에서 소문이 쫙 퍼졌을 테니 분에 넘치는 소리를 할 수는 없다. 뭐, 이번에 1위를 한 사람의 성적을 보니 1위를 따내는 건 쉬웠을 것 같지만.

(뭐, 필기에서 처참한 성적을 받을까도 생각했지만, 자하보다 성적이 더 나쁘면 어쩐지 다시 일어설 수 없을 만큼 자존심이 꺾일 것 같아서 성적 상위권을 노렸지.)

자하에게 대단히 미안해하며 나는 순위표를 쭉 훑어보았다. 그런데 낯익은 이름이 눈에 들어왔다. 사피나의 순위는 중상이었고, 자하의 순위는 아래에서 헤아리는 게 더 빠를 정도였다.

"휴~우······. 전 여기 있네요. 뭐, 예상했지만."

내가 생각에 잠겨 있으니 옆에서 한숨 섞인 목소리가 들렸다. 사피나가 벽보에서 시선을 돌리고서 고개를 푹 숙였다.

"뭐, 평균보다 잘 나왔으니 괜찮아. 실기 시험은 상위권이고 말이야."

나는 실망하는 사피나에게 위로했다. 그러자 그녀는 기운을 조금 되찾았는지 고개를 들고 웃었다. 저번에 사피나가 저번 대회에서 4강에 들어간 덕분에 진학을 거의 확정지었다고 해서 꽤 안도했다. 여담이지만 '얼라'는 대회 이후로 무단결석을 거듭했고, 또 이번 필기시험도 치르지 않아서 퇴학을 당했다나 뭐라나. 뭐, 여하튼 내년에 진학할 가능성이 절망적인 것만은 확실하다. 나에게는 아무래도 상관없는 일이긴 하지만······.

"맞아. 우린 실기 쪽이 더 중요하니 말이야."

"당신은 좀 더 공부해야 해."

우리의 대화를 듣고 있었는지 하위 열 손가락 안에 드는 남자가 당당한 얼굴로 감히 그런 말씀을 하셨다. 나는 팔짱을 낀 채 실눈을 뜨며 자하에게 항의했다.

"그래도 메어리 님은 대단해요. 실기 대회에서 우승하고, 더욱이 필기시험에서도 5위라니 너무 완벽해요."

"그, 그렇지 않아."

사피나가 비취색 눈동자를 반짝이며 나를 동경하는 존재처럼 쳐다봤다. 나는 그 시선에서 달아나고자 반걸음 물러섰다. 겸손이 아니라 진심으로 그녀의 찬사를 사양했다.

"맞아. 2주씩이나 잠들지 않았다면 필기도 1등을 따냈을 거라는 소문이 자자하다고."

"어? 누가 그런 소문을."

또다시 바람직하지 않은 소문이 퍼지려고 하자 나는 무심코 경계했다. 소문의 출처가 어딘지 자하에게 물어보았다.

"카리스 선배."

(그 선배…… 크윽, 쓸데없는 소릴!)

곰곰이 생각해보니 나는 필기시험에서 좋은 성적을 얻기 위해서 카리스 선배에게서 옛날 문제지를 구해서 공부했다. 그러니 요상한 해설자 카리스 선배가 그렇게 결론을 내리는 게 당연하겠지. 나는 어깨를 축 늘어뜨리고서 그 소문을 부정하는 것을 포기했다. 이번 대회에서 섣불리 저질렀던 행동이 도리어 사태를 악화시켰던 기억도 한 요인이었다.

"오오, 진짜네. 메어리 님이 5위? 대단한데."

"카리스 선배의 말마따나 1위도 따낼 수 있었을 텐데, 몸 때문에……."

어느새 모여든 동급생들이 이구동성으로 나를 칭찬했다. 대회가 끝난 뒤로 주변 사람들이 나를 엄청나게 챙기기 시작했다. 거의 애지중지하는 수준이었다.

내가 무언가를 하려고 하면 모두 자기가 할 테니 앉아 있으라느니, 피곤하니 하지 말라느니, 무리하지 말라느니, 하며 걱정해주었다. 그 덕분에 나는 초과보호상태에 들어갔다. 어찌나 극성이었는지 시중을 들고자 학원 안으로 들어온 튜테가 귀가한 뒤에 할 일이 없다고 한탄했을 정도였다.

(이건 안 돼. 이 패턴은 날 망치는 패턴이야. 어떻게든 해야 하는데!)

유소년기에 튜테에게 의존하는 바람에 사소한 일조차 스스로 하지 못하는 몹쓸 사람이 되었었다. 다시 그런 전철을 밟을 것 같아서 어떻게든 이 상황에서 벗어나야겠다 싶었다. 그래서 요전에 여러 물건을 들거나 휘두르며 모두에게 건강한 모습을 과시한 적이 있었다. 그런데 모두들 '네 마음 다 알아, 무리는 하지 마' 하고 상냥한 눈으로 쳐다보며 고개만 끄덕였다. 내가 그 시선을 느끼고서 고개를 돌리자 모두 시선을 홱 피했다. 개중에는 입을 가리며 울음을 참는 영애도 있었다.

(내 힘을 모조리 내보이면 이런 오해가 순식간에 사라지겠지만……. 그러면 최악의 경우, 괴물 취급을 받게 될지도 몰라.)

집으로 돌아가 튜테와 의논을 해봤지만 언제나 같은 결론에 이르렀다. 그래서 아무것도 하지 못한 채 시간만 흘러갔다.

"메어리 님? 왜 그러세요? 어디 몸이 안 좋으세요?"

아까부터 내가 고개를 푹 숙이고 있자 사피나가 걱정하며 들여다보았다. 나는 일단 생각을 멈추고서 고개를 들었다.

"어, 아니, 괜찮아."

"자리에 앉는 게 좋겠네. 다들 길 좀 비켜줘."

내가 부정하려고 손을 저었는데 동급생 중 누군가가 그런 말을 했다. 그러자 벽보 앞에 모여 있던 사람들이 두 갈래로 흩어졌다.

"자, 메어리 님."

그리고 모두가 길을 양보해주었다.

"아, 고마워."

(아아⋯⋯. 이 상황에서 도망치고 싶어.)

나는 선의를 베풀어준 동급생들에게 약간 굳은 얼굴로 웃어보인 뒤 사피나에게 이끌려 이곳을 떠났다.

그로부터 며칠 뒤 평소처럼 수업을 마친 뒤 튜테를 데리고 담화실로 돌아갔다. 그곳에서 이쿠스 선생님과 맞닥뜨렸다.

"마침 잘 됐다. 레가리야, 학원장께서 부르셔. 날 따라와."

그녀는 그 말만 한 뒤 내 대답을 기다리지 않고 담화실을 나와 복도를 성큼성큼 걸어나갔다. 나는 머리 위로 물음표를 띄운 채, 마찬가지로 물음표를 머리 위로 띄운 튜테와 마주보며 고개를 갸웃거렸다. 이쿠스 선생님이 어서 오라고 재촉하자 나는 황급히 그녀를 따라갔다.

교사 밖으로 나간 우리는 안뜰에 깔린 포석로를 따라 저 앞에 우뚝 서 있는 시계탑으로 향했다. 아버님과 학원장이 만났던 일을 알아보다가 비로소 알게 된 사실인데, 학원장의 방이 저 시계탑 꼭대기에 있다고 한다.

나는 점점 가까워지는 높은 시계탑을 입을 벌린 채 올려다보았다.

도쿄 타워처럼 엄청나게 높은 건물은 아니었다. 5층 빌딩만한 그 탑은 학원이 세워진 초기부터 존재한 상당히 오래된 건축물이다. 그러나 주변에 있는 교사가 기껏해야 3층 높이라서 꽤 높아 보였다.

이쿠스 선생님을 따라 시계탑 앞에 도착하자 나는 새삼스레 감탄하며 올려다봤다. 벽돌을 쌓아서 만든 사각형 건물 위에는 커다란 숫자판이 박혀 있고, 그 안에는 쇠로 된 시곗바늘 두 개가 달려있었다. 그 크기에 놀라긴 했지만, 지금 그보다는 이 탑의 꼭대기까지 올라가려면 무척 힘들겠다는 생각이 앞섰다.

"뭐하고 있나? 이쪽이야."

내가 바보처럼 멍하니 서 있자 이쿠스 선생님이 입구 앞에서 나를 돌아보며 재촉했다. 나는 황급히 그녀 곁으로 달려갔다.

안으로 들어가니 한가운데에 우뚝 서 있는, 커다란 톱니바퀴들이 서로 맞물린 거대한 기계장치가 눈에 들어왔다. 나는 또다시 감탄하며 기계장치를 올려다봤다. 우리는 이쿠스 선생님을 따라 벽을 따라서 설치된 계단을 올랐다. 두 사람이 나란히 서 있을 수 있을 만큼 폭이 넓었다.

아까와 다른 방이 나왔다. 벽돌로 만들어진 아무것도 없는 방이었다. 근처에 나선계단이 설치되어 있었다. 저 위에 또 다른 방이 있는 모양이다. 아까는 기계장치 때문에 알아차리지 못했는데, 시계탑 내부가 의외로 넓다는 걸 알 수 있었다.

계단을 또 올라가야겠구나 싶어서 살짝 침울해졌다. 그런데 이쿠스 선생님이 쉬지도 않고 곧바로 계단을 오르기 시작했다. 나는 한숨을 내쉬고서 그녀를 따라 나선계단을 올랐다. 그리고 단숨에 생활감이 느껴지는 방으로 들어갔다.

벽 쪽에 서고가 쭉 늘어서 있고, 정교하게 짜인 융단이 기하학 무늬가 선명하게 그려진 바닥에 깔려 있었다. 두 개 층을 합쳐 놓은 구조라서 천장도 높았다. 우리 머리 위에는 나선계단에서 좌우로 나뉘어 올라가는 계단만이 있었다. 1층과 2층을 한눈에 볼 수 있는 도서실 같은 공간이었다.

"여기서 기다리고 있어. 학원장을 불러올 테니."

이쿠스 선생님은 우리를 남기고 계단을 올라갔다. 우리는 그녀의 모습을 자연스럽게 눈으로 좇았다. 뒤에서 수상한 그림자가 다가오는 것도 모른 채.

물컹!

"흠흠, 이거, 이거, 장래가 촉망되는 볼륨이구먼."
"히야아아악!"
내 뒤에 서 있던 튜테가 괴상한 비명을 질렀다. 황급히 뒤를 돌아보니 아직 발전하는 중인 튜테의 가슴을 누군가가 뒤에서 주무르고 있었다.

"뭐야!"

너무나도 갑작스러워서 몸이 굳어버렸다. 이번에는 무언가가 엄청난 속도로 내 뒤를 지나갔다.

"무슨 짓이야? 이 색마 영감탱이."

내 뒤에서 나온 사람은 다름 아닌 이쿠스 선생님이었다. 그녀는 허리에 차고 있던 검을 뽑아 튜테의 뒤에서 파렴치한 짓거리를 하고 있는 불경한 자를 겨누었다.

"이쿠스 군 아닌가? 이 몸은 이래 봬도 학원장이니 말을 가려서 하시게."

"여자의 적한테 가릴 말은 없어. 당장 떨어져."

이쿠스 선생님의 진심 아우라에 압도되어 나는 사태를 멍하니 지켜보았다. 이윽고 튜테의 뒤에 있던 인물이 떨어졌다. 호화로운 로브를 걸친 노인이었다. 자글자글한 주름에서 나이가 느껴졌다. 그래도 얼굴에서는 생기가 흘러나왔다. 어깨 아래까지 늘어뜨린 백발과 길게 기른 콧수염과 턱수염이 아주 인상적이었다. 딱 하나 단점을 들자면 노인의 눈빛이 대단히 음흉했다.

노인에게서 해방된 튜테가 울먹이며 황급히 내 뒤에 숨었다. 나는 그녀를 감싼 채 보호했다.

"홋홋홋, 그렇게 경계하지 말거라. 방금 그건 그저 인사였을 뿐이야."

학원장이 싹싹하게 좋으며 수염을 쓰다듬었다. 그러자 이쿠스 선생님이 한숨을 내쉬며 검을 집어넣은 뒤 우리와 학원장의 사이에 섰다.

"저기, 이쿠스 선생님."

"레가리야, 무슨 말을 하고 싶은지 다 안다. 저 사람이 바로 여기 알트리아 학원을 관할하는 학원장인 '포르트나 후툴리카'야."

무슨 소리인지 알 수가 없어서 이쿠스 선생님에게 설명을 부탁했다. 그녀는 진심으로 어이없다는 얼굴로 노인을 소개해주었다. 입학식 때 한 번 본 것 같기는 한데 그때는 졸음과 싸웠던 터라 전혀 기억이 나질 않았다. 그때 나를 졸음에 빠뜨렸던 원인이 지금 눈앞에 있다는 사실보다는 그 이름이 더욱 나를 놀라게 했다.

"엇! 후툴리카라고요?"

"그래요. 부끄럽긴 하지만, 제 할아버지랍니다."

내가 놀라서 외치자 2층 안쪽에서 마기루카가 미안해하는 얼굴로 금색 롤머리를 찰랑거리며 이쪽으로 내려왔다.

"홋홋홋, 모두 다 모였으니 얘기를 한 번 해볼까."

내가 혼란스러워하는 사이에 이야기가 멋대로 진행되었다. 모두가 2층으로 올라가자 나는 머릿속으로 상황을 정리하며 일단 따라가기로 했다.

2층 부분은 응접실 겸 작업실인지 정교하게 조각된 기다란 책상과 의자가 놓여 있었다. 그 앞에는 탁자와 커다란 소파 두 개도 놓여 있었다. 자세히 보니 기다란 책상 뒤에는 알트리아 학원의 교장(校章)이 수놓아진 커다란 천이 걸려 있었다.

나와 마기루카는 한쪽 소파에 나란히 앉았고, 맞은편 소파에는 이쿠스 선생님이 앉았다. 학원장은 자신의 의자에 앉았다. 튜테는 차를 내오기 위해 밖으로 나갔다. 이쿠스 선생님 옆에는 잘생긴 중년 남자가 온화한 얼굴로 우리 쪽을 보고 있었다. 마기루카가 그가 아레이오스의 그랜드 마스터라고 알려주었다. 그 말을 듣고 나는 더더욱 혼란스러워졌다.

"자, 메어리 쨩."

"쨩?"

무거운 분위기를 날려버리듯 학원장이 가벼운 투로 부르자 나는 무심코 되물었다.

"잠시 논의할 게 있어서 이곳으로 불렀네."

내가 항의를 담아 쨔려보자 학원장이 그 시선을 가볍게 흘려 넘긴 뒤 웃으며 이야기를 진행했다. 나는 체념하고 잠자코 이야기를 듣기로 했다.

"뭔가요?"

"단도직입으로 말하겠네. 메어리 쨩, 자네, 내년부터 아레이오스에 편입할 생각 없나?"

너무 단도직입이라서 나는 입을 벌린 채 황당해했다.

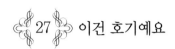

27 이건 호기예요

"저기, 제가 왜 아레이오스에 편입해야만 하는 건가요?"

나는 그 말을 듣고 머릿속이 새하얘지긴 했지만, 일단은 당연한 질문을 학원장을 비롯한 사람들에게 던져봤다.

"흐음…… 지극히 당연한 의문이로구먼. 근데 말이야. 메어리 쨩은 소르오스에서 열심히 공부해서 어엿한 전사가 되는 게 꿈인가?"

"아뇨, 전 인생을 평범하게 살아가고 싶을 뿐이라 본격적으로 전사가 될 생각은 없습니다."

질문을 질문으로 대답하는 학원장이 어쩐지 마뜩잖았지만, 나는 일단 학원장의 질문에 대답한 뒤 답을 듣고자 그를 쳐다봤다. 내 시선 속에 무슨 의도가 담겼는지 알아차린 학원장이 겸연쩍어하며 시선을 돌렸다.

"훗훗훗, 소르오스의 학생들은 이제부터 본격적으로 전사가 되기 위한 길을 걷게 될 걸세. 보다 실전에 가까운 혹독한 훈련을 받게 되겠지. 영애들한테는 버거울 수가 있네. 최악의 경우에는 크게 다칠 수도 있어. 어중간한 각오로는 감당해낼 수가 없지."

학원장이 답이 되지 않는 답을 던졌다.

(내가 이대로 소르오스에 있으면 뭐 큰일이라도 벌어지나? 그

리고 내게 그 이유를 밝히기가 어렵다?)

방 안에 잠시 침묵이 흘렀다. 그때를 틈타 튜테가 사람들 앞에
차를 내놓기 시작했다. 나는 튜테가 건네준 컵을 들고 홍차를
한 모금 들이킨 뒤 마음을 가라앉혔다. 그리고 마음이 가라앉자
머릿속에서 학원장이 뜬금없는 소리를 한 이유가 딱 하나 떠올
랐다.

"⋯⋯아버님인가?"

"""!!!"""

내가 홍차를 든 채 중얼거리자 학원장을 비롯한 선생님들이
어깨를 흠칫 떨었다. 그 모습을 보고 나는 확신했다. 이번 건에
아버님이 연관되어 있다는 것을.

아마도 그 대회 이후로 아버님은 내가 걱정되어 학원에 무언
가 압력을 가했을 것이다. 일개 가문의 허언에 학원 전체가 좌
지우지될 리는 없다. 그러나 그 가문이 레가리야 공작가라면 이
야기가 다르다.

아버님은 이 나라의 군무와 대단히 밀접한 연관이 있는 원수
직책을 맡고 있다. 그리고 과거에 쌓은 무훈과 그 힘을 동경하
는 수많은 장교와 상층부 사람들이 아버님을 존경하고 있다. 아
버님이 나라 안에서 폭주하더라도 그들은 기꺼이 따르겠지. 더
불어 레가리야 공작령은 이 나라의 경제에 큰 부분을 차지하고
있다. 귀족들이 벌이는 이권 다툼에서 저울추 역할을 맡고 있을
정도다. 이곳 알디아 왕국은 왕가가 왕권으로 다스리는 나라이

다. 하지만 실제로는 귀족들이 정치에 깊이 관여하고 있어서 왕가도 무시할 수가 없다. 왕가가 자칫 레가리야의 심기를 거스르기라도 하는 날에는 왕가와 귀족 사이에서 정권 전쟁이 발발할지도 모른다는 말까지 나돈다. 나는 어렸을 적부터 부모님과 집사, 가정교사에게서 그런 이야기를 들어왔다. 그래서 여태껏 가문의 권력을 쓰지 않도록 애써왔다.

그런데 아버님이 저번에 이 학원에 쳐들어왔다고 한다. 사람들의 반응을 엿보니 무언가 다짐을 받아낸 모양이다.

"다음에 딸이 또 쓰러지면 자신이 어떻게 나올지 알겠느냐며 웃으면서 살기를 뿜어대더구먼. 어찌나 몸이 떨리던지. 소르오스에 넣었을 때는 아무 말도 하지 않았으면서…… 소르오스에서 다치는 것이야 일상다반사이거늘. 딸 바보 같으니."

학원장이 중얼거리자 나는 속으로 저 사람이 정말로 알트리아 학원을 총괄하는 수장이 맞는지 낙담했다. 그리고 한 줄기 광명이 앞을 비추자 결심했다.

"알겠습니다. 편입하기로 하죠."

나는 찻잔을 잔 받침에 올려둔 뒤 선선히 말했다.

"어? 괜찮겠느냐? 이 몸이 꺼낸 말이긴 하지만, 조금 더 생각해보고 결정해도 된다."

"뭐 문제 있나요?"

"아니, 없긴 하지만."

내가 너무나도 선선히 수락하자 학원장이 놀라면서 생각할 시간을 주려고 했다. 아마도 나를 설득하려고 이 자리에 왔을 이 쿠스 선생님과 아레이오스의 그랜드 마스터도 아연실색하며 나를 쳐다봤다. 냉정하게 생각해보면 이건 나에게 좋은 기회다.

(소르오스에서 일을 저지른 나를 가엾게 여기신 신께서 다시 한번 기회를 주셨구나. 나, 아레이오스에 들어가서 인생을 다시 시작할 거야. 이번에야말로 눈에 띄지 않는 평범하기 그지없는 학원 생활을 만끽하겠어!)

나는 애써 냉정한 척 모두를 바라보았다. 동시에 속으로는 새롭게 결의를 다진 뒤 불타올랐다.

"그런데 왜 하필 아레이오스인가요? 라라이오스도 괜찮은데?"

나는 새로운 인생을 기대하다가 문득 의문이 들어 물어보았다.

"흐음, 시험 성적을 보니 필기시험에서는 다행히도 1등을 거두지는 못했더구나. 실기와 필기 모두 1등을 차지했다면 주변에서 그런 인재를 왜 소르오스에서 빼내는지 의문을 던졌을 테니 말일세. 안심하고 라라이오스에 편입하라고 추천할 생각이었는데, 어디서 얘기를 들었는지 저기 있는 내 손녀가 꼭 아레이오스를 추천하라고 하더구나."

학원장이 뜻밖의 말을 하자 나는 옆에 앉아 있는 마기루코를 무심코 쳐다봤다. 그녀는 나를 보고 방긋 웃어주었다.

"메어리 양은 2계급 수준의 초급 전투 마법이긴 했지만, 마도서를 한 번 훑어보고 곧바로 마법을 구사했다고 들었습니다. 만약에 그게 사실이라면 대단한 일입니다."

지금껏 잠자코 있었던 아레이오스의 그랜드 마스터, '엘릭 프리드' 선생님이 매우 기뻐하며 말했다. 검은 머리를 짧게 다듬었지만 그 끝이 삐쳐 있었다.

소르오스에 있었을 때 근육질 선생님들만 봐와서 그런지 근육이 적고 호리호리한 프리드 선생님을 보니 밥은 잘 챙겨 먹고 다니는지 걱정이 되었다. 그 선생님은 현대 정장과 비슷하게 생긴 회색 옷을 입고 있었다. 귀족치고는 화려하지 않았지만, 온화한 표정과 부드러운 음성이 그 소박한 모습과 잘 어울렸다. 저 모습을 보아하니 영애들의 어렴풋한 연심을 사로잡을만 하다.

"으."

"예, 프리드 선생님. 사실이에요. 제가 이 두 눈으로 똑똑히 봤으니까요."

그 인기남 선생님이 묘한 기대를 담아 쳐다보자 나는 어쩐지 불길한 예감이 들었다. 당장에라도 편입하지 않겠다고 말하려고 했는데 옆에서 마기루카가 말을 보탰다.

(큭……! 선수를 치다니.)

그래도 나는 어떻게든 부정하려고 했지만, 그녀의 이야기는 틀림없는 사실이고, 또한 그녀의 눈앞에서 마법을 쓴 것도 사실이다. 얼버무릴 여지가 없다는 걸 깨닫고서 나는 말끝을 흐리고 말았다.

"홋홋홋, 손녀의 이야기를 들었을 때는 믿기지 않았네. 허나 만약에 그게 사실이라면 그 재능을 썩히는 건 대단히 아까운 일. 그래서 자네를 아레이오스에 편입시키기로 마음을 바꿨네."

"그, 그런가요?"

아직 편입도 하지 않았는데 나를 높이 평가하는 것 같아서 조금 불안해졌다. 나는 어서 이 화제를 매듭짓고 싶어서 건성으로 대답했다. 그 뒤에 프리드 선생님이 편입 절차를 간략하게 설명해주었다. 나는 대충 고개를 끄덕이고서 모든 걸 튜테에게 떠넘겼다. 이것으로 학원장과의 대화는 끝이 났다. 나는 마기 루카와 함께 돌아가기로 했다. 그때 이 탑에 승강기 같은 장치가 설치되어 있다는 걸 알았다. 뭐, 이쿠스 선생님이 기계에 의존하지 말고 몸을 단련하라는 이유로 쓰도록 허락해주지 않았을 테지만.

오늘 수업을 모두 끝마치고 귀가하는 마차 안에서 나는 맞은 편에 앉아 있는 튜테에게 말했다.

"튜테, 편입을 어떻게 생각해?"

"여러 큰일을 저지른 아가씨께는 호기가 아닐까 싶은데요."

"그치?! 신께서 내려주신 기회야! 이번에야말로 그 기회를 꽉 붙잡을 거야! 노이벤트 굿라이프!"

"아가씨! 그 의지가 장하십니다!"

흔들리는 마차 안에서 나는 주먹을 불끈 쥐었다. 그리고 의기를 보여주기 위해서 천장을 향해 쳐올렸다. 그런데 바로 그 순간 바퀴가 돌부리에 걸려 마차가 크게 흔들렸다. 내 몸이 붕 뜨더니 아까 쳐들었던 주먹이 그만 천장을 때려버렸다. 빠직, 하는 불길한 소리가 들렸다. 미래를 예고하듯 불안하고도 불길한 분위기가 마차 안을 휩쌌다.

저자 후기

　처음 뵙는 분도, 소설 투고 사이트에서 소설을 연재했을 때부터 봐주신 분도 이번에 「아무래도 내 몸은 완전무적인 것 같아요」를 읽어주셔서 진심으로 감사드립니다.

　안녕하세요. 챠츠후사라고 합니다.

　이 책을 구입해주셔서 진심으로 감사드립니다. 지인이나 친구분에게 추천해주신다면 더할 나위 없이 기쁘겠습니다. 지금 손에 들고서 망설이고 계신 분, 그대로 계산대로 직행하시면 좋을 것 같습니다.

　이 소설은 제 인생에서 처음으로 책으로 발간된 작품입니다. 무심코 하늘을 향해 주먹을 쳐들고서 이젠 이 생애에 여한이 없다며…… 하늘로 승천할 것 같은 기분이 들었지만, 승천해버리면 후속권을 쓸 수가 없어서 다시 되돌아왔습니다.

　계기는 소설 투고 사이트 '소설가가 되자'에서 소설을 읽었을 때였습니다. 문득 소설을 써보고 싶어져서 가벼운 마음으로 제목과 줄거리만 생각하고서 투고를 했었죠. 아무런 사전 준비도 없이 별안간에 시작한 작품이 바로 이 소설이었습니다. 지금 돌이켜보니 너무나도 무계획적인 시도였습니다. 식은땀이 절로 납니다.

이 작품이 나오기까지 힘써주신 모든 분께 감사 인사를 드립니다.

저 같은 신인의 첫 작품을 눈여겨보시고 서적으로 발간해주신 마이크로매거진 여러분. 초보인 저에게 여러 조언을 해주시고, 보다 좋은 작품을 위해 함께 글을 고쳐주신 편집부 I님. 진심으로, 진심으로 감사드립니다.

그리고 멋진 일러스트로 작품을 보다 귀엽고 화려하게 채색해주신 후미 님께 감사드립니다. 메어리 님이 너무 귀여워서 인쇄하여 방에 걸어두고 싶을 정도입니다.

또한 이런 기회를 제공해주신 소설 투고 사이트 「소설가가 되자」 관계자께도 대단히 감사드립니다.

마지막으로 이 책이 출판될 수 있도록 애써주신 모든 분, 사이트에 투고했을 때부터 응원해주셨던 독자 여러분, 무엇보다 이 책을 구입해주신 여러분, 진심으로 감사드립니다. 메어리 님의 분투담을 읽고 키득 웃으셨다면 더할 나위 없이 기쁘겠습니다.

그럼 2권에서 다시 뵐 수 있기를 꿈꾸며 이만 실례하겠습니다.

Douyara Watashino Karadawa Kanzenmuteki No Youdesune Vol.1
©2017 by Chatsufusa
First published in Japan in 2017 by Chatsufusa.
Korean translation rights reserved by Somy Media, Inc.
Under the license from Micro Magazine Co., Ltd., Tokyo JAPAN

아무래도 제 몸은 완전무적인 것 같아요 1

2019년   7월 1일 1판 1쇄 발행
2019년 11월 1일 1판 2쇄 발행

저　　자 챠츠후사
일러스트 후미
옮 긴 이 박춘상
발 행 인 유재옥
본 부 장 조병권
담당편집자 조찬희
편 집 1 팀 김민지 이성호 정영길 조찬희
편 집 2 팀 김다솜 지미현
편 집 3 팀 김효연 박상섭 임미나
라이츠담당 박선희, 오유진
디 지 털 최민성, 박지혜
미　　술 디자인플러스
발 행 처 ㈜소미미디어
인쇄제작처 코리아피엔피
등　　록 제2015-000008호
주　　소 서울시 마포구 토정로 222, 403호 (신수동, 한국출판콘텐츠센터)
판　　매 ㈜소미미디어
마 케 팅 한민지 한주원
전　　화 편집부 (070)4164-3962, 3963 기획실 (02)567-3388
　　　　　판매 및 마케팅 (02)567-3388, Fax (02)322-7665

ISBN 979-11-6389-524-4 04830
ISBN 979-11-6389-523-7 (세트)